Agatha Christie®

Um gato entre os pombos

Tradução de Jorge Ritter

www.lpm.com.br

L&PM POCKET

Coleção **L&PM** POCKET, vol. 828

Texto de acordo com a nova ortografia.
Título original: *Cat Among the Pigeons*

Primeira edição na Coleção **L&PM** POCKET: outubro de 2009
Esta reimpressão: junho de 2019

Tradução: Jorge Ritter
Capa: designedbydavid.co.uk © HarperCollins/Agatha Christie Ltd 2008
Preparação: Patrícia Rocha
Revisão: Joseane Rücker

CIP-Brasil. Catalogação na Fonte
Sindicato Nacional dos Editores de Livros, RJ.

C479g

Christie, Agatha, 1890-1976
Um gato entre os pombos / Agatha Christie; tradução de Jorge Ritter. – Porto Alegre, RS: L&PM, 2019.
272 p. – (Coleção L&PM POCKET; v. 828)

Tradução de: *Cat Among the Pigeons*
ISBN 978-85-254-1936-1

1. Ficção policial inglesa. I. Ritter, Jorge. II. Título. III. Série.

09-3191. CDD: 823
CDU: 821.111-3

Rua Comendador Coruja, 314, loja 9 – Floresta – 90220-180
Porto Alegre – RS – Brasil / Fone: 51.3225.5777

Pedidos & Depto. Comercial: vendas@lpm.com.br
Fale conosco: info@lpm.com.br
www.lpm.com.br

Impresso no Brasil
Outono de 2019

Para Stella e Larry Kirwan

Sumário

PRÓLOGO

Trimestre de verão

I

Era o primeiro dia de aulas do trimestre de verão na escola Meadowbank. O sol do fim de tarde brilhava sobre a ampla vereda de cascalhos em frente à escola. A porta da frente estava escancarada hospitaleiramente, e junto a ela, harmonizada de modo admirável com suas proporções georgianas, estava a srta. Vansittart, cada fio de cabelo no seu lugar, trajando um tailleur e uma saia de corte impecável.

Alguns pais desavisados haviam-na tomado pela própria srta. Bulstrode, desconhecendo que era costume da srta. Bulstrode retirar-se para uma espécie de santuário para onde apenas uns poucos escolhidos e privilegiados eram levados.

De um lado da srta. Vansittart, operando num plano um pouco diferente, estava a srta. Chadwick, à vontade, letrada, e tão indissociável de Meadowbank que seria impossível imaginar a escola sem ela. Meadowbank nunca existira sem ela. A srta. Bulstrode e a srta. Chadwick haviam fundado a escola Meadowbank juntas. A srta. Chadwick usava um pincenê, andava curvada, vestia-se de maneira deselegante, era afavelmente confusa na fala e acontecia de ser uma matemática brilhante.

Várias palavras e frases de boas-vindas, pronunciadas com graça pela srta. Vansittart, circulavam pela casa.

– Como vai, sra. Arnold? Bem, Lydia, você aproveitou

o seu cruzeiro helênico? Que oportunidade maravilhosa! Tirou belas fotografias?

– Sim, lady Garnett, a srta. Bulstrode recebeu a sua carta sobre as aulas de arte e tudo já foi arranjado.

– Tudo bem, sra. Bird?... Sim? Não creio que a srta. Bulstrode terá tempo *hoje* para discutir esta questão. A srta. Rowan está por perto se você quiser falar com ela sobre isso.

– Nós mudamos o seu quarto, Pamela. Você está na outra ala, junto à macieira...

– Sim, realmente, lady Violet, o tempo tem sido terrível até o momento nesta primavera. Este é o seu mais novo? Qual o nome dele? Hector? Que belo avião você tem, Hector.

– *Très heureuse de vous voir, Madame. Ah, je regrette, ce ne serait pas possible, cette après-midi. Mademoiselle Bulstrode est tellement occupée.**

– Boa tarde, professor. O senhor tem escavado mais coisas interessantes?

II

Em uma pequena sala no primeiro andar, Ann Shapland, a secretária da srta. Bulstrode, estava datilografando com rapidez e eficiência. Ann era uma bela jovem de 35 anos, com cabelos que lhe assentavam como um gorro de cetim negro. Ela podia ser atraente quando queria, mas a vida havia lhe ensinado que sua eficiência e competência muitas vezes davam melhores resultados e evitavam complicações dolorosas. No momento, Ann estava se concentrando em ser tudo o que a secretária da diretora de uma escola famosa para garotas deveria ser.

* "Que alegria em lhe ver, madame. Ah, é uma pena, mas não será possível hoje à tarde. A srta. Bulstrode está ocupadíssima." (N.T.)

De vez em quando, ao inserir uma folha nova na sua máquina, Ann olhava pela janela e observava com interesse as pessoas que iam chegando.

"Por Deus", Ann pensou, impressionada. "Eu não sabia que ainda existiam tantos choferes na Inglaterra!"

Então ela sorriu sem querer, quando um Rolls majestoso saiu e um Austin pequenino e maltratado pelo tempo avançou pela vereda. Um pai com uma aparência perturbada emergiu do veículo, com uma filha que parecia bem mais calma do que ele.

Quando parou, indeciso, a srta. Vansittart saiu do prédio e tomou conta da situação.

– Major Hargreaves? E esta é a Alison. Vamos, entrem. Eu gostaria que o senhor visse o quarto de Alison. Eu...

Ann abriu um largo sorriso e começou a datilografar novamente.

"A boa e velha Vansittart, a gloriosa suplente", ela pensou. "Consegue copiar todos os truques da Bulstrode. Na verdade, ela é impecável!"

Um Cadillac enorme e quase incrivelmente opulento, pintado em dois tons, creme de framboesa e azul-celeste, entrou (com dificuldade devido ao seu comprimento) na vereda e estacionou atrás do decrépito Austin do honorável major Alistair Hargreaves.

O chofer saltou para abrir a porta, e um homem enorme, de tez escura, barbado, trajando uma elegante aba, saiu do carro seguido por um estereótipo da moda parisiense e por uma garota magra e morena.

"Esta é provavelmente a princesa Não-sei-das-quantas em pessoa", pensou Ann. "Não consigo vê-la num uniforme da escola, mas imagino que tal milagre poderá ser visto amanhã..."

Ambas, srta. Vansittart e srta. Chadwick, apareceram nesta ocasião.

"Eles serão levados para o Santuário", decidiu Ann.

Então pensou que, de uma maneira bastante surpreendente, ela não gostava muito de fazer piadas a respeito da srta. Bulstrode. A srta. Bulstrode era Alguém.

"Assim é melhor você cuidar com o que diz, minha garota, e terminar estas cartas sem cometer quaisquer erros", disse para si mesma.

Não que Ann tivesse o costume de cometer erros. Ela podia escolher onde trabalhar como secretária. Ann havia sido assistente pessoal do presidente de uma companhia petrolífera, secretária particular de sir Mervyn Todhunter, renomado tanto por sua erudição quanto por sua irritabilidade e pela ilegibilidade de sua caligrafia. Ela enumerava dois ministros de gabinete e um importante funcionário público entre seus empregadores. Mas, no todo, seu trabalho sempre fora feito entre homens. Ann se perguntava como ela iria se sentir – era assim que ela se colocava a questão – completamente submersa entre mulheres. Bem, tudo era experiência! E sempre havia Dennis! O fiel Dennis voltando da Malásia, da Birmânia, de várias partes do mundo, sempre o mesmo, devotado, pedindo-lhe mais uma vez que se casasse com ele. Querido Dennis! Mas seria enfadonho demais ser casada com Dennis.

Ela sentiria falta da companhia de homens no futuro próximo. Todas essas professorinhas – nem um homem por lá, exceto um jardineiro de uns oitenta anos.

Mas, neste momento, Ann foi surpreendida. Olhando pela janela, ela viu que havia um homem aparando a sebe logo adiante da vereda – obviamente um jardineiro, mas longe dos oitenta anos. Jovem, moreno, bonito. Ann perguntou-se a seu respeito – ela tinha ouvido algumas conversas sobre a contratação de um ajudante – mas aquele não era um caipira. Bem, naqueles dias as pessoas faziam toda sorte de trabalhos. Algum jovem tentava juntar algum dinheiro para um projeto ou outro, ou realmente apenas para ganhar o pão de cada dia. Mas ele estava cortando a sebe como um perito. Talvez fosse um jardineiro de verdade, afinal!

"Ele dá a impressão", pensou Ann, "de que *poderia* ser divertido..."

Ela notou com satisfação que faltava somente mais uma carta para escrever, e então poderia dar um passeio pelo jardim...

III

No andar de cima, a srta. Johnson, a governanta, estava ocupada designando quartos, dando as boas-vindas para as recém-chegadas e cumprimentando antigas alunas.

Estava contente que as aulas iriam começar outra vez. Ela nunca sabia muito bem o que fazer consigo mesma nos feriados. A srta. Johnson tinha duas irmãs casadas, com quem ficava alternadamente, mas era natural que elas estivessem mais interessadas nos seus próprios afazeres e famílias do que em Meadowbank. Ela, apesar de mostrar o devido afeto às irmãs, se interessava de verdade apenas por Meadowbank.

Sim, era bom que o trimestre começara...

– Srta. Johnson?

– Sim, Pamela.

– Acho que alguma coisa quebrou na minha mala, srta. Johnson. Vazou por tudo. *Acho* que é xampu.

– Ora, ora! – disse a srta. Johnson, correndo para ajudar.

IV

No campo gramado além da vereda de cascalhos, mademoiselle Blanche, a nova professora de francês, estava caminhando. Ela observou com olhos atentos o jovem forte aparando a cerca.

"*Assez bien*", pensou mademoiselle Blanche.

Ela era esbelta e tímida, uma mulher que não chamava muito a atenção, mas ela mesma não deixava passar nada.

Os seus olhos desviaram-se para a procissão de carros passando pela porta da frente. Ela os avaliou em termos de dinheiro. Esta Meadowbank era sem dúvida *formidável*! Ela somou de cabeça os lucros que a srta. Bulstrode devia estar obtendo.

Sim, de fato! *Formidável*!

V

A srta. Rich, que ensinava inglês e geografia, avançou na direção da escola a passos rápidos, tropeçando um pouco aqui e ali porque, como sempre, esquecia-se de olhar para onde estava indo. Seu cabelo, também como sempre, tinha escapado do coque. Ela tinha um rosto feio e angustiado.

Ela estava pensando:

"Estar de volta! Estar *aqui*... Parece que se passaram anos..."

A srta. Rich tropeçou sobre um ancinho, e o jovem jardineiro estendeu um braço e disse:

– Cuidado, senhorita.

Eileen Rich agradeceu sem olhar para ele.

VI

A srta. Rowan e a srta. Blake, as duas professoras substitutas, estavam passeando na direção do pavilhão de esportes. A srta. Rowan era magra, morena e intensa, a srta. Blake era gorducha e loura. Elas estavam discutindo animadas suas aventuras recentes em Florença: os quadros que tinham visto, as esculturas, os pomares em flor e as atenções (que elas esperavam ter sido mal-intencionadas) de dois jovens cavalheiros italianos.

– É claro, você sabe – disse a srta. Blake – como são os italianos.

– Desinibidos – disse a srta. Rowan, que havia estudado psicologia assim como economia. – Absolutamente saudáveis, é a impressão que se tem. Sem repressões.

– Mas Giuseppe ficou bastante impressionado quando descobriu que eu dava aulas em Meadowbank – disse a srta. Blake. – Ele imediatamente ficou mais respeitoso. Ele tem uma prima que quer vir para cá, mas a srta. Bulstrode não tinha certeza se teria uma vaga.

– Meadowbank é uma escola que faz diferença – disse a srta. Rowan, alegre.

– Verdade, o novo pavilhão de esportes parece mesmo magnífico. Nunca pensei que ficaria pronto a tempo.

– A srta. Bulstrode disse que teria de ficar – disse a srta. Blake com o tom de alguém que pronunciara a última palavra. – Oh – ela acrescentou um tanto sobressaltada.

A porta do pavilhão de esportes havia se aberto abruptamente, e uma jovem magricela com cabelo ruivo emergiu dali. Ela lançou-lhes um olhar duro, pouco amigável, e seguiu em frente rapidamente.

– Esta deve ser a nova professora de educação física – disse a srta. Blake. – Que rude!

– Eu diria que *não* foi um acréscimo muito agradável para a equipe – disse a srta. Rowan. – A srta. Jones sempre foi tão amigável e sociável.

– Ela nos fuzilou com o olhar – disse a srta. Blake, ressentida.

As duas se sentiram bastante desconcertadas.

VII

A sala da srta. Bulstrode tinha janelas voltadas para duas direções, uma sobre a vereda e o gramado mais adiante, e a outra na direção de uma fileira de rododendros atrás da casa. Era uma sala que causava uma forte impressão, e a srta. Bulstrode era sem dúvida uma mulher que causava mais do que uma forte impressão. Ela era alta e de aparência bastante nobre, seu cabelo grisalho, bem penteado, olhos cinza que expressavam um intenso humor e uma boca firme. O sucesso da sua escola (e Meadowbank era uma das mais bem-sucedidas escolas na Inglaterra) era inteiramente devido à personalidade da sua diretora. Era uma escola muito cara, mas isto não era realmente importante. A questão poderia ser melhor colocada ao se dizer que, apesar de você pagar os olhos da cara, você tinha retorno pelo que pagava.

Sua filha seria educada da maneira que você quisesse, e também da maneira que a srta. Bulstrode quisesse, e a soma disso parecia satisfazer as partes. Devido às altas mensalidades, a srta. Bulstrode conseguia empregar uma equipe completa. Não havia nada de produção em massa a respeito da escola, mas, mesmo que ela fosse individualista, também tinha disciplina. Disciplina sem imposição, este era o lema da srta. Bulstrode. A disciplina, dizia, tranquilizava os jovens, dava-lhes um sentimento de segurança; imposição gerava irritação. Suas alunas formavam um grupo diverso. Entre elas havia várias estrangeiras de boas famílias, muitas vezes famílias reais. Havia também garotas inglesas de boas famílias ou de posses que queriam um treinamento na cultura e nas artes, com um conhecimento geral da vida e habilidades sociais que as transformasse em damas simpáticas, bem-vestidas e capazes de tomar parte em discussões inteligentes sobre qualquer assunto. Havia garotas que queriam trabalhar duro para passar em exames de admissão e posteriormente seguir uma vida acadêmica e que, para consegui-lo, precisavam apenas de bom ensino e atenção especial. Havia garotas que haviam reagido mal à vida escolar do tipo convencional. Mas a srta. Bulstrode tinha as suas regras, ela não aceitava débeis mentais, ou delinquentes juvenis, e preferia aceitar garotas cujos pais ela gostava, e garotas nas quais ela mesma via uma perspectiva de desenvolvimento. As idades das suas alunas variavam dentro de limites amplos. Havia garotas que teriam sido rotuladas no passado como "acabadas", e havia garotas que eram um pouco mais que crianças, algumas delas com os pais no exterior, e para quem a srta. Bulstrode tinha um programa de feriados interessante. A última e decisiva corte de apelação era a aprovação pessoal da srta. Bulstrode.

Ela estava parada agora junto à cornija da lareira ouvindo a voz um tanto lamuriosa da sra. Gerald Hope. Com grande previdência, ela não havia sugerido à sra. Hope que se sentasse.

– A Henrietta, veja bem, é muito agitada. Muito agitada mesmo. Nosso médico disse...

A srta. Bulstrode anuiu, concordando gentilmente, enquanto refreava a frase cáustica que às vezes tinha vontade de dizer: "Você não se dá conta, sua idiota, de que é isso que toda mulher tola diz sobre seus filhos?"

Ela falou com um tom de firme compreensão.

– A senhora não precisa se preocupar, sra. Hope. A srta. Rowan, que faz parte da nossa equipe, é uma psicóloga qualificada. A senhora ficará surpresa, tenho certeza, com a mudança que verá em Henrietta ("que é uma garota querida e inteligente, e boa demais para você") após um ou dois trimestres aqui.

– Eu sei. A senhora fez maravilhas pela garota dos Lambeth, verdadeiras maravilhas! E eu, oh sim, esqueci. Nós vamos para o sul da França daqui a seis semanas. Pensei em levar Henrietta junto. Seria um pequeno descanso para ela.

– Temo que isto seja impossível – disse rapidamente a srta. Bulstrode, com um sorriso encantador, como se concedesse um pedido ao invés de recusá-lo.

– Oh! Mas... – O rosto frágil e petulante da sra. Hope alterou-se, demonstrando contrariedade. – Realmente, devo insistir. Afinal de contas, ela é *minha* filha.

– Exatamente. Mas é a *minha* escola – disse a srta. Bulstrode.

– Com certeza posso tirar a garota de uma escola a qualquer momento que quiser, não?

– Ah sim – disse a srta. Bulstrode. – A senhora pode. É claro que pode. Mas, então, *eu* não a aceitaria de volta.

A sra. Hope estava irritada mesmo agora.

– Considerando o valor das taxas que eu pago aqui...

– Exatamente – disse a srta. Bulstrode. – A senhora queria minha escola para sua filha, não queria? Então é aceitá-la como ela é, ou procurar outra. Como este modelo Balenciaga encantador que a senhora está usando. É um Balenciaga, não é? É tão agradável encontrar uma mulher que tenha verdadeiro bom gosto para roupas.

A mão dela encobriu a da sra. Hope, apertou-a e, de modo imperceptível, guiou-a na direção da porta.

– A senhora não se preocupe. Ah, aqui está a Henrietta esperando pela senhora. – Ela olhou com aprovação para Henrietta, uma criança inteligente e bem-comportada, como poucas, e que merecia uma mãe melhor. – Margaret, leve Henrietta Hope até a srta. Johnson.

A srta. Bulstrode recolheu-se para sua sala e alguns momentos depois estava falando em francês.

– Mas certamente, Excelência, sua sobrinha pode estudar dança de salão moderna. É muito importante socialmente. E línguas também são absolutamente necessárias.

Os próximos a chegar foram precedidos por uma lufada de perfume caro que quase derrubou a srta. Bulstrode.

"Essa deve tomar banho de perfume todos os dias",

anotou a srta. Bulstrode mentalmente, enquanto cumprimentava a mulher de tez morena, vestida de maneira requintada.

– *Enchantée, madame.*

Madame deu uma risadinha graciosa.

O homem grande barbado com trajes orientais tomou a mão da srta. Bulstrode, inclinou-se sobre ela, e disse num inglês muito bom:

– Tenho a honra de trazer-lhe a princesa Shaista.

A srta. Bulstrode sabia tudo a respeito da sua nova aluna que chegara há pouco de uma escola na Suíça, mas estava um pouco confusa em relação a quem a estava acompanhando. Não o próprio emir, ela presumiu, provavelmente o ministro, ou *charge d'affaires.** Como sempre, quando estava em dúvida, a srta. Bulstrode utilizou aquele título útil de *Excelência* e assegurou-lhe que a princesa Shaista teria os melhores cuidados.

Shaista sorria de maneira educada. Estava também finamente vestida e perfumada. Sua idade, a srta. Bulstrode sabia, era quinze anos, mas assim como muitas garotas do oriente e da região mediterrânea, ela parecia mais velha – bastante madura. A srta. Bulstrode perguntou-lhe sobre o que ela pretendia estudar e sentiu-se aliviada ao ver que ela respondeu de pronto em excelente inglês, sem risadinhas. Na realidade, suas maneiras se comparavam favoravelmente aos modos desajeitados de muitas garotas inglesas de quinze anos. A srta. Bulstrode já pensara muitas vezes que poderia ser um excelente plano enviar garotas inglesas para o exterior, ao Oriente Próximo, para aprenderem bons modos e cortesia. Mais gentilezas foram trocadas, e então a sala esvaziou-se mais uma vez, apesar de ainda estar tão cheia do perfume pesado que a srta. Bulstrode abriu as duas janelas completamente para deixar um pouco ir embora.

* Encarregado de negócios. (N.T.)

As próximas a chegar foram a sra. Upjohn e sua filha Julia.

A sra. Upjohn era uma mulher jovem e simpática, próxima dos seus quarenta anos, com cabelo ruivo, sardas e um chapéu destoante que era, por motivos óbvios, uma concessão à seriedade da ocasião, já que ela era com certeza o tipo de jovem senhora que normalmente saía à rua sem chapéu.

Julia era uma garota comum, sardenta, com uma testa inteligente e um ar de bom humor.

As conversas preliminares foram rapidamente encerradas, e Julia foi despachada, por Margaret, até a srta. Johnson, dizendo com alegria ao sair:

– Tchau, mamãe. *Tenha* cuidado acendendo o aquecedor a gás agora que não vou estar em casa para fazê-lo.

A srta. Bulstrode voltou-se sorridente para a sra. Upjohn, sem, porém, convidá-la a sentar-se. Era possível que, apesar da aparência de alegre bom senso de Julia, sua mãe também quisesse explicar que sua filha era muito agitada.

– Há algo especial que a senhora queira contar-me a respeito de Julia? – ela perguntou.

– Não, creio que não. A Julia é uma garota absolutamente normal, saudável e tudo mais. Acho ela bem inteligente também, mas ouso dizer que as mães em geral pensam isso a respeito dos seus filhos, não é?

– Mães – disse a srta. Bulstrode com severidade – variam!

– É maravilhoso que ela possa vir para cá – disse a sra. Upjohn. – Minha tia é quem está pagando a escola na verdade, ou ajudando a pagar. Eu não teria como arcar com este custo sozinha. Mas estou tremendamente contente que tenha dado tudo certo. E a Julia também. – Ela caminhou até a janela enquanto dizia com inveja: – Como é adorável o seu jardim. E tão bem-cuidado. A senhorita deve ter jardineiros de verdade.

– Nós tínhamos três – disse a srta. Bulstrode –, mas no momento estamos mal-arranjadas, a não ser pela mão de obra local.

– É claro, o problema hoje em dia – disse a sra. Upjohn – é que quem chamamos de jardineiro em geral não é um jardineiro, apenas um leiteiro que quer fazer algo no seu tempo livre, ou um velho de oitenta anos. Às vezes acho que... Ora! – exclamou a sra. Upjohn, ainda olhando fixamente pela janela –, isto é incrível!

A srta. Bulstrode prestou menos atenção do que deveria nesta exclamação repentina. Pois naquele instante ela olhou casualmente pela outra janela, que dava para as moitas de rododendros, e percebeu uma visão por demais indesejável: ninguém menos que lady Veronica Carlton-Sandways, avançando trôpega pelo caminho, seu chapéu de veludo negro grande numa mão, murmurando para si mesma e, é claro, num estado de intoxicação avançada.

Lady Veronica não era um perigo desconhecido. Era uma mulher encantadora, profundamente ligada às suas filhas gêmeas e muito agradável quando era, como se costuma dizer, *ela mesma* – mas, uma pena, em intervalos imprevisíveis, lady Veronica não era ela mesma. Seu marido, o major Carlton-Sandways, lidava bem com a situação. Uma prima vivia com eles e estava sempre por perto para ficar de olho em lady Veronica e dissuadi-la, se necessário. No Dia dos Esportes, com o major Carlton-Sandways e a prima em estrita vigilância, lady Veronica chegou completamente sóbria, vestida de modo elegante, e foi o padrão do que uma mãe deveria ser.

Mas havia momentos em que lady Veronica passava para trás seus bem-intencionados guardiões, enchia a cara e ia, costumeiramente, ver suas filhas para assegurar-lhes de seu amor maternal. As gêmeas haviam chegado de trem cedo, mas ninguém esperava por lady Veronica.

A sra. Upjohn ainda estava falando, mas a srta. Bulstrode não estava ouvindo. Ela estava analisando vários cursos de ação, pois ela se dera conta de que lady Veronica estava se aproximando com rapidez do estágio truculento. Mas de repente, como resposta às suas preces, a srta. Chadwick apareceu num trote rápido, ligeiramente sem fôlego. Leal Chaddy, pensou a srta. Bulstrode. Sempre se podia contar com ela, seja para cuidar de uma artéria secionada ou de uma mãe bêbada.

– Vergonhoso – disse lady Veronica para ela em voz alta. – Tentaram me deixar de fora, não queriam que eu viesse até aqui, pois enganei a Edith direitinho. Eu ia descansar, tirei o carro, enganei a tola da Edith... uma empregada velha, sem graça... nenhum homem a olharia duas vezes... tive um problema com a polícia no caminho para cá... disseram que eu não tinha condições de dirigir... bobagem... vou dizer para a srta. Bulstrode que estou levando as garotas para casa, quero elas em casa, amor de mãe. Uma coisa maravilhosa, amor de mãe...

– Esplêndido, lady Veronica – disse a srta. Chadwick. – Estamos tão contentes que a senhora veio. Eu gostaria particularmente que a senhora conhecesse o novo pavilhão de esportes. A senhora vai adorá-lo.

Habilmente ela direcionou os passos vacilantes de lady Veronica na direção oposta, levando-a para longe da escola.

– Acho que vamos encontrar as garotas lá – ela disse com alegria. – Um belo pavilhão de esportes, com armários novos e uma sala para secar os trajes de banho... – suas vozes foram se extinguindo no caminho.

A srta. Bulstrode as acompanhou com o olhar. Em determinado momento lady Veronica tentou se livrar e voltar para a escola, mas a srta. Chadwick foi páreo para ela. Elas desapareceram na curva, por trás dos rododendros, em direção à solidão distante do novo pavilhão de esportes.

A srta. Bulstrode suspirou de alívio. Excelente Chaddy. Tão confiável! Não era moderna. Ou esperta

– a não ser pela matemática –, mas sempre pronta para ajudar em momentos de dificuldade.

Ela se virou com um suspiro e um sentimento de culpa para a srta. Upjohn que estivera falando alegremente por algum tempo...

– ...embora, é claro – ela estava dizendo – nada de intrigas e espionagem. Nada de pular de paraquedas, sabotagem, ou ser uma mensageira. Eu não teria coragem suficiente. Era um trabalho enfadonho, de escritório. E planos. Planejar coisas nos mapas, quero dizer, não os tipos de planos das histórias de espionagem. Mas é claro que era emocionante às vezes e com frequência bastante engraçado, como eu disse: todos os agentes secretos seguindo uns aos outros em torno de Genebra, todos conhecidos de vista, e muitas vezes terminando no mesmo bar. Eu não era casada na época, é claro. Era uma grande diversão.

A sra. Upjohn parou de modo abrupto, com um amigável sorriso de remorso.

– Desculpe, estou falando demais e tomando o seu tempo quando a senhorita tem tantas pessoas para ver.

Ela estendeu uma mão, disse adeus e partiu.

A srta. Bulstrode ficou parada franzindo o cenho por um momento. Algum instinto a avisava que ela havia deixado passar algo que poderia ser importante.

Ela repeliu o pensamento. Este era o dia de volta às aulas do trimestre de verão, e ela tinha muitos mais pais para ver. A escola nunca fora tão popular, mais certa de seu sucesso. Meadowbank estava no seu auge.

Não havia nada a lhe indicar que, dentro de poucas semanas, Meadowbank mergulharia num mar de problemas; que desordem, confusão e assassinato reinariam ali, que determinados eventos já haviam sido colocados em movimento...

Capítulo I

Revolução em Ramat

Aproximadamente dois meses antes do primeiro dia de aula do trimestre de verão em Meadowbank, haviam ocorrido determinados eventos que teriam repercussões inesperadas naquela celebrada escola para garotas.

No palácio de Ramat, dois jovens fumavam e consideravam seu futuro imediato. Um deles tinha a tez morena, com um rosto liso azeitonado e grandes olhos melancólicos. Era o príncipe Ali Yusuf, xeque herdeiro de Ramat, que, apesar de pequeno, era um dos estados mais ricos no Oriente Médio. O outro era ruivo e sardento e quase sem um tostão no bolso, exceto pelo generoso salário que recebia como piloto particular de sua alteza, o príncipe Ali Yusuf. A despeito de sua diferença de status, eles se relacionavam em termos de perfeita igualdade. Eles haviam estudado na mesma escola pública e sido amigos na época e desde então.

– Atiraram na gente, Bob – disse o príncipe Ali quase com incredulidade.

– Atiraram mesmo – completou Bob Rawlinson.

– E atiraram para valer. Queriam nos matar de verdade.

– Os bastardos queriam mesmo – disse Bob severamente.

Ali ponderou a questão por um momento.

– Será que não valeria a pena tentar de novo?

– Talvez não tenhamos tanta sorte desta vez. A verdade é que demoramos demais para agir. Você deveria ter partido duas semanas atrás. Eu lhe disse.

– Ninguém gosta de fugir – disse o soberano de Ramat.

– Compreendo. Mas lembre o que Shakespeare, ou um desses sujeitos dados à poesia, disse sobre aqueles que fogem e permanecem vivos para lutar no outro dia.

– E pensar – disse o jovem príncipe sentido – no dinheiro que foi investido para tornar este um estado de bem-estar social. Hospitais, escolas, um serviço de saúde...

Bob Rawlinson interrompeu a lista.

– A embaixada não poderia fazer alguma coisa?

Ali Yusuf corou de raiva.

– Buscar refúgio na sua embaixada? Isto, jamais. Os extremistas provavelmente invadiriam o lugar, eles não respeitariam a imunidade diplomática. Além disso, se eu fizesse isto, seria realmente o fim! A principal acusação contra mim já é ser pró-Ocidente. – Ele suspirou. – É tão difícil de compreender. – Ele soava melancólico, mais jovem do que seus 25 anos. – Meu avô foi um homem cruel, um tirano de verdade. Ele tinha centenas de escravos e os tratava desumanamente. Nas suas guerras tribais, ele matava seus inimigos sem piedade e os executava de um modo terrível. O mero sussurro do seu nome fazia com que todos empalidecessem. E, mesmo assim, *ele* é lendário até hoje! Admirado! Respeitado! O grande Achmed Abdullah! E eu? O que eu fiz? Construí hospitais e escolas, saúde, habitação... todas as coisas que as pessoas dizem querer. Elas não as querem? Elas prefeririam um reino de terror como o do meu avô?

– Acredito que sim – disse Bob Rawlinson. – Parece um pouco injusto, mas assim é.

– Mas por quê, Bob? *Por quê*?

Bob Rawlinson suspirou, ajeitou-se no lugar e tentou explicar o que sentia. Ele teve de lutar contra sua própria dificuldade de articular as palavras.

– Bem – disse ele. – Ele comandava um espetáculo, acho que daria para se dizer isto. Ele era um tanto dramático, se é que você me entende.

Ele olhou para seu amigo, que com toda certeza não era dramático. Um bom sujeito, decente, sincero e confuso, era isso que Ali era, e Bob gostava dele por isso. Ele não era extravagante ou violento, mas enquanto na Inglaterra as pessoas extravagantes e violentas causavam constrangimento e não eram muito apreciadas, no Oriente Médio, Bob estava bastante certo, era diferente.

– Mas a democracia... – começou Ali.

– Ah, a democracia – Bob gesticulou com seu cachimbo. – Esta é uma palavra que tem significados diferentes em cada lugar. Uma coisa é certa, ela nunca tem o sentido que os gregos atribuíam a ela. Aposto o que você quiser, se eles o chutarem para fora daqui, algum falastrão vai assumir o poder, gritando elogios para si mesmo, fazendo-se passar por Deus Todo-Poderoso e enforcando ou decapitando qualquer um que ousar discordar dele de alguma forma. E, veja bem, ele vai dizer que se trata de um governo democrático, do povo e para o povo. Acredito que o povo vai gostar também. Vai ser um entretenimento para eles, com bastante sangue derramado.

– Mas não somos selvagens! Nós somos civilizados hoje em dia.

– Existem diferentes tipos de civilização... – disse Bob de modo vago. – Além disso, acho que temos um pouco de selvagem em nós mesmos se conseguirmos pensar em uma boa desculpa para deixá-lo aflorar.

– Talvez você esteja certo – disse Ali melancolicamente.

– O que as pessoas parecem não querer em lugar algum hoje em dia – disse Bob – é alguém que tenha um pouco de bom senso. Eu nunca fui um cara muito inteligente. Bem, você sabe muito bem disso, Ali, mas penso, com frequência, que é isso o que o mundo realmente precisa: só um pouco de bom senso. – Ele colocou de lado o cachimbo e sentou-se na sua cadeira. – Mas deixe isso para lá. O que importa é como tirá-lo daqui. Há alguém no exército em quem você confia de verdade?

Lentamente, o príncipe Ali Yusuf balançou a cabeça.

– Há duas semanas, eu teria dito “sim”. Mas agora, não sei... não posso ter *certeza*...

Bob inclinou a cabeça concordando.

– Isso é o pior de tudo. Quanto a este seu palácio, ele me dá arrepios.

Ali aquiesceu sem emoção.

– Sim, há espiões por toda parte nos palácios... eles ouvem tudo, eles sabem de tudo.

– Mesmo lá nos hangares – intercedeu Bob. – O velho Achmed é um bom sujeito, é como se ele tivesse um sexto sentido. Encontrou um dos mecânicos tentando sabotar o avião, um dos homens que teríamos jurado que era absolutamente confiável. Olhe aqui, Ali, se quisermos ter uma chance de tirá-lo daqui, terá de ser logo.

– Eu sei, eu sei. Acho, na verdade estou bastante certo disso agora, que, se ficar, serei morto.

Ele falou sem emoção, ou qualquer tipo de pânico, como se a ameaça não lhe dissesse respeito.

– Nós temos uma boa chance de sermos mortos de qualquer forma – Bob o avisou.

– Teremos de voar para o norte, você sabe. Eles não podem nos interceptar naquela direção. Mas isto significa passar sobre as montanhas, e nesta época do ano... – Ele meneou os ombros. – Você tem de compreender. É terrivelmente arriscado.

Ali Yusuf parecia angustiado.

– Se algo acontecer com você, Bob...

– Não se preocupe comigo, Ali. Não foi isso que eu quis dizer. Eu não sou importante. E, de qualquer maneira, eu sou do tipo de cara que certamente será morto mais cedo ou mais tarde. Eu estou sempre fazendo coisas malucas. Não, é você. Não quero persuadi-lo de uma coisa ou de outra. Se uma porção do exército for *leal*...

– Não gosto da ideia de fugir – disse Ali simplesmente. – Mas não tenho a menor vontade de virar um mártir e ser cortado em pedaços por uma multidão.

Ele ficou em silêncio por um momento ou dois.

– Muito bem então – ele disse ao fim com um suspiro. – Nós vamos fazer a tentativa. Quando?

Bob meneou os ombros.

– Quanto antes, melhor. Nós temos de levá-lo até a pista de decolagem de alguma forma que não chame a atenção... Que tal dizer que você está indo inspecionar a construção da nova estrada em Al Jasar? Um capricho repentino. Vá esta tarde. Então, quando seu carro passar pela pista, pare ali. Eu vou ter o avião pronto e regulado. A ideia será levantar voo para inspecionar a construção da estrada do alto, compreende? Nós decolamos e *caímos fora*! Não podemos levar bagagem alguma, é claro. Tem de ser tudo bem de improviso.

– Não há nada que eu gostaria de levar comigo, exceto uma coisa...

Ele sorriu, e subitamente o sorriso alterou seu rosto e o tornou uma pessoa diferente. Ele não era mais o jovem ocidentalizado moderno e consciencioso – o sorriso tinha toda a astúcia e a malícia que havia possibilitado a sobrevivência de uma longa linhagem dos seus ancestrais.

– Você é meu amigo, Bob, vou lhe mostrar.

Ele enfiou a mão dentro da camisa e tateou um pouco à procura de algo. Então estendeu-lhe uma bolsinha de camurça.

– Isso? – Bob franziu o cenho e pareceu intrigado.

Ali a tomou dele, desatou o cordel e derramou o conteúdo sobre a mesa.

Bob segurou a respiração por um momento e então a expeliu com um assovio baixo.

– Meu Deus. Elas são de *verdade*?

Ali parecia divertir-se.

– É claro que são de verdade. A maioria delas pertencia ao meu pai. Ele adquiria novas todos anos. Eu também. Elas vieram de muitos lugares, compradas para nossa família por homens que podemos confiar, de Londres, de Calcutá, da África do Sul. É uma tradição da nossa família. Tê-las em caso de necessidade. – Ele acrescentou com um tom de voz trivial: – Elas valem, ao preço de hoje, em torno de três quartos de milhão.

– Três quartos de um milhão de libras – Bob deu um assovio, pegou as pedras, deixando-as escorrer por entre seus dedos. – É fantástico, como um conto de fadas. Você fica enfeitiçado.

– Sim – o homem moreno inclinou a cabeça. Novamente aquele perpétuo aspecto cansado era visível em seu rosto. – Os homens se transformam por causa de joias. Sempre há uma trilha de violência acompanhando estas pedras. Mortes, sangue derramado, assassinato. E com as mulheres é pior. Para elas, não é somente o valor. Tem algo a ver com as joias em si. Belas joias enlouquecem as mulheres. Elas querem tê-las, usá-las em torno dos seus pescoços, sobre seus bustos. Eu não confiaria isto a mulher alguma. Mas vou confiá-las a você.

– A mim? – Bob arregalou os olhos.

– Sim. Não quero que estas joias caiam nas mãos dos meus inimigos. Não sei quando o golpe contra mim vai ocorrer. Pode estar planejado para hoje, e talvez eu não viva para chegar à pista de decolagem esta tarde. Leve as pedras e faça o melhor que você puder.

– Mas espere, eu não compreendo. O que eu devo fazer com elas?

– Dê um jeito para tirá-las do país.

Ali encarou placidamente o amigo perturbado.

– Você está querendo dizer que quer que *eu* as leve em vez de você?

– Você pode colocar a questão dessa forma. Mas acho que você será capaz de pensar em algum plano melhor para levá-las até a Europa.

– Mas, veja bem, Ali, não tenho a menor ideia de como fazer algo assim.

Ali se recostou na sua cadeira. Ele estava sorrindo com um silencioso deleite.

– Você tem bom senso. E você é honesto. E eu lembro dos dias em que você era meu calouro na escola, que você sempre aparecia com uma ideia engenhosa... Vou lhe dar o nome e o endereço de um homem que lida com estas questões para mim, isto é, caso eu não sobreviva. Não fique tão preocupado, Bob. Faça o melhor que você puder. É só isso que eu lhe peço. Não vou culpá-lo se você fracassar. Será como Alá quiser. Para mim, é simples. Não quero que estas pedras sejam tomadas do meu cadáver. Quanto ao resto... ele meneou os ombros. – É como eu disse. Tudo ocorrerá de acordo com a vontade de Alá.

– Você está maluco!

– Não. Eu sou um fatalista, só isso.

– Mas, veja bem, Ali, você acaba de dizer que sou honesto. Mas três quartos de um milhão. Você não acha que isso pode minar a honestidade de qualquer homem?

Ali Yusuf olhou para seu amigo com carinho.

– Por mais estranho que possa parecer – disse ele –, eu não tenho dúvidas quanto a isso.

Capítulo 2

A mulher na sacada

I

Enquanto Bob Rawlinson caminhava pelos ecoantes corredores de mármore do palácio, sentia-se infeliz como nunca antes em sua vida. A consciência de que estava carregando três quartos de um milhão de libras no bolso das suas calças causava-lhe profundo desgosto. Parecia-lhe que todos os oficiais do palácio por quem passava sabiam do fato. Bob sentia até mesmo que a consciência desse fardo precioso revelava-se em seu rosto. Ele ficaria aliviado se soubesse que seu rosto coberto de sardas demonstrava exatamente a sua expressão usual de alegre jovialidade.

Os sentinelas do lado de fora apresentaram as armas com um tinido. Bob seguiu adiante pela rua principal de Ramat, apinhada de gente, sua mente ainda confusa. Para onde ele estava indo? O que ele estava planejando fazer? Ele não fazia ideia. E o tempo era curto.

A rua principal era como a maioria das ruas principais no Oriente Médio. Era uma mistura de imundície e esplendor. Os bancos assomavam em sua vasta suntuosidade recém-construída. Inumeráveis lojinhas apresentavam uma coleção de produtos baratos de plástico. Sapatinhos de bebê e isqueiros baratos estavam expostos em uma justaposição improvável. Havia máquinas de costura e peças sobressalentes para carros. As farmácias exibiam preparados medicinais repulsivos, grandes anúncios de penicilina de todas as formas e antibióticos em abundância. Em poucas das lojas havia algo que você poderia normalmente querer comprar, exceto talvez os últimos lançamentos em relógios suíços, centenas dos quais estavam expostos empilhados numa janelinha. O sortimento era tão grande que mesmo ali ninguém compraria, estonteado pela simples quantidade.

Bob, ainda caminhando numa espécie de estupor, esbarrando em figuras em trajes nativos ou europeus, procurou controlar-se e se perguntou mais uma vez para onde diabos estava indo?

Ele entrou num café nativo e pediu um chá com limão. Enquanto Bob sorvia o chá, ele começou, lentamente, a acalmar-se. A atmosfera do café era reconfortante. Em uma mesa oposta a ele um árabe idoso calmamente manuseava com estalidos um cordão de contas de âmbar. Atrás dele dois homens jogavam gamão. Era um lugar bom para sentar e pensar.

E Bob tinha de pensar. Joias valendo três quartos de um milhão haviam sido confiadas a ele, e dependia dele tramar algum plano para conseguir tirá-las do país. Não havia tempo a perder também. A qualquer momento o caldo poderia entornar...

Ali era maluco, é claro. Jogar três quartos de um milhão despreocupadamente para um amigo daquele jeito. E então se sentar com toda a serenidade e deixar tudo nas mãos de Alá. Bob não tinha este recurso. O Deus de Bob esperava que seus servos tomassem suas decisões e desempenhassem suas próprias ações da melhor forma possível de acordo com a capacidade concedida a eles por Deus.

Que diabos ele iria fazer com estas malditas pedras?

Bob pensou na embaixada. Não, ele não poderia envolver a embaixada. Era quase certo que a embaixada se recusaria a se envolver.

O que ele precisava era de outra pessoa, uma pessoa comum em todos os sentidos e que estivesse saindo do

Agatha Christie
(1890-1976)

Agatha Christie é a autora mais publicada de todos os tempos, superada apenas por Shakespeare e pela Bíblia. Em uma carreira que durou mais de cinquenta anos, escreveu 66 romances de mistério, 163 contos, dezenove peças, uma série de poemas, dois livros autobiográficos, além de seis romances sob o pseudônimo de Mary Westmacott. Dois dos personagens que criou, o engenhoso detetive belga Hercule Poirot e a irrepreensível e implacável Miss Jane Marple, tornaram-se mundialmente famosos. Os livros da autora venderam mais de dois bilhões de exemplares em inglês, e sua obra foi traduzida para mais de cinquenta línguas. Grande parte da sua produção literária foi adaptada com sucesso para o teatro, o cinema e a tevê. *A ratoeira*, de sua autoria, é a peça que ficou mais tempo em cartaz desde sua estreia, em Londres, em 1952. A autora colecionou diversos prêmios ainda em vida, e sua obra conquistou uma imensa legião de fãs. Ela foi a única escritora de mistério a alcançar fama internacional também como dramaturga e a primeira pessoa a ser homenageada com o Grandmaster Award, em 1954, concedido pela prestigiosa associação Mystery Writers of America. Em 1971, recebeu o título de Dama da Ordem do Império Britânico.

Agatha Mary Clarissa Miller nasceu em 15 de setembro de 1890 em Torquay, Inglaterra. Seu pai, Frederick, era um americano extrovertido que trabalhava como corretor da bolsa, e sua mãe, Clara, era uma inglesa tímida. Agatha, a caçula de três irmãos, estudou basicamente em casa, com tutores. Também teve aulas de canto e piano, mas devido ao temperamento introvertido não seguiu carreira artística. O pai de Agatha morreu quando ela tinha onze anos, o que a aproximou da mãe, com quem fez várias viagens. A paixão por conhecer o mundo acompanharia a escritora até o final da vida.

Em 1912, Agatha conheceu Archibald Christie, seu primeiro esposo, um aviador. Eles se casaram na véspera do Natal de 1914 e tiveram uma única filha, Rosalind, em 1919. A carreira literária de Agatha – uma fã dos livros de suspense do escritor inglês Graham Greene – começou depois que sua irmã a desafiou a escrever um romance. Passaram-se alguns anos até que o primeiro livro da escritora fosse publicado. *O misterioso caso de Styles* (1920), escrito próximo ao fim da Primeira Guerra Mundial, teve uma boa acolhida da crítica. Nesse romance aconteceu a primeira aparição de Hercule Poirot, o detetive que estava destinado a se tornar o personagem mais popular da ficção policial desde Sherlock Holmes. Protagonista de 33 romances e mais de cinquenta contos da autora, o detetive belga foi o único personagem a ter o obituário publicado pelo *The New York Times.*

Em 1926, dois acontecimentos marcaram a vida de Agatha Christie: a sua mãe morreu, e Archie a deixou por outra mulher. É dessa época também um dos fatos mais nebulosos da biografia da autora: logo depois da separação, ela ficou desaparecida durante onze dias. Entre as hipóteses figuram um surto de amnésia, um choque nervoso e até uma grande jogada publicitária. Também em 1926, a autora escreveu sua obra-prima, *O assassinato de Roger Ackroyd.* Esse foi seu primeiro livro a ser adaptado para o teatro – sob o nome *Álibi* – e a fazer um estrondoso sucesso nos teatros ingleses. Em 1927, Miss Marple estreou como personagem no conto "O Clube das Terças-Feiras".

Em uma de suas viagens ao Oriente Médio, Agatha conheceu o arqueólogo Max Mallowan, com quem se casou em 1930. A escritora passou a acompanhar o marido em expedições arqueológicas e nessas viagens colheu material para seus livros, muitas vezes ambientados em cenários exóticos. Após uma carreira de sucesso, Agatha Christie morreu em 12 de janeiro de 1976.

país de maneira absolutamente corriqueira. Um homem de negócios, ou um turista seria o melhor. Alguém sem conexões políticas cuja bagagem seria, no máximo, sujeita a uma revista superficial ou com mais chance de nem ser revistada. Havia, é claro, a outra ponta a ser considerada... Um escândalo no aeroporto de Londres. Uma tentativa de contrabandear joias valendo três quartos de um milhão. E por aí afora. Ele teria de correr esse risco...

Alguém comum – um viajante de *boa-fé*. E subitamente Bob se sentiu um completo idiota. Joan, é claro. A sua irmã Joan Sutcliffe. Joan estava já há dois meses em Ramat com sua filha Jennifer a quem, após um período difícil com pneumonia, havia sido recomendado tomar sol e buscar um clima seco. Elas estavam voltando pela "longa rota marítima" em quatro ou cinco dias.

Joan era a pessoa ideal. O que Ali havia dito sobre mulheres e joias? Bob sorriu para si mesmo. Querida Joan! *Ela* não perderia a cabeça por causa de joias. Ele confiava que ela manteria os pés no chão. Sim – Bob podia confiar em Joan.

Espere um minuto, no entanto... ele poderia confiar em Joan? Em sua honestidade, sim. Mas em sua discrição? Com pesar Bob balançou a cabeça. Joan falaria, ela não seria capaz de não falar. Ainda pior, ela faria insinuações. "Estou levando algo muito importante para casa, não devo dizer uma palavra a ninguém. É bastante empolgante, na verdade..."

Joan nunca fora capaz de guardar segredo, apesar de sempre ficar realmente enfurecida se alguém lhe dissesse isto. Joan, então, não podia ficar sabendo o que ela estava levando. Seria mais seguro para ela desta forma. Ele colocaria as pedras num pacote, um inocente pacote. Um presente para alguém? Uma comissão? Bob pensaria em algo...

Ele olhou o relógio e se levantou. O tempo urgia. Bob seguiu rua afora indiferente ao calor do meio-dia.

Tudo parecia tão normal. Na superfície, não havia nada errado. Apenas no palácio as artimanhas, a espionagem e os sussurros eram percebidos. O exército – tudo dependia do exército. Quem era leal? Quem era traidor? Um *coup d'état* com certeza seria tentado. Ele teria sucesso ou fracassaria?

Bob franziu o cenho quando entrou no principal hotel de Ramat. Era modestamente chamado de Ritz Savoy e tinha uma grandiosa fachada modernista. Ele havia sido inaugurado com grande cerimônia três anos antes, com um gerente suíço, um chef vienense, e um *maître d'hôtel* italiano. Tudo havia sido maravilhoso. O chef vienense havia ido embora primeiro, e em seguida, o gerente suíço. Agora o maître italiano havia ido também. A comida ainda era pretensiosa, mas ruim, o serviço, abominável, e uma boa parte do caro encanamento havia estragado.

O recepcionista atrás do balcão conhecia Bob bem e sorriu exultante para ele.

– Bom dia, líder do esquadrão. O senhor quer falar com sua irmã? Ela saiu para um piquenique com a garotinha...

– Um piquenique? – Bob estava surpreso. E isso era hora para um piquenique?

– Com o sr. e a sra. Hurst da companhia de petróleo – disse o recepcionista, como quem contasse as mais recentes novidades. Todos sempre sabiam de tudo. – Eles foram à represa de Kalat Diwa.

Bob praguejou entre dentes. Joan ficaria fora por horas.

– Vou subir para o quarto dela – disse ele e estendeu a mão para a chave que o atendente lhe passou.

Bob destrancou a porta e entrou. O quarto, espaçoso e com duas camas, estava desarrumado como sempre. Joan Sutcliffe não era uma mulher organizada. Tacos de golfe estavam largados sobre uma cadeira, raquetes de tênis haviam sido jogadas na cama. Roupas por toda parte, a mesa cheia de rolos de filme, cartões postais, livros de bolso e uma variedade de antiguidades nativas do hemisfério sul, a maioria feitas em Birmingham e no Japão.

Bob olhou à sua volta, para as malas e as sacolas com zíperes. Ele estava diante de um problema, pois não conseguiria ver Joan antes de tirar Ali de Ramat de avião. Não haveria tempo para ir até a represa e voltar. Ele poderia empacotar as pedras e deixá-las ali com um bilhete – mas quase imediatamente mudou de ideia. Bob sabia muito bem que ele era quase sempre seguido. Havia uma grande chance de ele ter sido seguido do palácio até o café e do café até ali. Ele não tinha visto ninguém – mas ele sabia que eles eram bons nesse trabalho. Não havia nada de suspeito na sua ida até o hotel para ver sua irmã – mas se ele deixasse um pacote e um bilhete, o bilhete seria lido, e o pacote, aberto.

Tempo... tempo... Bob não tinha *tempo*...

Três quartos de um milhão em pedras preciosas no bolso das suas calças.

Ele olhou em torno do quarto...

Então, com um sorriso, puxou de seu bolso o pequeno kit de ferramentas que sempre carregava. Sua sobrinha Jennifer tinha um pouco de massa de modelar, ele notou, isto ajudaria.

Ele trabalhou com rapidez e habilidade. Em determinado momento, ergueu os olhos, desconfiado, e observou a janela aberta. Não, não havia uma sacada do lado de fora do quarto. Eram somente seus nervos que o faziam sentir que alguém o estava observando.

Bob terminou sua tarefa e assentiu em aprovação. Ninguém notaria o que ele havia feito – ele tinha certeza disso. Nem Joan ou ninguém mais. Certamente não Jennifer, uma garota egocêntrica, que nunca via ou notava nada fora de si mesma.

Ele limpou todas as evidências do seu trabalho e as colocou no bolso... Então hesitou, olhando à sua volta.

Bob puxou para si o bloco de anotações da sra. Sutcliffe e sentou-se franzindo o cenho.

Ele tinha de deixar um bilhete para Joan.

Mas o que ele poderia dizer? Tinha de ser algo que Joan entendesse – mas que não significaria nada para alguém que lesse o bilhete.

E era mesmo impossível! No tipo de romance policial que Bob gostava de ler para passar suas horas de lazer, você deixava uma espécie de criptograma que sempre era decifrado com sucesso por alguém. Mas ele não conseguia nem começar a pensar num criptograma – e de qualquer maneira Joan era o tipo de pessoa de bom senso que precisaria dos pingos nos is antes de perceber qualquer coisa.

Então seu semblante relaxou. Havia outra forma de fazê-lo – desviar a atenção de Joan – deixar um bilhete cotidiano comum. Então deixar uma mensagem com outra pessoa para ser dada a Joan na Inglaterra. Ele escreveu com rapidez:

> *Querida Joan,*
> *passei por aqui para ver se você não queria jogar golfe esta tarde, mas, se você esteve na represa, provavelmente está morta de cansada. Que tal amanhã? Cinco em ponto no clube.*
> *Até mais, Bob.*

Uma mensagem corriqueira demais para deixar para a irmã que ele talvez nunca voltasse a ver – mas, de certa maneira, quanto mais corriqueira melhor. Joan não podia ser envolvida em nenhum negócio escuso, não deveria nem mesmo saber que havia algum negócio escuso. Joan era incapaz de dissimular. Sua proteção seria o fato de que ela evidentemente não sabia de nada.

E o bilhete conseguiria um duplo propósito. Pareceria que ele, Bob, não tinha planos para partir.

Ele pensou por um minuto ou dois, então foi até o telefone e deu o número da embaixada britânica. Logo estava falando com Edmundson, o terceiro secretário, um amigo seu.

– John? Aqui é Bob Rawlinson. Você poderia encontrar uma pessoa quando você sair?... Talvez um pouco mais cedo do que isso?... Você tem de fazer isso, velho. É importante. Bem, na verdade é uma garota... – Ele tossiu constrangido. – Ela é maravilhosa, realmente maravilhosa. De outro planeta. Só que é meio complicado.

A voz de Edmundson, soando um tanto pomposa e desaprovadora, disse:

– Realmente, Bob, você e suas garotas. Tudo bem, às duas em ponto pode ser? – e desligou.

Bob ouviu o eco do pequeno clique quando quem quer que estivera ouvindo sua conversa recolocou o telefone no gancho.

Bom e velho Edmundson. Já que todos os telefones em Ramat estavam grampeados, Bob e John Edmundson haviam desenvolvido um código só deles. Uma garota maravilhosa "de outro planeta" significava algo urgente e importante.

Edmundson o pegaria em seu carro na calçada do banco Merchants às duas em ponto, e ele contaria para Edmundson do esconderijo. Bob lhe contaria que Joan não sabia nada sobre o assunto, mas, se algo acontecesse a ele, isso era importante. Viajando pela rota marítima mais longa, Joan e Jennifer não estariam de volta à Inglaterra por seis semanas. A esta altura, a revolução quase que com certeza teria acontecido e teria sido bem-sucedida ou abafada. Ali Yusuf poderia estar na Europa, ou ele e Bob poderiam estar ambos mortos. Ele contaria a Edmundson o suficiente, mas não demais.

Bob deu uma última olhada em torno do quarto. Ele parecia exatamente o mesmo, tranquilo, desarrumado, familiar. A única coisa que havia sido acrescentada fora seu bilhete inocente para Joan. Ele o escorou sobre a mesa e saiu do quarto. Não havia ninguém no longo corredor.

II

A mulher no quarto ao lado do ocupado por Joan Sutcliffe retornou da sacada. Havia um espelho na sua mão.

Ela tinha ido para a sacada originalmente para examinar com mais proximidade um único pelo que tivera a audácia de aparecer no seu queixo. Ela eliminou-o com uma pinça e então sujeitou seu rosto a um exame minucioso sob a luz clara do sol.

Foi neste instante, enquanto relaxava, que ela viu algo mais. O ângulo em que estava segurando o espelho era tal que refletia o espelho do guarda-roupa no quarto ao lado do seu e, naquele espelho, ela viu um homem fazendo algo muito curioso.

Tudo foi tão curioso e inesperado que ela ficou ali, imóvel, observando. Ele não podia vê-la de onde estava sentado à mesa, e ela podia vê-lo somente através do reflexo duplo.

Se ele tivesse olhado para trás, poderia ter visto o espelho dela no espelho do guarda-roupa, mas ele estava absorvido demais no que estava fazendo para olhar atrás de si...

Uma vez, de fato, ele olhara subitamente na direção da janela, mas já que não havia nada para ser visto ali, baixou sua cabeça de novo.

A mulher o observou enquanto ele terminava o que estava fazendo. Após um momento de pausa, ele escreveu o bilhete e o escorou de pé sobre a mesa. Então, saiu do seu ângulo de visão, mas ela podia ouvir o suficiente para perceber que ele estava fazendo uma ligação telefônica. Ela não conseguiu entender o que foi dito, mas a conversa tinha um tom despreocupado – casual. Então, ela ouviu a porta fechar.

A mulher esperou alguns minutos. Em seguida, abriu sua porta. No fim do corredor, um árabe estava agitando preguiçosamente um espanador de penas. Ele seguiu em outra direção e sumiu de vista.

A mulher se esgueirou rapidamente até a porta do quarto ao lado. Ela estava trancada, mas isto era esperado. O grampo de cabelo que ela tinha consigo e a lâmina de uma faca pequena resolveram a questão com rapidez e destreza.

Ela entrou, fechando a porta atrás de si. Pegou o bilhete. A aba havia sido fechada levemente e abriu com facilidade. Ela leu o bilhete, franzindo o cenho. Não havia explicação ali.

Ela o fechou, colocou de volta e atravessou o quarto.

Nesse instante, com sua mão estendida, ela foi interrompida por vozes à janela, vindas do terraço abaixo.

Uma delas era a voz que sabia ser da ocupante do quarto no qual agora estava. Uma voz decidida, didática, absolutamente segura de si.

Ela correu até a janela.

Embaixo no terraço, Joan Sutcliffe, acompanhada por sua filha, Jennifer, uma garota pálida e encorpada de quinze anos, estava dizendo ao mundo e a um inglês do consulado britânico alto e de aparência triste exatamente o que ela achava das providências que ele tomara.

– Mas isto é absurdo! Eu nunca *ouvi* uma bobagem tão grande. Tudo está perfeitamente calmo aqui, e todos são muito cordiais. Acho que isso não passa de uma onda de pânico exagerada.

– Esperamos que sim, sra. Sutcliffe, nós certamente esperamos que sim. Mas o embaixador acredita que a responsabilidade é tal que...

A sra. Sutcliffe o interrompeu. Ela não tinha a intenção de considerar a responsabilidade de embaixadores.

– Sabe, nós temos muita bagagem. Vamos tomar a rota marítima mais longa de volta para casa na próxima quarta-feira. A viagem por mar vai ser boa para a Jennifer. Assim disse o médico. Eu tenho de declinar da forma mais absoluta possível qualquer alteração em meus planos, e não serei colocada num avião para a Inglaterra com essa pressa estúpida.

O homem de aparência tristonha disse de maneira encorajadora que a sra. Sutcliffe e sua filha poderiam pegar um avião, não para a Inglaterra, mas para Aden, e embarcar no seu navio lá.

– Com nossa bagagem?

– Sim, sim, isto pode ser conseguido. Eu tenho um carro esperando, uma camionete. Nós podemos carregar tudo agora mesmo.

– Está bem. – A sra. Sutcliffe se rendeu. – Acredito que é melhor nós fazermos as malas.

– Neste instante, se possível.

A mulher no quarto recuou com pressa. Ela deu uma última olhada no endereço escrito na etiqueta de uma das malas. Então saiu do quarto o mais rápido que pôde, sem fazer ruído, e voltou para o seu quarto no mesmo instante em que a sra. Sutcliffe aparecia no corredor.

O recepcionista estava correndo atrás dela.

– Seu irmão, o líder do esquadrão, esteve aqui, sra. Sutcliffe. Ele subiu para o seu quarto. Mas acho que ele já saiu de novo. A senhora deve tê-lo perdido por muito pouco.

– Que cansativo – disse a sra. Sutcliffe. – Obrigada – ela disse para o recepcionista e então se dirigiu a Jennifer: – Acredito que o Bob esteja no meio disso também. *Eu* mesma não consigo ver sinal algum de desordem nas ruas. Esta porta está destrancada. Como as pessoas são descuidadas.

– Talvez tenha sido o Tio Bob – disse Jennifer.

– Que pena não tê-lo encontrado... Oh, há um bilhete. – Ela o abriu com um rasgão. – De qualquer maneira, o *Bob* não está no meio deste alvoroço – disse ela de maneira triunfante. – Ele obviamente não sabe nada sobre tudo isso. Não passa de uma confusão diplomática. Como eu odeio tentar fazer as malas no calor do dia. Este quarto está um forno. Vamos, Jennifer, tire suas coisas da cômoda e do guarda-roupa. Teremos de amontoar tudo nas malas de qualquer jeito. Podemos arrumá-las mais tarde.

– Eu nunca estive numa revolução – disse Jennifer pensativa.

– E não será desta vez que você vai estar numa – disse sua mãe cortando o assunto. – Vai ser bem como eu disse. Nada vai acontecer.

Jennifer parecia desapontada.

Capítulo 3

Apresentando o sr. Robinson

I

Aproximadamente seis semanas depois, um jovem bateu discretamente à porta de uma sala em Bloomsbury e ouviu que podia entrar.

Era uma sala pequena. Atrás de uma escrivaninha havia um homem de meia-idade afundado numa cadeira. Ele vestia um terno amarrotado e manchado de cinzas de charuto na frente. As janelas estavam fechadas, e a atmosfera era quase insuportável.

– Bem? – disse o homem gordo com irritação, os olhos semicerrados. – O que foi agora, hum?

Dizia-se do coronel Pikeaway que seus olhos estavam sempre fechando para dormir, ou abrindo após o sono. Também se dizia que seu nome não era Pikeaway e que ele não era coronel. Mas algumas pessoas dizem qualquer coisa!

– Edmundson, do Ministério de Relações Exteriores, está aqui, senhor.

– Ah – exclamou o coronel Pikeaway.

Ele piscou os olhos, parecendo que ia dormir novamente, e resmungou:

– Terceiro-secretário na nossa embaixada em Ramat na época da revolução. Certo?

– Correto, senhor.

– Suponho, então, que seja melhor recebê-lo – disse o coronel Pikeaway sem demonstrar muita satisfação. Ele se endireitou na cadeira e limpou um pouco das cinzas de sua barriga proeminente.

O sr. Edmundson era um jovem louro e alto, vestido de maneira muito apropriada e com modos que combinavam com sua aparência, e um ar constante de recriminação silenciosa.

– Coronel Pikeaway? Eu sou John Edmundson. Disseram que o senhor... hum... talvez quisesse falar comigo.

– Disseram? Bem, devem estar certos – disse o coronel Pikeaway. – Sente-se – ele acrescentou.

Seus olhos começaram a fechar de novo, mas, antes que eles o fizessem, ele falou:

– Você estava em Ramat na época da revolução?

– Sim, eu estava. Um evento deplorável.

– Imagino que sim. Você era amigo de Bob Rawlinson, não era?

– Eu o conheço razoavelmente bem, sim.

– Tempo verbal errado – disse o coronel Pikeaway. – Ele está morto.

– Sim, senhor, eu sei. Mas não tinha certeza... – ele fez uma pausa.

– Você não precisa se preocupar em ser cauteloso aqui – disse o coronel Pikeaway. – Aqui sabemos de tudo. Ou, se não sabemos, fingimos saber. Rawlinson levou Ali Yusuf de avião para fora de Ramat no dia da revolução. O avião nunca mais foi visto. Talvez ele tenha pousado em algum lugar inacessível, ou talvez tenha caído. Os destroços de um avião foram encontrados nas montanhas Arolez. Dois corpos. A notícia será divulgada para a imprensa amanhã. Certo?

Edmundson admitiu que ele estava bastante certo.

– Sabemos de tudo por aqui – disse o coronel Pikeaway. – É para isso que servimos. O avião colidiu com a montanha. Podem ter sido as condições do tempo, mas temos razões para acreditar que foi sabotagem. Uma bomba de efeito retardado. Não temos os relatórios completos ainda, pois o avião caiu num lugar bastante inacessível. Havia uma recompensa por encontrá-lo, mas essas coisas levam muito tempo para vir a público. Então tivemos de enviar peritos para fazer uma inspeção. E há toda a burocracia, é claro. Autorizações de um governo estrangeiro, permissões de ministros, subornos, sem falar nos camponeses locais que se apropriam de qualquer coisa que lhes pareça útil.

Ele fez uma pausa e olhou para Edmundson.

– Muito triste, a história toda – disse Edmundson. – O príncipe Ali Yusuf teria sido um soberano esclarecido, com princípios democráticos.

– Deve ter sido isto o que derrubou o pobre rapaz – disse o coronel Pikeaway.

– Mas não podemos perder tempo contando histórias tristes sobre mortes de reis. Foi-nos pedido que fizéssemos determinadas... investigações. Por partes interessadas. Partes, isto é, com quem o governo de Sua Majestade tem boas relações. – Ele olhou intensamente para o outro. – Você entende o que quero dizer?

– Bem, ouvi falar de alguma coisa. – Edmundson falou com relutância.

– Talvez você tenha ouvido que nada de valor foi encontrado nos corpos, ou em meio aos destroços, e, até onde se sabe, nada foi furtado pelos nativos. Mas você nunca pode ter certeza quanto aos camponeses. Eles conseguem manter a boca fechada tão bem quanto o próprio ministério de relações exteriores. E o que mais você ouviu?

– Nada mais.

– Você não ouviu que talvez algo de valor *devesse* ser encontrado? Por que lhe mandaram falar comigo?

– Disseram que o senhor talvez queira me fazer algumas perguntas – disse Edmundson empertigando-se.

– Se eu lhe fizer perguntas, vou esperar respostas – enfatizou o coronel Pikeaway.

– É claro.

– Não parece algo natural para você, filho. Bob Rawlinson disse-lhe alguma coisa antes de partir de avião de Ramat? Se alguém tinha a confiança de Ali, era ele. Vamos, faça um esforço. Ele disse alguma coisa?

– Quanto a que, senhor?

O coronel Pikeaway encarou-o com firmeza e coçou a orelha.

– Está bem – resmungou. – Mantenha segredo sobre o que quiser. Na minha opinião, você está exagerando! Se você não sabe a respeito do que estou falando, você não sabe de nada, e essa é a verdade.

– Acho que havia algo... – Edmundson falou com cautela e relutância. – Algo importante que talvez o Bob quisesse me contar.

– Ah – disse o coronel Pikeaway, com o ar de um homem que finalmente tirou a rolha de uma garrafa. – Interessante. Vamos ouvir o que você sabe.

– É muito pouco, senhor. Bob e eu tínhamos uma espécie de código simples. Tínhamos nos acostumado ao fato de que todos os telefones em Ramat estavam grampeados. Bob ficava sabendo de algumas coisas no palácio, e eu às vezes tinha informações úteis para ele. Então, se um dos dois ligava para o outro e mencionava uma ou mais garotas, de uma forma específica, usando o termo "de outro planeta" para ela, isto significava que algo estava acontecendo!

– Informações importantes de algum tipo?

– Sim. Bob me ligou usando estes termos no dia em que todo este caso começou. Eu deveria encontrá-lo em nosso lugar habitual, em frente a um dos bancos. Mas o distúrbio irrompeu naquele mesmo quarteirão, e a polícia bloqueou a rua. Não pude fazer contato com Bob, ou ele comigo. Ele fugiu de avião com Ali naquela mesma tarde.

– Compreendo – disse Pikeaway. –Você não faz ideia de onde ele estava telefonando?

– Não. Poderia ser de qualquer lugar.

– Uma pena. – Ele fez uma pausa e então disse casualmente: – Você conhece a sra. Sutcliffe?

– O senhor quer dizer a irmã de Bob Rawlinson? Eu a encontrei lá, é claro. Ela estava em Ramat com uma filha em idade escolar. Não a conheço bem.

– Ela e Bob Rawlinson eram muito próximos?

Edmundson ponderou a questão.

– Não, não diria isso. Ela era bem mais velha do que ele e agia como a irmã mais velha, até demais. E ele não gostava muito do cunhado, sempre se referia a ele como um asno pomposo.

– Isto ele é! Um dos nossos eminentes industriais; e como eles podem ser pomposos! Então você não acha provável que Bob Rawlinson tenha confiado um segredo importante para sua irmã?

– É difícil dizer, mas não, eu diria que não.

– Eu também diria que não – disse o coronel Pikeaway. Ele suspirou. – Bem, esta é a situação: a srta. Sutcliffe e sua filha estão a caminho de casa, de navio e pela rota mais longa. Vão atracar em Tilbury no *Eastern Queen* amanhã.

Ele ficou em silêncio por alguns momentos, enquanto seus olhos avaliavam com cuidado o jovem à sua frente. Então, como se chegasse a uma decisão, estendeu a mão e falou rapidamente:

– Obrigado por ter vindo.

– Apenas lamento ter sido de tão pouca ajuda. O senhor tem certeza de que não há nada que eu possa fazer?

– Não. Não. Temo que não.

John Edmundson saiu. O jovem discreto voltou.

– Pensei que poderia enviá-lo para Tilbury, para dar a notícia à irmã – disse Pikeaway. – Amigo do irmão dela e tudo mais. Mas decidi que não. Tipo rígido. É o treinamento do ministério. Não é um oportunista. Vou enviar em seu lugar aquele outro fulano.

– Derek?

– Isso mesmo – o coronel Pikeaway assentiu sua aprovação. – Você está começando a entender o que quero dizer, não é?

– Eu tento o meu melhor, senhor.

– Tentar não é o suficiente. Você tem de conseguir. Mande o Ronnie entrar primeiro. Tenho uma missão para ele.

II

O coronel Pikeaway dava a impressão de estar prestes a dormir novamente quando o jovem chamado Ronnie entrou na sala. Ele era alto, moreno, musculoso, e tinha um jeito alegre e um tanto impertinente.

O coronel Pikeaway olhou para ele por alguns momentos e então abriu um largo sorriso.

– O que você acharia de infiltrar-se numa escola para garotas? – ele perguntou.

– Uma escola para garotas? – O jovem ergueu as sobrancelhas. – Isso vai ser uma novidade! O que elas estão aprontando? Fazendo bombas na aula de química?

– Nada disso. Uma escola de alta classe. Meadowbank.

– Meadowbank! – O jovem deu um assobio. – Não acredito!

– Segure sua língua impertinente e me ouça. A princesa Shaista, prima irmã e única parente próxima do falecido príncipe Ali Yusuf de Ramat, vai estudar lá neste próximo trimestre. Ela esteve numa escola na Suíça até agora.

– O que devo fazer? Raptá-la?

– Certamente não. Acho que é possível que ela possa tornar-se objeto de interesse no futuro próximo. Gostaria que você observasse o que vai acontecer daqui para frente. Não posso ser mais específico. Não sei quem ou o que pode surgir, mas se qualquer um dos nossos amigos mais desagradáveis parecerem estar interessados informe-nos... Vigiar e relatar é o que você vai fazer.

O jovem assentiu com a cabeça.

– E como vou entrar na escola para vigiar? Vou ser o professor de desenho?

– A equipe de professores visitantes é composta só de mulheres. – O coronel olhou para ele, pensativo. – Acho que vou torná-lo um jardineiro.

– Um jardineiro?

– Sim. Estou certo em pensar que você sabe alguma coisa sobre jardinagem?

– Sim, é mesmo. Não faz muito eu tive uma coluna na seção *Seu Jardim* no *Sunday Mail* por um ano.

– Ora! – disse o coronel Pikeaway. – Isto não é nada! Eu mesmo poderia escrever uma coluna sobre jardinagem sem saber nada do assunto: é só plagiar alguns catálogos bem ilustrados da *Nurseryman* e uma enciclopédia de jardinagem. Conheço toda a conversa fiada. "*Por que não romper com a tradição e dar um tom realmente tropical à sua cerca este ano? Uma adorável Amabellis Gossiporia, e algumas das novas e maravilhosas híbridas chinesas de Sinensis Maka foolia. Experimente a rica beleza rósea das moitas de Sinistra Hopaless. Não são muito resistentes, mas ficarão ótimas junto a um muro a oeste.*" – Ele interrompeu-se e abriu um largo sorriso. – É tudo papo furado! Os idiotas compram as plantas, e a primeira geada as mata, e eles lamentam não ter ficado com os goiveiros e os miosótis de sempre! Não, meu jovem, falo de jardinagem verdadeira. Cuspa em suas mãos e use a pá, vá se familiarizando com o monte de adubo, cubra as raízes com palha cuidadosamente, use a enxada holandesa e todo tipo de enxada, cave bem fundo para plantar ervilhas-de-cheiro, e todo o resto do trabalho sujo. Você consegue fazer isso?

– Todas essas coisas eu tenho feito deste garoto!

– É claro que sim. Eu conheço a sua mãe. Então, está combinado.

– Há uma oferta de trabalho como jardineiro em Meadowbank?

– Certamente vai haver – disse o coronel Pikeaway. – Todo jardim na Inglaterra está precisando de gente. Vou escrever umas belas cartas de recomendação. Espere e verá, simplesmente brigarão por você. Não há tempo a perder, o trimestre de verão começa no dia 29.

– Eu trabalho no jardim e mantenho os olhos abertos, certo?

– É isso, e se qualquer adolescente excitada demais flertar com você, que Deus o ajude se você corresponder. Não quero jogá-lo na rua tão cedo.

Ele puxou uma folha de papel para si.

– Que nome você gostaria?

– Adam me pareceria apropriado.

– Sobrenome?

– Que tal Éden?

– Não tenho certeza se gosto do seu modo de pensar. Adam Goodman está ótimo. Vá ajudar Jenson a criar uma história pregressa para você e não perca tempo. – Ele olhou para o relógio. – Não tenho mais tempo para você. Não quero manter o sr. Robinson esperando. Ele já deve estar aqui a esta altura.

Adam (para dar-lhe seu novo nome) parou a meio caminho da porta.

– Sr. Robinson? – ele perguntou com curiosidade. – *Ele* está vindo?

– É o que eu disse. – Uma campainha soou na escrivaninha. – Cá está ele. Sempre pontual, o sr. Robinson.

– Diga-me – disse Adam de maneira indiscreta. – Quem é ele de verdade? Qual o seu nome real?

– Seu nome – disse o coronel Pikeaway – é sr. Robinson. É tudo o que sei, e é tudo o que se sabe a seu respeito.

III

O homem que entrou na sala não parecia ter, ou haver tido um dia, o sobrenome Robinson. Ele poderia ter sido Demetrius, ou Isaacstein, ou Perenna – e nenhum destes em particular. Certamente não era judeu ou grego, tampouco português, espanhol ou sul-americano. O que parecia muito improvável era que se tratasse de um inglês chamado Robinson. Era gordo e bem-vestido, de tez amarela, olhos escuros melancólicos, uma testa larga e uma boca generosa que exibia dentes muito brancos e grandes demais. Suas mãos eram bem-formadas e belamente cuidadas. Falava inglês sem um traço sequer de sotaque.

Ele e o coronel Pikeaway cumprimentaram-se como dois monarcas reinantes. Cortesias foram trocadas.

Então, quando o sr. Robinson aceitou um charuto, o coronel Pikeaway disse:

– É muito bom receber a sua oferta de ajuda.

Sr. Robinson acendeu seu charuto, saboreou-o com satisfação e, por fim, falou.

– Meu caro amigo. Eu só pensei... Você sabe, eu ouço coisas. Eu conheço muitas pessoas e elas me contam coisas. Não sei por quê.

Coronel Pikeaway não comentou sobre o porquê.

Ele disse:

– Imagino que você tenha ouvido falar que o avião do príncipe Ali Yusuf foi achado.

– Quarta-feira da semana passada – disse o sr. Robinson. – O jovem Rawlinson era o piloto. Um voo difícil. Mas o acidente não foi devido a um erro da parte de Rawlinson. O avião havia sido sabotado por um certo Achmed, um velho mecânico da mais absoluta confiança, ou pelo menos assim pensava Rawlinson. Ele conseguiu um posto bastante lucrativo no novo *régime* agora.

– Então foi sabotagem! Nós não tínhamos certeza. Que história triste.

– Sim. Aquele pobre rapaz, quero dizer, Ali Yusuf, estava mal preparado para lidar com corrupção e traição. Sua educação numa escola pública foi imprudente, ao menos assim entendo. Mas não estamos preocupados com ele agora, estamos? Ele é notícia de ontem. Nada está tão morto quanto um rei morto. Estamos preocupados, o senhor do seu jeito, eu do meu, com o que os reis mortos deixam para trás.

– Que é?

O sr. Robinson meneou os ombros.

– Um saldo bancário substancial em Genebra, um saldo modesto em Londres, propriedades consideráveis no seu próprio país agora tomado pelo glorioso novo *régime* (e, pelo que fiquei sabendo, um sentimento um pouco ruim quanto à maneira como o espólio foi dividido!), e por fim um pequeno item pessoal.

– Pequeno?

– Essas coisas são relativas. De qualquer maneira, pequeno em tamanho, mas conveniente para carregar com a pessoa.

– Elas não estavam com Ali Yusuf, até onde sabemos.

– Não, porque ele as havia passado para o jovem Rawlinson.

– Você tem certeza disso? – perguntou Pikeaway bruscamente.

– Bem, nunca se pode ter certeza – disse o sr. Robinson desculpando-se. – Em um palácio há tantos boatos, nem *tudo* pode ser verdade. Mas havia um rumor muito forte a este respeito.

– Elas também não estavam com Rawlinson...

– Neste caso – disse o sr. Robinson – me parece que elas devem ter saído do país de outra maneira.

– De que outra maneira? Você tem alguma ideia?

– Rawlinson foi para um café na cidade após ter recebido as joias. Ninguém o viu falar ou se aproximar de alguém enquanto esteve lá. Então ele seguiu para o hotel Ritz Savoy onde sua irmã estava hospedada. Rawlinson subiu para o quarto dela e ficou lá por aproximadamente 20 minutos. Ela mesma estava fora. Ele então deixou o hotel e foi para o banco Merchants na Victory Square onde descontou um cheque. Quando Rawlinson saiu do banco, o distúrbio estava começando. Estudantes protestando sobre alguma coisa. Levou algum tempo até a praça ser liberada. Rawlinson se dirigiu para a pista de decolagem onde, em companhia do sargento Achmed, foi até o avião.

"Ali Yusuf fora inspecionar a construção da nova estrada, parou seu carro junto à pista de decolagem, juntou-se a Rawlinson e expressou o desejo de dar um voo curto para ver, do alto, a represa e a construção da nova estrada. Eles decolaram e não voltaram."

– E suas deduções a partir disso?

– Meu caro amigo, as mesmas que as suas. Por que Bob Rawlinson passaria vinte minutos no quarto da sua irmã quando ela estava fora e haviam lhe dito que ela provavelmente não voltaria até a noite? Ele a deixou um bilhete que teria lhe tomado no máximo três minutos para rabiscar. O que ele fez o resto do tempo?

– Você está sugerindo que ele escondeu as joias em algum lugar apropriado em meio aos pertences da irmã?

– É o que tudo indica, não? A sra. Sutcliffe foi evacuada naquele mesmo dia, com outros súditos britânicos. Ela partiu de avião para Aden com a filha. Creio que chegará a Tilbury amanhã.

Pikeaway assentiu com a cabeça.

– Tomem conta dela – disse o sr. Robinson.

– Tomaremos – disse Pikeaway. – Foi tudo providenciado.

– Se ela está com as joias, estará em perigo. – Ele fechou os olhos. – Detesto tanto violência.

– Você acha que é possível ocorrer alguma?

– Há pessoas interessadas. Várias pessoas indesejáveis, se você me entende.

– Entendo – disse Pikeaway com uma carranca.

– E vão trair umas às outras, é claro.

O sr. Robinson balançou a cabeça.

– É tão confuso.

O coronel Pikeaway perguntou com tato:

– Você tem algum interesse pessoal... hum... um interesse especial na questão?

– Represento um determinado grupo de interesses – disse o sr. Robinson. Sua voz revelou ligeira reprovação. – Algumas das pedras em questão foram fornecidas por meus clientes ao falecido rei a um preço muito justo e razoável. O grupo de interessados na recuperação das pedras que represento teria, pode-se afirmar, a aprovação do falecido proprietário. Prefiro não dizer mais nada. Estas questões são tão delicadas.

– Mas você está definitivamente do lado dos justos – sorriu o coronel Pikeaway.

– Ah, justos! Justos, sim. – Ele fez uma pausa. – Você saberia dizer por acaso quem ocupava os quartos no hotel de cada lado do quarto ocupado pela sra. Sutcliffe e sua filha?

O coronel Pikeaway pareceu incerto.

– Deixe-me ver, creio que sim. À esquerda estava a *senõra* Angelica de Toledo, uma dançarina, hum, espanhola, que atuava num espetáculo no cabaré local. Talvez não estritamente espanhola ou mesmo uma dançarina de primeira. Mas popular com a clientela. Creio que do outro lado havia um grupo de professoras...

O sr. Robinson sorriu exultante de aprovação.

– Você é sempre o mesmo. Eu venho contar-lhe as coisas que você quase sempre já sabe.

– Não, não. – O coronel Pikeaway repeliu a afirmação com educação.

– Cá entre nós – disse o sr. Robinson –, sabemos de muitas coisas.

Seus olhos se encontraram.

– Espero – disse o sr. Robinson levantando-se da cadeira – que saibamos o suficiente...

Capítulo 4

Retorno de uma viajante

I

– Mas que coisa! – disse a sra. Sutcliffe com voz aborrecida, enquanto olhava para fora pela janela do hotel. – Não entendo por que sempre tem de chover quando se volta à Inglaterra. Faz tudo parecer tão deprimente.

– Acho maravilhoso estar de volta – disse Jennifer. – Ouvir todo mundo falando inglês nas ruas! E logo poderemos tomar um bom chá. Pão, manteiga, geleia e bolos de verdade.

– Eu gostaria que você não tivesse uma visão de mundo tão estreita, querida – disse a sra. Sutcliffe. – Qual o sentido de levá-la por toda aquela distância até o Golfo Pérsico se você vai dizer que preferiria ter ficado em casa?

– Eu não me importo de sair do país por um mês ou dois – disse Jennifer. – Tudo que disse foi que estou contente de estar de volta.

– Agora saia do caminho, querida, e deixe-me conferir se eles trouxeram toda a bagagem. Não estou brincando, sinto, aliás, tenho sentido que, desde a guerra, as pessoas tornaram-se muito desonestas. Tenho certeza de que, se não estivesse cuidando das coisas, aquele homem teria ido embora com a minha sacola verde em Tilbury. E havia outro homem vagabundeando perto da bagagem. Vi-o mais tarde no trem. Sabe, acho que estes ladrões furtivos ficam à espera dos barcos e, se as pessoas estão atrapalhadas ou enjoadas, eles surrupiam algumas malas.

– Você está sempre pensando essas coisas, mãe – disse Jennifer. – Você acha que todo mundo é desonesto.

– A maioria é – disse a sra. Sutcliffe com severidade.

– Não os ingleses – disse a leal Jennifer.

– Pior ainda – disse a mãe. – Não se espera outra coisa dos árabes e estrangeiros, mas na Inglaterra se está desprevenido e isto torna tudo mais fácil para pessoas desonestas. Agora me deixe contar. Aqui estão as malas grandes, a verde e a preta, as duas pequenas marrons, a sacola, os tacos de golfe, as raquetes, a mochila e a valise... e onde está a sacola verde? Lá está ela. E aquela lata que compramos lá para colocar umas coisas extras, sim, uma, duas, três, quatro, cinco, seis, sim, isso mesmo. Todas as quatorze estão aqui.

– Podemos tomar um chá agora? – perguntou Jennifer.

– Chá? São apenas três horas.

– Estou com uma fome terrível.

– Está bem, está bem. Você pode fazer sozinha o pedido? Sinto que preciso descansar e depois vou tirar das malas apenas as coisas que precisaremos para hoje à noite. Que pena seu pai não poder nos encontrar. Por que ele teria uma reunião importante de diretores em Newcastle-on-Tyne logo hoje, simplesmente não consigo imaginar. Era de se esperar que sua esposa e sua filha viessem em primeiro lugar. Sobretudo porque faz três meses que ele não nos vê. Você tem certeza de que consegue ir sozinha?

– Por Deus, mamãe – disse Jennifer –, que idade você acha que tenho? Pode me dar algum dinheiro, por favor? Não tenho dinheiro inglês comigo.

Ela aceitou a moeda de dez xelins que sua mãe lhe passou e saiu desdenhosamente.

O telefone tocou junto à cama. A sra. Sutcliffe foi atendê-lo.

– Alô... sim... sim, aqui é a sra. Sutcliffe...

Houve uma batida na porta. A sra. Sutcliffe disse para o aparelho:

– Só um momento – largou o aparelho e foi até a porta. Um rapaz de macacão azul-escuro estava parado ali com uma caixa pequena de ferramentas.

– Eletricista – disse ele com rapidez. – As luzes nesta suíte estão com problemas. Fui mandado aqui para verificar.

Ela se afastou da porta, e o eletricista entrou.

– Banheiro?

– Por ali, passando o outro quarto.

A sra. Sutcliffe voltou ao telefone.

– Sinto muito... o que você estava dizendo?

– Meu nome é Derek O'Connor. Talvez eu devesse subir até sua suíte, sra. Sutcliffe. É sobre seu irmão.

– Bob? Você tem... tem alguma notícia dele?

– Temo que sim.

– Compreendo... sim, suba. É no terceiro andar, 310.

Ela sentou-se na cama, já sabendo qual seria a notícia.

Em seguida houve uma batida na porta, e a sra. Sutcliffe a abriu para deixar entrar um rapaz que a cumprimentou com um aperto de mãos devidamente modesto.

– Você é o do Ministério das Relações Exteriores?

– Meu nome é Derek O'Connor. Meu chefe me pediu para vir até aqui, já que pelo visto não havia ninguém mais que pudesse lhe dar notícias.

– Por favor, me conte – disse a sra. Sutcliffe. – Ele foi morto. É isso?

– Sim, é isso, sra. Sutcliffe. Ele estava pilotando o avião para o príncipe Ali Yusuf, fugindo de Ramat, e eles bateram nas montanhas.

– Por que não fiquei sabendo? Por que ninguém enviou um telegrama para o barco?

– Não havia uma notícia definitiva até há alguns dias. Sabia-se que o avião havia desaparecido, só isso. Mas diante das circunstâncias poderia haver ainda esperança.

Mas agora os destroços do avião foram achados... Tenho certeza de que a senhora vai gostar de saber que a morte foi instantânea.

– O príncipe morreu também?

– Sim.

– Não estou nem um pouco surpresa – disse a sra. Sutcliffe. Sua voz tremia um pouco, mas ela estava sob total controle. – Eu sabia que o Bob morreria jovem. Sabe, ele sempre foi imprudente, sempre voando em aviões novos, tentando novas acrobacias. Eu mal o vi nos últimos quatro anos. Bem, não se pode mudar as pessoas, não é? Henry sempre disse que cedo ou tarde ele se espatifaria – disse a sra. Sutcliffe. Ela parecia obter certa satisfação melancólica do cumprimento da profecia do marido. Uma lágrima desceu pelo seu rosto, e ela procurou por seu lenço. – É um choque – ela disse.

– Eu sei, sinto muito mesmo.

– Bob não tinha como escapar, é claro – disse a sra. Sutcliffe. – Quero dizer, ele aceitou o trabalho de piloto do príncipe. Não gostaria de vê-lo desistir, e ele era um bom piloto também. Tenho certeza de que, se ele bateu numa montanha, não foi sua culpa.

– Não – disse O'Connor –, certamente não foi sua culpa. A única esperança de tirar o príncipe do país era de avião, não importa em que condições. Era um voo perigoso, e algo deu errado.

A sra. Sutcliffe assentiu com a cabeça.

– Compreendo – disse ela. – Obrigada por ter vindo me contar.

– Há outra coisa – disse O'Connor –, algo que tenho de lhe perguntar. O seu irmão confiou-lhe algo para trazer de volta à Inglaterra?

– Confiou-me algo? – disse a sra. Sutcliffe. – O que você quer dizer com isto?

– Ele lhe passou algum... pacote, algum embrulho pequeno para trazer de volta e entregar para alguém na Inglaterra?

Ela balançou a cabeça, confusa.

– Não. Por que você acha que ele o faria?

– Havia um pacote bastante importante que achamos que seu irmão tenha dado a alguém para trazer. Ele ligou para a senhora no seu hotel aquele dia, quero dizer, o dia da revolução.

– Eu sei. Ele deixou um bilhete. Mas não havia nada importante nele, só uma bobagem sobre jogar tênis ou golfe no dia seguinte. Imagino que, quando escreveu aquele bilhete, ele não sabia que teria de fugir com o príncipe de avião naquela mesma tarde.

– Foi tudo o que ele disse?

– O bilhete? Sim.

– A senhora ficou com ele?

– Se fiquei com o bilhete que ele deixou? Não, é claro que não. Era bastante trivial. Por que eu deveria ficar com ele?

– Não há razão – disse O'Connor. – Só estava pensando.

– Pensando no quê? – perguntou a sra. Sutcliffe com irritação.

– Se poderia haver alguma... outra mensagem escondida nele. Afinal – ele sorriu –, a senhora sabe que existe algo chamado tinta invisível.

– Tinta invisível! – ela exclamou com aversão. – Você quer dizer aquelas coisas que usam em histórias de espionagem?

– Bem, temo que eu queira dizer exatamente isso – disse O'Connor, quase justificando-se.

– Que idiotice – disse a sra. Sutcliffe. – Tenho certeza de que Bob nunca usaria algo como tinta invisível. Por que ele faria isso? Ele era uma pessoa bondosa e sensata. – Uma lágrima escorreu outra vez por seu rosto. – Oh Deus, onde *está* a minha bolsa? Preciso de um lenço. Talvez eu a tenha deixado no outro quarto.

– Vou pegá-la para a senhora.

Ele passou pela porta de comunicação e parou quando um rapaz de macacão, que estava curvado sobre uma mala, endireitou-se para encará-lo, parecendo um tanto sobressaltado.

– Eletricista – disse o rapaz, apressado. – Tem algo errado com as luzes aqui.

O'Connor ligou um interruptor.

– Para mim, parecem estar funcionando bem – disse ele, bem-humorado.

– Devem ter me passado o número errado – disse o eletricista.

Ele juntou sua caixa de ferramentas e esgueirou-se rapidamente pela porta até o corredor.

O'Connor franziu o cenho, pegou a sacola da sra. Sutcliffe na cômoda e a levou de volta para ela.

– Com licença – ele disse e tirou o telefone do gancho. – Aqui é do quarto 310. Vocês enviaram há pouco um eletricista para ver as luzes nesta suíte? Sim... sim, eu espero.

Ele esperou.

– Não? Eu achava que vocês não tinham mandado ninguém mesmo. Não, não há nada errado.

Ele recolocou o telefone no gancho e voltou-se para a sra. Sutcliffe.

– Não há nada de errado com as luzes aqui – disse ele. – E a recepção não mandou subir um eletricista.

– Então o que este homem estava fazendo? Ele era um ladrão?

– Talvez fosse.

A sra. Sutcliffe olhou rapidamente dentro da sua sacola.

– Ele não levou nada daqui. O dinheiro está todo certo.

– A senhora tem certeza, certeza *absoluta* de que seu irmão não lhe deu nada para trazer para casa, junto com seus pertences?

– Eu tenho certeza absoluta – respondeu a sra. Sutcliffe.

– Ou a sua filha, a senhora tem uma filha, não tem?

– Sim. Ela desceu para tomar um chá.

– Será que seu irmão deu algo para ela?

– Não, tenho certeza de que ele não teria como fazer isso.

– Existe outra possibilidade – disse O'Connor. – Ele pode ter escondido algo na sua bagagem em meio aos seus pertences aquele dia, quando estava esperando por você no seu quarto.

– Mas por que o Bob faria algo assim? Isso soa como um absurdo completo.

– Não é tão absurdo assim. Parece possível que o príncipe Ali Yusuf tenha dado ao seu irmão algo para guardar, algo que seu irmão achou mais seguro colocar em meio aos pertences da senhora do que manter com ele.

– Isso me parece bastante improvável – disse a sra. Sutcliffe.

– A senhora se incomodaria se nós fizéssemos uma busca?

– Você quer dizer, uma busca na minha bagagem? Desfazer as malas? – A voz da sra. Sutcliffe ergueu-se num lamento nesta última palavra.

– Eu sei – disse O'Connor. – É uma coisa terrível de se pedir para a senhora. Mas poderia ser muito importante. Sabe, eu poderia ajudá-la – ele disse de modo persuasivo.

– Eu costumava fazer as malas para minha mãe. Ela dizia que eu era bom nisso.

Ele usou todo seu charme, uma das qualidades que o tornavam valioso para o coronel Pikeaway.

– Ah, está bem – disse a sra. Sutcliffe, cedendo. – Imagino, se você acha, quero dizer, se for algo realmente importante...

– Pode ser muito importante – disse Derek O'Connor. – Bem, agora – ele sorriu para ela. – Quem sabe começamos?

II

Quarenta e cinco minutos depois, Jennifer voltou de seu chá. Ela olhou à sua volta no quarto e ficou boquiaberta.

– Mamãe, o que você andou *fazendo*?

– Nós estávamos desfazendo as malas – respondeu a sra. Sutcliffe, irritada. – Agora estamos recolocando as coisas nas malas de novo. Este é o senhor O'Connor. Minha filha, Jennifer.

– Mas por que vocês estão desfazendo e fazendo as malas?

– Não pergunte – interrompeu sua mãe. – Aparentemente, seu tio Bob colocou algo em minha bagagem. Suponho que ele não lhe tenha dado nada, não é, Jennifer?

– Se o tio Bob me deu algo para trazer de volta? Não. Vocês andaram desfazendo as minhas malas também?

– Desarrumamos tudo – disse Derek O'Connor com jovialidade –, não encontramos nada e agora estamos arrumando de novo. Acho que a senhora deveria tomar uma xícara de chá ou outra coisa, sra. Sutcliffe. Permita que eu peça? Um conhaque com soda talvez? – Ele foi até o telefone.

– Eu gostaria de uma xícara de chá – disse a sra. Sutcliffe.

– Meu chá estava incrível – disse Jennifer. – Pão com manteiga, sanduíches e bolo, e então o garçom me trouxe mais sanduíches porque eu perguntei se ele se importaria, e ele disse que não. Foi adorável.

O'Connor pediu o chá, então terminou de recolocar os pertences da sra. Sutcliffe nas malas com um esmero e uma destreza que a obrigaram a uma admiração relutante.

– Sua mãe parece ter-lhe ensinado muito bem – disse ela.

– Tenho todos os tipos de habilidades manuais – disse O'Connor sorrindo.

Sua mãe havia morrido há muito tempo, e sua habilidade com malas havia sido adquirida somente a serviço do coronel Pikeaway.

– Só mais uma coisa, sra. Sutcliffe. Eu gostaria que a senhora tomasse muito cuidado.

– Cuidado? Com o quê?

– Bem – O'Connor deixou a questão vaga. – Revoluções são assuntos espinhosos. Há muitas ramificações. A senhora vai permanecer em Londres por muito tempo?

– Vamos para o interior amanhã. Meu marido vai nos levar de carro.

– Tudo bem, então. Mas, não corra nenhum risco. Se qualquer coisa fora do comum acontecer, por mais insignificante que pareça, ligue para o 999 em seguida.

– Oh! – disse Jennifer, encantada. – Ligar para o 999. Sempre quis fazer isso.

– Não seja boba, Jennifer – disse sua mãe.

III

Trecho de uma reportagem num jornal local.

Um homem apresentou-se diante do Tribunal de Justiça ontem acusado de arrombar a residência do sr. Henry Sutcliffe com intenção de roubar. O quarto da sra. Sutcliffe foi revirado e deixado em completa desordem enquanto os membros da família estavam na igreja no domingo de manhã. A equipe da cozinha, que preparava o almoço, não ouviu nada. A polícia prendeu o homem quando ele escapava da casa. Algo evidentemente o havia alarmado, e ele fugiu sem levar nada.

Dizendo se chamar Andrew Ball, sem residência fixa, declarou-se culpado. Disse que estava desempregado e procurava por dinheiro. As joias da sra. Sutcliffe, com exceção de algumas peças que estava usando, ficam guardadas no banco.

– Eu disse para você mandar consertar a tranca daquela porta francesa – fora o comentário do sr. Sutcliffe em família.

– Meu querido Henry – disse a sra. Sutcliffe –, você parece não se dar conta de que eu estive fora do país nos últimos três meses. E de qualquer maneira, tenho certeza de que li em algum lugar que, se os arrombadores *decidem* entrar na sua casa, eles sempre conseguem.

Ela acrescentou pensativa, enquanto dava outra olhada no jornal local.

– Como soa grandioso "equipe da cozinha". Tão diferente da realidade, a velha sra. Ellis, que é completamente surda e mal consegue ficar de pé, e aquela filha dos Bardwells meio retardada que aparece para ajudar nas manhãs de domingo.

– O que eu não entendo – disse Jennifer – é como a polícia descobriu que a casa estava sendo arrombada e chegou lá a tempo de pegá-lo?

– Parece incrível que ele não tenha roubado nada – comentou sua mãe.

– Você tem certeza, Joan? – insistiu seu marido. – Você parecia ter alguma dúvida, no princípio.

A sra. Sutcliffe suspirou, exasperada.

– É impossível dizer com certeza absoluta. A bagunça no meu quarto, as coisas jogadas para todo lado, as gavetas arrancadas e reviradas. Tive de olhar tudo para me assegurar, mas, pensando bem, não me lembro de ter visto o meu melhor cachecol Jacqmar.

– Desculpe, mamãe. Fui eu. Ele caiu no Mediterrâneo. Eu o havia tomado emprestado, queria ter-lhe contado, mas esqueci.

– Por favor, Jennifer, quantas vezes eu lhe pedi para não tomar minhas coisas emprestadas sem me contar primeiro?

– Posso me servir de mais pudim? – perguntou Jennifer, criando uma distração.

– Claro que sim. A sra. Ellis tem uma mão maravilhosa mesmo. Vale a pena ter de gritar com ela o tempo todo. Espero, no entanto, que não achem você muito gulosa na escola. Lembre-se de que Meadowbank não é uma escola comum.

– Não sei se quero mesmo ir para Meadowbank – disse Jennifer. – Conheci uma garota cuja prima estudou lá, e ela disse que era terrível. Elas passam o tempo inteiro ensinando você a entrar e sair de Rolls-Royces e como se comportar se você for almoçar com a rainha.

– Agora chega, Jennifer – disse a sra. Sutcliffe. – Você não dá valor ao privilégio que é ser admitida em Meadowbank. A srta. Bulstrode não aceita qualquer garota, acredite em mim. Isto se deve unicamente à posição importante do seu pai e à influência da sua tia Rosamond. Você tem uma sorte incrível. E – acrescentou a sra. Sutcliffe – se você for convidada um dia para almoçar com a rainha, é melhor que saiba como se comportar.

– Bom – disse Jennifer –, imagino que a rainha tenha a toda hora convidados para o almoço que não sabem como se comportar: chefes africanos, jóqueis e xeques.

– Chefes africanos têm modos educadíssimos – disse seu pai, que recentemente chegara de uma curta viagem de negócios a Gana.

– Os xeques árabes também – disse a sra. Sutcliffe. – São realmente corteses.

– Você se lembra do banquete daquele xeque em que estivemos – disse Jennifer. – E como ele tirou o olho do carneiro e ofereceu a você, e o tio Bob a cutucou e disse para não fazer uma cena e comê-lo? Quero dizer, se um xeque fizesse isso com um cordeiro assado no palácio de Buckingham, a rainha levaria um choque, não é?

– Está bem, Jennifer – disse sua mãe, encerrando o assunto.

IV

Quando Andrew Ball, sem residência fixa, foi sentenciado a três meses por arrombamento e invasão de domicílio, Derek O'Connor, que estivera ocupando um lugar modesto nos fundos do tribunal, ligou para o número de um museu.

– Não havia nada com o sujeito quando o pegamos – disse ele. – E demos a ele tempo suficiente.

– Quem era ele? Alguém que conhecemos?

– Acho que é da turma do Gecko. Peixe pequeno. Eles o contratam para esse tipo de coisa. Não é muito brilhante, mas dizem ser competente.

– E aceitou a sentença como um cordeirinho? – Do outro lado da linha, o coronel Pikeaway abriu um largo sorriso enquanto falava.

– Sim. O retrato perfeito de um sujeito estúpido que abandonou o caminho da retidão. Você nunca acharia que ele estivesse envolvido em algum golpe grande. Esse é o valor dele, é claro.

– E ele não encontrou nada – cismou o coronel Pikeaway. – E *você* não encontrou nada. Parece até que não há nada para ser encontrado, não é? Nossa ideia de que Rawlinson plantou aquelas coisas na bagagem da sua irmã parece estar equivocada.

– Outros parecem ter a mesma ideia.

– É meio óbvio, na verdade... Talvez queiram que mordamos a isca.

– Pode ser. Alguma outra possibilidade?

– Várias. O material pode ainda estar em Ramat. Escondido em algum lugar no hotel Ritz Savoy, quem sabe. Ou Rawlinson passou-o para alguém a caminho da pista de decolagem. Ou pode haver algo naquela insinuação do sr. Robinson. Uma mulher pode estar com ele. Ou pode ser que a sra. Sutcliffe estivesse com ele o tempo inteiro sem perceber e o tenha jogado no Mar Vermelho, junto com algo que ela queria descartar. E esta – acrescentou com cuidado – poderia ser a melhor solução.

– Não diga isso, senhor, elas valem muito dinheiro.

– Vidas humanas também valem muito – disse o coronel Pikeaway.

Capítulo 5

Cartas da escola Meadowbank

Carta de Julia Upjohn para sua mãe:

Querida Mamãe,
já me sinto em casa e estou gostando bastante da escola. Há uma garota nova neste trimestre também chamada Jennifer, e fazemos tudo juntas. Nós duas gostamos bastante de tênis. Ela joga bem, tem um saque realmente forte, quando o acerta, mas isso raramente acontece. Ela disse que a sua raquete ficou empenada por estar exposta ao sol do Golfo Pérsico. É muito quente lá. Ela passou por toda aquela revolução que aconteceu. Eu perguntei se não tinha sido muito emocionante, mas ela disse que não, que elas não viram nada. Elas foram levadas para a embaixada ou algo assim e perderam de ver o que estava acontecendo.
A srta. Bulstrode é muito gentil, mas é bastante assustadora também – ou pode ser. Ela é mais tolerante com quem é nova na escola. Pelas costas, as meninas a chamam de velha Buls ou Bully. Quem nos ensina literatura inglesa é a srta. Rich, que é incrível. Quando ela se emociona, seu cabelo se solta todo. Ela tem um rosto esquisito mas bastante interessante, e, quando lê trechos de Shakespeare, o texto parece diferente, mais real. Ela nos contou outro dia sobre Iago, e o que ele sentia – e muita coisa sobre ciúme e como ele pode nos corroer e fazer-nos sofrer até perdermos a razão e querermos machucar a pessoa que amamos. Ficamos

todas arrepiadas, menos a Jennifer, porque nada a tira do sério. A srta. Rich nos ensina geografia também. Eu sempre achei que era um assunto tão enfadonho, mas não, isso não acontece com a srta. Rich. Esta manhã ela nos contou sobre o comércio de especiarias, por que os alimentos estragavam com tamanha facilidade.

Estou começando Arte com a srta. Laurie. Ela vem duas vezes por semana e nos leva a Londres também, para ver galerias de arte. Nós temos francês com mademoiselle Blanche. Ela não mantém a disciplina muito bem. Jennifer diz que os franceses não conseguem fazê-lo. Ela não fica zangada, no entanto, só entediada. Ela diz "Enfin, vous m'ennuiez, mes enfants!". A srta. Springer é horrorosa. Ela dá aulas de ginástica e educação física, tem cabelo ruivo-claro e cheira mal quando está com calor. E há a srta. Chadwick (Chaddy) – ela está aqui desde que a escola começou. Dá aulas de matemática e é muito nervosa, mas uma boa pessoa. E há a srta. Vansittart que dá aulas de história e alemão. Ela é uma espécie de srta. Bulstrode sem o vigor. Há muitas garotas estrangeiras aqui, duas italianas e algumas alemãs, e uma sueca bem engraçada (ela é uma princesa ou algo assim) e uma garota meio turca e meio persa, que diz ter sido prometida em casamento ao príncipe Ali Yusuf, que foi morto naquele acidente aéreo, mas a Jennifer diz que não é verdade, que a Shaista só diz isso porque ele era primo dela e, na realeza, você deve casar com um primo. Mas a Jennifer disse que ela não casaria com ele, porque ele gostava de outra pessoa. Jennifer sabe um monte de coisas, mas quase nunca me conta.*

Imagino que você esteja quase partindo de viagem. Não esqueça seu passaporte como você fez da última vez!!! E leve seu estojo de primeiros socorros caso você precise.

Beijos da Julia

* "Enfim, vocês me aborrecem, minhas filhas!" (N.T.)

Carta de Jennifer Sutcliffe para sua mãe:

Querida Mamãe,
aqui não é tão ruim. Estou gostando da escola mais do que esperava. O clima tem estado ótimo. Tivemos de escrever uma composição ontem, com o tema "Pode-se exagerar uma boa qualidade?" Não consegui pensar em nada para dizer. Na próxima semana será "Compare os personagens de Julieta e Desdêmona". Também me parece tolo. Você acha que eu poderia ganhar uma raquete nova? Eu sei que você mandou encordá-la no outono passado – mas ela está muito estranha. Talvez tenha empenado. Eu gostaria de aprender grego. Posso? Adoro línguas. Algumas de nós vão a Londres ver o balé na próxima semana. É o Lago dos Cisnes. *A comida aqui é muito boa. Ontem comemos frango no almoço, e havia ótimos bolos caseiros para o chá.*
Não consigo me lembrar de nenhuma novidade mais – e não teve mais nenhum arrombamento por aí?
Da sua filha querida,
Jennifer

Carta de Margaret Gore-West, líder de classe, para sua mãe:

Querida Mamãe,
não há muito o que contar. Estou estudando alemão com a srta. Vansittart neste trimestre. Há rumores de que a srta. Bulstrode vai se aposentar e que a srta. Vansittart vai sucedê-la, mas tenho ouvido falar nisso por mais de um ano, e tenho certeza de que não é verdade. Perguntei à srta. Chadwick (é claro que eu não teria coragem de perguntar à srta. Bulstrode!), e ela foi bastante brusca. Disse que não, com toda certeza, e que não era para eu prestar atenção a fofocas. Fomos ao balé na terça-feira. Lago dos Cisnes. *Lindo demais para se descrever em palavras!*

A princesa Ingrid é muito divertida. Olhos muito azuis, mas usa aparelho nos dentes. Há duas garotas alemãs novas. Elas falam inglês bastante bem.
A srta. Rich está de volta e com uma aparência ótima. Sentimos a falta dela no último trimestre. A nova professora de educação física se chama srta. Springer. Ela é terrivelmente mandona e ninguém gosta muito dela, apesar de ser ótima em ensinar tênis. Acho que uma das garotas novas, Jennifer Sutcliffe, vai ser uma ótima jogadora, mesmo que seu golpe de esquerda seja um pouco fraco. Sua melhor amiga é uma garota que se chama Julia. Nós as chamamos de as Jotas!
Você não vai se esquecer de me pegar no dia 20, vai?
O Dia dos Esportes é 19 de junho.
Da sua querida,
Margaret

Carta de Ann Shapland para Dennis Rathbone:

Querido Dennis,
não terei nenhuma folga até a terceira semana do trimestre. Eu gostaria muito de jantar com você então. Teria de ser sábado ou domingo. Eu aviso.
Estou achando divertido trabalhar numa escola. Mas graças a Deus não sou professora! Eu ficaria completamente maluca.
Para sempre sua,
Ann

Carta da srta. Johnson para sua irmã:

Querida Edith,
está tudo como sempre por aqui. O trimestre de verão é sempre bom. O jardim está belíssimo, e nós temos um novo jardineiro para ajudar o velho Brigs – jovem e forte! Muito bonito, também, o que é lamentável. As garotas são tão bobas.

A srta. Bulstrode não disse mais nada sobre se aposentar, então espero que ela tenha desistido da ideia. Com a srta. Vansittart não seria a mesma coisa. Realmente não acredito que eu permaneceria aqui.
Mande beijos para Dick e para as crianças e dê minhas lembranças a Oliver e Kate quando você os vir.
Elspeth

Carta da mademoiselle Angèle Blanche para René Dupont, posta-restante, Bordeaux:

Querido René,
está tudo bem por aqui, apesar de que não possa dizer que esteja me divertindo. As garotas não são respeitosas ou bem-comportadas. Acho melhor, entretanto, não reclamar para a srta. Bulstrode. Deve-se tomar cuidado ao lidar com ela!
Não há nada de interessante no momento para lhe contar.
Mouche

Carta da srta. Vansittart para uma amiga:

Querida Glória,
o trimestre de verão começou de maneira tranquila. Um grupo muito satisfatório de garotas novas. As estrangeiras estão se aclimatando bem. Nossa princesinha (a do Oriente Médio, não a da Escandinávia) tende a não se esforçar, mas imagino que isto seja de se esperar. Ela tem modos muito graciosos.
A nova professora de educação física, srta. Springer, não é um sucesso. As garotas não gostam dela, e ela é arbitrária demais com elas. Afinal, esta não é uma escola comum. Nossa reputação não depende da educação física! Ela também é muito curiosa e faz perguntas pessoais demais. Este tipo de coisa pode ser muito

cansativo, e é tão grosseiro! Mademoiselle Blanche, a nova professora de francês, é bastante amável, mas não chega aos pés de mademoiselle Depuy.

Nós quase tivemos um sério problema no primeiro dia de aulas. Lady Verônica Carlton-Sandways apareceu completamente bêbada!! Não fosse a srta. Chadwick ter-lhe visto e dissuadido, teríamos um incidente muito desagradável. E as gêmeas são garotas tão especiais ainda por cima.

A srta. Bulstrode não disse ainda nada definitivo sobre o futuro – mas ela dá a impressão de já ter tomado uma decisão. Meadowbank é uma realização e tanto, e terei orgulho de levar adiante suas tradições.

Mande lembranças para Marjorie quando a vir.

Para sempre sua,

Eleanor

Carta para o coronel Pikeaway, enviada através dos canais de sempre:

Isto que é colocar um homem em perigo! Sou o único homem fisicamente apto num estabelecimento onde há umas 190 mulheres.

Sua Alteza chegou com estilo. Em um Cadillac framboesa e azul celeste, com o nativo notável em trajes típicos, uma esposa trajando o último grito da moda parisiense e sua edição mais jovem ao lado.

Mal a reconheci no dia seguinte, em seu uniforme escolar. Não haverá dificuldades em estabelecer relações amigáveis com ela. Ela já tomou a iniciativa. Estava me perguntando os nomes de várias flores, de maneira doce e inocente, quando uma górgona sardenta, cabelo ruivo e com a voz de uma codorna, caiu sobre ela e a tirou de perto de mim. Ela não queria ir embora. Sempre achei que estas garotas orientais eram criadas recatadamente por trás de um véu. Imagino que esta deve ter tido alguma experiência do mundo quando estudava na Suíça.

A górgona, também conhecida como srta. Springer, professora de educação física, voltou para me dar uma bronca. Jardineiros não podiam falar com as alunas etc. Minha vez de expressar uma surpresa inocente. "Desculpe-me, senhorita. A jovem dama estava me perguntando o que eram estes delphiniums aqui. Imagino que não existam no lugar de onde ela vem." A górgona foi facilmente pacificada e no fim quase sorriu. Tive menos sucesso com a secretária da srta. Bulstrode. Uma dessas garotas caipiras de tailleur e saia. A professora de francês é mais cooperativa. Reservada e tímida na aparência, mas não tão retraída na realidade. Também fiz amizade com três risonhas agradáveis, nomes cristãos, Pámela, Lois e Mary, sobrenomes desconhecidos, mas de linhagem aristocrática. Uma veterana chamada srta. Chadwick mantém um olho desconfiado em mim, de maneira que tomo cuidado para me comportar direitinho.

Meu chefe, o velho Briggs, é um tipo ranzinza cujo principal assunto é como as coisas costumavam ser nos velhos tempos, quando ele era, acho, o quarto de uma equipe de cinco jardineiros. Ele resmunga sobre a maioria das coisas e pessoas, mas tem respeito absoluto pela srta. Bulstrode. Eu também. Ela trocou comigo poucas palavras, de maneira bastante amistosa, mas tive um sentimento terrível de que estava me trespassando com o olhar e sabia tudo a meu respeito.

Nenhum sinal, até o momento, de algo sinistro – mas a esperança é a última que morre.

CAPÍTULO 6

Primeiros dias

I

Na sala dos professores, as novidades estavam sendo contadas. Viagens para o exterior, peças vistas, exposições de arte visitadas. Fotografias foram passadas de mão em mão. A ameaça dos slides coloridos ainda estava ao largo. Todas as entusiastas queriam mostrar suas próprias fotos, mas escapar de serem forçadas a ver as das outras pessoas.

Logo a conversa tornou-se menos pessoal. O novo pavilhão de esportes foi ao mesmo tempo criticado e admirado. Admitia-se que era um belo prédio, mas é claro que todas queriam melhorar seu projeto de um jeito ou outro.

As novas garotas foram então brevemente passadas em revista, e, no todo, o veredicto foi favorável.

Trocaram-se algumas amenidades com as duas novas integrantes da equipe. Mademoiselle Blanche já estivera na Inglaterra antes? De qual parte da França ela vinha?

Mademoiselle Blanche respondeu de modo educado, mas com reservas.

A srta. Springer foi mais direta.

Ela falou com ênfase e decisão. Poder-se-ia dizer que ela estava dando uma palestra. Assunto: a excelência da srta. Springer. Como ela havia sido apreciada como colega. Como as diretoras das escolas haviam aceitado seus conselhos com gratidão e reorganizado seus cronogramas de acordo.

A srta. Springer não era uma pessoa sensível. A inquietação de seu público passou despercebida por ela. Sobrou para a srta. Johnson perguntar em seu tom moderado:

– Mesmo assim, imagino que suas ideias nem sempre tenham sido aceitas da maneira que elas… hum… deveriam ter sido.

– Deve-se estar preparada para a ingratidão – disse a srta. Springer. Sua voz, já alta, ficou mais alta ainda. – O problema é que as pessoas agem de maneira tão covarde, não enfrentam os fatos. Elas quase sempre preferem não ver o que está debaixo de seus narizes o tempo inteiro. Eu não sou assim. Vou direto ao ponto. Mais de uma vez descobri um grave escândalo e o revelei a todos. Tenho um bom nariz, assim que farejo uma pista, eu não a deixo, não até ter encurralado a minha presa. – Ela deu uma gargalhada alta. – Em minha opinião, ninguém cujos afazeres não sejam um livro aberto deve dar aulas em uma escola. Se alguém tem algo a esconder, você logo percebe. Oh! Vocês ficariam surpresas se eu lhes contasse algumas das coisas que descobri sobre as pessoas. Coisas que ninguém jamais sonhou.

– Você gostou da experiência, não é mesmo? – perguntou mademoiselle Blanche.

– É claro que não. Estava apenas fazendo meu trabalho. Mas não fui apoiada. Uma indulgência vergonhosa. Então pedi demissão em protesto.

Ela olhou em volta e deu sua risada jovial divertida mais uma vez.

– Espero que ninguém aqui tenha algo para esconder – disse ela com alegria.

Ninguém achou engraçado. Mas a srta. Springer não era o tipo de mulher que perceberia isto.

II

– Posso falar-lhe, srta. Bulstrode?

A srta. Bulstrode largou sua caneta e olhou para o rosto ruborizado da governanta, srta. Johnson.

– Sim, srta. Johnson.

– É aquela garota, Shaista, a garota egípcia ou o que quer que ela seja.

– Sim?

– É a sua... hum... roupa de baixo.

As sobrancelhas da srta. Bulstrode ergueram-se com uma surpresa paciente.

– É o seu... bem, corpete.

– O que há de errado com o sutiã dela?

– Bem, não é do tipo comum, quero dizer, ele não a segura exatamente. Ele... hum, bem, a empurra para cima, de maneira bastante desnecessária mesmo.

A srta. Bulstrode mordeu seu lábio para refrear um sorriso, como acontecia tantas vezes ao falar com a srta. Johnson.

– Talvez eu deva dar uma olhada nisto – disse ela com gravidade.

Uma espécie de inquérito foi feito então, com o utensílio infrator sendo exibido pela srta. Johnson, enquanto Shaista observava a cena com vivo interesse.

– É este conjunto e... hum, armação – disse a srta. Johnson com desaprovação.

Shaista irrompeu numa explicação animada.

– A questão é que os meus seios não são muito grandes, nem perto disto. Eu não pareço o suficiente com uma mulher. E é muito importante para uma garota mostrar que ela é uma mulher e não um garoto.

– Há tempo mais do que o suficiente para isto. Você tem só quinze anos – disse a srta. Johnson.

– Com quinze anos se *é* uma mulher! E eu pareço com uma mulher, não pareço?

Ela apelou para a srta. Bulstrode que assentiu com gravidade.

– Apenas meus seios, eles são tão pequenos. Então eu procuro fazer com que eles não pareçam tão pequenos. A senhora entende?

– Eu entendo perfeitamente – disse a srta. Bulstrode. – E compreendo muito bem seu ponto de vista. Mas nesta escola, veja bem, você está em meio a garotas que são, na sua maioria, inglesas, e é raro que garotas inglesas sejam mulheres com a idade de quinze anos. Eu gosto que as minhas garotas utilizem maquiagem com discrição e que usem roupas apropriadas para o seu estágio de crescimento. Sugiro que você use o seu sutiã quando você estiver vestida para uma festa ou para ir para Londres, mas não todos os dias aqui. Nós fazemos bastante esporte e jogos aqui e para isso o seu corpo precisa estar livre para se mover com facilidade.

– É demais, todas essas corridas e saltos – disse Shaista, amuada –, e não gosto da professora de educação física, a srta. Springer. Ela sempre diz: "Mais rápido, mais rápido, não fique para trás". Eu me canso.

– Já chega, Shaista – disse a srta. Bulstrode, sua voz impondo-se com autoridade.

– Sua família mandou-a aqui para aprender os costumes ingleses. Todo esse exercício será muito bom para a sua compleição, *e* para desenvolver o seu busto.

Dispensando Shaista, ela sorriu para a agitada srta. Johnson.

– É bem verdade – disse ela. – A garota está completamente crescida. Aparenta mais de vinte anos com facilidade. E é assim que se sente. Você não pode esperar que ela se sinta com a mesma idade de Julia Upjohn, por exemplo. Com relação ao seu desenvolvimento intelectual, Julia está muito à frente de Shaista. Já com relação ao seu desenvolvimento físico, ela poderia muito bem estar usando um corselete ainda.

– Eu gostaria que todas elas fossem como Julia Upjohn – disse a srta. Johnson.

– Eu não – disse a srta. Bulstrode com animação. – Uma escola cheia de garotas parecidas seria muito enfadonha.

Enfadonha, ela pensou, quando voltou a sua correção de redações sobre a Bíblia. Aquela palavra seguia se repetindo em sua mente por algum tempo agora. *Enfadonha...*

Aí estava uma coisa que sua escola não era: enfadonha. Durante sua carreira como diretora ela nunca sentira enfado. Ocorreram dificuldades para se enfrentar, crises imprevistas, irritações com pais, com filhos: sublevações domésticas. Ela havia encontrado e lidado com desastres incipientes e os transformara em triunfos. Tudo fora estimulante, excitante, realmente valera a pena. E mesmo agora, apesar de ela ter tomado sua decisão, não queria partir.

Ela estava fisicamente em excelente forma, quase tão forte quanto na época em que ela e Chaddy (fiel Chaddy!) haviam começado o grande empreendimento, com um mero punhado de crianças e o financiamento de um banqueiro com uma presciência incomum. As distinções acadêmicas de Chaddy haviam sido melhores do que as suas, mas fora ela quem tivera a visão para planejar e tornar a escola um lugar de tal distinção que era conhecido em toda a Europa. Ela nunca se contentara em ensinar o que sabia de maneira judiciosa, mas sem empolgação. A realização suprema de Chaddy sempre fora estar *lá*, à mão, o fiel para-choque, rápida em prestar auxílio quando era necessário. Como fizera no primeiro dia de aula, com lady Verônica. Sobre sua solidez, refletiu a srta. Bulstrode, uma incrível fortaleza fora construída.

Bem, do ponto de vista material, as duas mulheres haviam se saído muito bem. Caso se aposentassem agora, ambas teriam uma boa renda assegurada pelo resto de suas vidas. A srta. Bulstrode se perguntava se Chaddy também iria querer se aposentar quando ela o fizesse? Provavelmente não. Provavelmente a escola era seu lar. Ela continuaria, fiel e confiável, apoiando a sucessora da srta. Bulstrode.

Como a srta. Bulstrode já havia tomado sua decisão, deveria haver uma sucessora. No início associada a ela em direção conjunta e, depois, comandando sozinha. Saber quando desistir, esta era uma das grandes necessidades da vida. Ir embora antes que suas forças começassem a falhar, seu controle firme começasse a fraquejar, antes que você sentisse a ligeira estagnação, a falta de vontade de encarar o esforço contínuo.

A srta. Bulstrode terminou de corrigir as redações e observou que a garota Upjohn tinha uma mente original. Jennifer Sutcliffe era completamente desprovida de imaginação, mas demonstrava uma percepção incomum dos fatos. Mary Vyse, é claro, tinha uma erudição incrível, uma memória maravilhosa. Mas que garota enfadonha! Enfadonha, esta palavra de novo. A srta. Bulstrode a dispensou da sua mente e tocou a campainha para chamar sua secretária.

Ela começou a ditar cartas.

Cara lady Valence,

Jane teve alguns problemas com seus ouvidos. Estou enviando junto a receita do médico etc.

Caro barão Von Eisenger,

nós certamente podemos conseguir que Hedwig vá à ópera quando Hellstern fizer o papel de Isolda...

Uma hora passou ligeira. A srta. Bulstrode poucas vezes parava em busca de uma palavra. O lápis de Ann Shapland corria sobre o bloco de notas.

Uma secretária muito boa, a srta. Bulstrode pensou. Melhor do que Vera Lorrimer. Uma garota cansativa, a Vera. Dispensar seu emprego tão subitamente. Uma crise nervosa, ela havia dito. Algo a ver com um homem, pensou a srta. Bulstrode com resignação. Em geral era um homem.

– Isso é tudo – disse a srta. Bulstrode, após ditar a última palavra. Ela deu um suspiro de alívio.

– Tantas coisas enfadonhas para se fazer – ela observou. – Escrever cartas para os pais é como alimentar os cães: atire algum lugar-comum reconfortante em cada boca à espera.

Ann riu. A srta. Bulstrode olhou para ela de modo aprovador.

– O que a fez escolher o trabalho de secretária?

– Não sei bem. Eu não tinha nenhuma inclinação em especial para qualquer trabalho em particular, e este é o tipo de coisa que quase todo mundo acaba escolhendo.

– Você não o considera monótono?

– Acho que tive sorte. Eu trabalhei com um monte de gente, com o sir Mervyn Todhunter, o arqueólogo, por um ano, então estive com sir Andrew Peters na Shell. Fui secretária de Monica Lord, a atriz, por um tempo. Aquilo foi emocionante! – Ela sorriu com a lembrança.

– Isto é muito comum hoje em dia entre vocês garotas – disse a srta. Bulstrode.

– Essa mania de pular de um lado para o outro. – Sua voz era desaprovadora.

– Na realidade, não consigo fazer a mesma coisa por muito tempo. Tenho uma mãe inválida. Ela passa, bem, por períodos difíceis de vez em quando. E então eu tenho de voltar para casa e cuidar dela.

– Compreendo.

– Mesmo assim, acho melhor mudar de ares de qualquer maneira. Não tenho talento para a continuidade. Pular de um lado para o outro é muito menos enfadonho.

– Enfadonho... – murmurou a srta. Bulstrode, atingida mais uma vez pela palavra fatal.

Ann olhou para ela com surpresa.

– Não se preocupe comigo – disse a srta. Bulstrode. – É que, às vezes, uma palavra em particular parece surgir a toda hora. O que você acharia de ser professora? – ela perguntou com alguma curiosidade.

– Temo que eu odiaria isso – respondeu Ann com franqueza.

– Por quê?

– Eu acharia o trabalho terrivelmente enfadonho... oh, sinto muito.

Ela parou, aflita.

– Ensinar não é nem um pouco enfadonho – disse a srta. Bulstrode, animada.

– Pode ser a coisa mais divertida no mundo. Vou sentir muita falta disso quando me aposentar.

– Mas com certeza... – Ann a encarou: – A senhora está pensando em se aposentar?

– Está decidido, sim. Não vou seguir por mais um ano, muito menos dois.

– Mas por quê?

– Porque dei o meu melhor para a escola, e tirei o melhor dela. Não quero sobras.

– A escola vai seguir em frente?

– Sim. Tenho uma boa sucessora.

– A srta. Vansittart, imagino?

– É ela quem lhe vem primeiro à mente? – A srta. Bulstrode olhou-a de maneira penetrante. – Que interessante...

– Temo não ter pensado direito sobre isso. Só ouvi as professoras falando a respeito. Acredito que ela levaria a escola adiante muito bem... exatamente de acordo com a tradição da senhora. E ela é uma figura e tanto, bonita e com uma presença imponente. Imagino que isso seja importante, não é?

– Sim, é importante. Sim, tenho certeza de que Eleanor Vansittart é a pessoa certa.

– Ela levará adiante o que a senhora lhe deixar – disse Ann recolhendo suas coisas.

"Mas eu quero isso?", pensou a srta. Bulstrode consigo mesma enquanto Ann deixava a sala. "Tocar a escola do ponto que eu deixar? Isso é o que Eleanor *vai* fazer?

Nenhuma experiência nova, nada revolucionário. Não foi assim que fiz Meadowbank o que ela é. Corri riscos. Incomodei muita gente. Pressionei e adulei, e recusei-me a seguir o padrão de outras escolas. Não é assim que eu gostaria que as coisas seguissem por aqui? Alguém para dar sangue novo à escola. Uma personalidade dinâmica... como – sim – Eileen Rich.

"Mas Eileen ainda era muito jovem, não tinha experiência suficiente. Mas era estimulante e sabia dar aulas. Ela tinha ideias. Nunca seria enfadonha – que bobagem, ela tinha de se livrar desta palavra. Eleanor Vansittart não era enfadonha..."

Ela ergueu o olhar quando a srta. Chadwick entrou na sala.

– Ah, Chaddy – disse ela. – Que *bom* ver você!

A srta. Chadwick pareceu um pouco surpresa.

– Por quê? Há algum problema?

– Eu sou o problema. Não estou certa de nada.

– Isso não combina nem um pouco com você, Honoria.

– Não é? Com está indo o trimestre, Chaddy?

– Acho que muito bem. – A srta. Chadwick soou um pouco insegura.

A srta. Bulstrode atacou.

– Agora não fuja da questão. O que há de errado?

– Nada. Nada mesmo, Honoria. É só que... – A srta. Chadwick vincou a testa e ficou parecida com um boxer perplexo. – Oh, só uma sensação. Não é nada que eu possa realmente definir. As garotas novas parecem ser uma turma divertida. Não gostei muito de mademoiselle Blanche. Mas eu também não gostava muito da Geneviève Depuy. *Dissimuladas.*

A srta. Bulstrode não prestou muita atenção para essa crítica. Chaddy sempre acusava as professoras de serem dissimuladas.

– Ela não é uma boa professora – disse a srta. Bulstrode. – Isso me surpreendeu. Suas referências eram tão boas.

– As francesas não sabem dar aulas mesmo, não têm disciplina – disse a srta. Chadwick. – E para falar a verdade a srta. Springer é um pouco demais! Sempre pulando de um lado para o outro. Springer* por natureza e pelo nome...

– Ela é boa no que faz.

– Sim, de primeira.

– Funcionários novos sempre incomodam.

– Sim – concordou a srta. Chadwick prontamente. – Tenho certeza de que não passa disso. A propósito, aquele novo jardineiro é bem jovem. Tão incomum hoje em dia. Nenhum jardineiro parece ser jovem. Uma pena que seja tão bonito. Teremos de ficar de olho nele.

As duas mulheres assentiram com a cabeça. Elas sabiam, melhor do que ninguém, a confusão causada por um rapaz bonito nos corações de garotas adolescentes.

---

* "Saltador(a)" em inglês. (N.T.)

Capítulo 7

Indícios no ar

I

– Não foi tão mal, garoto – disse o velho Briggs, de má vontade –, não foi tão mal.

Ele estava expressando aprovação pelo desempenho de seu novo assistente em cavar um buraco no chão. Não daria para deixar o rapaz se achar superior, pensou Briggs.

– Escute uma coisa – prosseguiu –, não tenha pressa. Vá com jeito, é o que digo. O segredo é ter jeito.

O jovem entendeu que seu desempenho havia superado bastante o ritmo de trabalho do próprio Briggs.

– Agora, neste canto aqui – continuou Briggs –, vamos colocar uns ásteres bonitos. *Ela* não gosta de ásteres, mas eu não me importo. As mulheres têm os seus caprichos, mas, se você não se importar, há uma chance em dez para um de que elas nem mesmo notem. Apesar de que *Ela* é do tipo que nota, devo dizer. Você acharia que ela tem problemas suficientes para se preocupar, comandando um lugar como este.

Adam entendeu que "*Ela*", que aparecia tanto nas conversas com Briggs, referia-se à srta. Bulstrode.

– E com quem eu vi você falando há pouco? – seguiu Briggs, desconfiado. – Quando você foi até a estufa buscar os bambus?

– Era apenas uma das garotas da escola – disse Adam.

– Ah – disse Briggs. – Uma das estrangeiras, não foi? Mas tenha cuidado. Não se misture com essas garotas estrangeiras, sei do que estou falando. Eu conhecia garotas estrangeiras, na Primeira Guerra, e, se eu soubesse na época o que sei agora, teria sido mais cuidadoso. Você me entende?

– Não foi nada de mais – disse Adam, fingindo aborrecimento. – Apenas jogando conversa fora, ela me perguntou os nomes de uma planta ou outra.

– Tenha cuidado – disse Briggs. – Você está fora do seu lugar falando com qualquer uma das jovens damas. *Ela* não gostaria.

– Eu não estava fazendo nada de mais e não disse nada que não deveria.

– Eu não disse que você fez algo, garoto. O que digo é que há muitas garotas confinadas aqui, sem sequer um professor de desenho para distraí-las. – Bem, é melhor você ter cuidado. Só isso. Ah, lá vem a velha cadela. E quer algo difícil, garanto.

A srta. Bulstrode estava se aproximando com um passo rápido.

– Bom dia, Briggs – disse ela. – Bom dia...

– Adam, senhorita.

– Sim, Adam. Bem, parece que você cavou aquele trecho com grande competência. A cerca de arame está caindo na quadra de tênis dos fundos, Briggs. É melhor você dar uma olhada.

– Está certo, madame, está certo. Vou cuidar disso.

– O que você vai plantar aqui na frente?

– Bem, madame, acho que...

– Ásteres, *não* – disse a srta. Bulstrode, sem dar tempo de ele terminar. – Dálias pompom – e partiu rapidamente.

– Aparece já dando ordens – disse Briggs. – Não que ela não seja esperta. Ela logo nota se você não fez seu trabalho direito. Lembre-se do que eu disse e tenha cuidado, garoto. Com as estrangeiras e as outras.

– Se ela não gostar do meu trabalho, encontro logo outra coisa para fazer – disse Adam, mal-humorado. – Há trabalho aos montes por aí.

– Com os jovens de hoje em dia é assim, não aceitam uma palavra de ninguém. Só disse para você cuidar por onde anda.

Adam continuou com a expressão fechada, mas voltou ao trabalho.

A srta. Bulstrode caminhou de volta pelo caminho em direção à escola. Tinha o cenho um pouco franzido.

A srta. Vansittart vinha da direção oposta.

– Que tarde quente – disse a srta. Vansittart.

– Sim, está muito mormacento e abafado. – Mas uma vez a srta. Bulstrode franziu o cenho. – Você notou aquele rapaz, o jardineiro jovem?

– Não, não particularmente.

– Ele me parece... bem, um tipo incomum – disse a srta. Bulstrode, pensativa.

– Não o tipo que se vê por aqui.

– Talvez ele tenha saído há pouco de Oxford e queira ganhar um dinheiro extra.

– Ele é bonito. As garotas o notam.

– O problema de sempre.

A srta. Bulstrode sorriu.

– Combinar liberdade para as garotas *e* estrita supervisão, é isto que você quer dizer, Eleanor?

– Sim.

– Nós conseguimos – disse a srta. Bulstrode.

– Sim, é verdade. Você nunca teve um escândalo em Meadowbank, não é?

– Nós chegamos perto disso uma ou duas vezes – disse a srta. Bulstrode. Ela riu.

– Não há um momento enfadonho ao se dirigir uma escola. – Ela continuou: – Você já achou a vida aqui enfadonha, Eleanor?

– Não mesmo – disse a srta. Vansittart. – Eu acho o trabalho aqui muito estimulante e satisfatório. Você deve se sentir muito orgulhosa e feliz, Honoria, com o grande sucesso que alcançou.

– Acho que me saí bem – disse a srta. Bulstrode, pensativa. – É claro que nada é como se imaginava no início... Diga-me, Eleanor – ela perguntou subitamente –, se você estivesse administrando esta escola em meu lugar, que mudanças você faria? Diga o que você pensa. Estou interessada em ouvir.

– Não acho que faria qualquer mudança – disse Eleanor Vansittart. – Me parece que o espírito do lugar e toda a organização são quase perfeitos.

– Você seguiria nessas mesmas linhas, é isso?

– Sim, por certo. Não acho que se possa fazer melhor.

A srta. Bulstrode ficou em silêncio por um momento. Estava pensando consigo mesma: será que ela disse isso para me agradar? Nunca se conhece as pessoas, por mais próxima que você seja delas, há anos. Com certeza, ela não pensa assim. Qualquer pessoa com a mínima criatividade *tem* de querer fazer mudanças. É verdade, no entanto, que dizê-lo poderia parecer falta de tato – e tato *é* muito importante. É importante com os pais, é importante com as garotas, é importante com as professoras. Eleanor certamente tem tato.

Em voz alta, ela disse:

– No entanto, sempre deve haver ajustes, não é? Quero dizer, mudam as ideias e as condições de vida em toda parte.

– Isso, sim – disse a srta. Vansittart. – Temos de acompanhar os tempos, como se diz. Mas a escola é *sua*, Honoria, você a tornou o que ela é hoje, e suas tradições são a essência dela. Acho que a tradição é muito importante, você não?

A srta. Bulstrode não respondeu. Ela estava hesitando, à beira de palavras irrevogáveis. A oferta de sociedade pairava no ar. A srta. Vansittart, apesar de parecer não percebê-lo do seu jeito bem-educado, devia estar consciente do fato. A srta. Bulstrode não sabia o que de fato a impedia. Por que tinha tanta dificuldade de se comprometer?

Provavelmente, ela admitia com pesar, porque ela odiava a ideia de abrir mão do controle. Secretamente, é claro, queria ficar, queria seguir administrando sua escola. Mas haveria uma sucessora mais valorosa do que Eleanor? Tão correta, tão digna de confiança. E claro, quanto a isso, também o era a querida Chaddy – mais confiável seria impossível. E, no entanto, você nunca poderia imaginar Chaddy como a diretora de uma escola importante.

"O que *quero*?", perguntou-se a srta. Bulstrode. "Como estou sendo maçante! Ora, a indecisão nunca foi um dos meus defeitos até hoje."

Um sino soou à distância.

– Minha aula de alemão – disse a srta. Vansittart. – Tenho de entrar. – Ela partiu com um passo rápido, mas digno, em direção aos prédios da escola. Seguindo-a mais lentamente, a srta. Bulstrode quase colidiu com Eileen Rich, vindo apressada de um caminho lateral.

– Desculpe, srta. Bulstrode, eu não a vi. – Seu cabelo, como sempre, estava escapando do coque desalinhado. A srta. Bulstrode notou mais uma vez os ossos feios mas interessantes do seu rosto, uma jovem estranha, impaciente e assertiva.

– Você tem uma aula para dar agora?

– Sim. Inglês...

– Você gosta de dar aulas, não é? – perguntou a srta. Bulstrode.

– Eu adoro. É uma das coisas mais fascinantes no mundo.

– Por quê?

Eileen Rich parou de súbito. Deslizou a mão pelo cabelo, com o cenho franzido pelo esforço da reflexão.

– Que interessante. Não sei se já *pensei* realmente no assunto. Por que *gostamos* de dar aulas? É porque nos sentimos nobres e importantes? Não, não é por um motivo tão mesquinho. Não, é mais parecido com pescar. Você não sabe o que vai fisgar, o que vai tirar do mar. É a qualidade da *resposta*. É tão incrível quando ela acontece. O que não é muito frequente, é claro.

A srta. Bulstrode assentiu com a cabeça concordando. Ela estava certa! Esta garota tinha algo de especial!

– Acredito que você vai dirigir a sua própria escola um dia – disse ela.

– Espero que sim – disse Eileen Rich. – Espero que sim mesmo. É o que mais desejo na vida.

– Você já tem suas ideias, não tem, a respeito de como uma escola deve ser dirigida?

– Todos têm ideias, suponho – disse Eileen Rich. – Diria que muitas delas são fantásticas e daria completamente errado. Isso seria um risco, é claro. Mas temos de tentá-las. Eu teria de aprender com a experiência... O pior é que você não pode seguir a experiência de outras pessoas, não é?

– Decerto que não – disse a srta. Bulstrode. – Na vida você tem de cometer seus próprios erros.

– Isso a vida tem de bom – disse Eileen Rich. – Na vida você pode juntar os pedaços e começar de novo. – Suas mãos, soltas ao longo do seu corpo, cerraram-se. Sua expressão era dura. Então, subitamente, relaxou, tornando-se bem-humorada. – Mas, se uma escola desmorona completamente, não dá para juntar os pedaços e começar de novo, não é?

– Se você dirigisse uma escola como Meadowbank – disse a srta. Bulstrode –, você faria mudanças, experiências?

Eileen Rich parecia acanhada.

– Isto – isto é algo muito difícil de se dizer – disse ela.

– Você quer dizer que faria – disse a srta. Bulstrode. – Não fique constrangida, minha filha.

– Sempre se prefere, imagino, usar as próprias ideias – disse Eileen Rich. – Não estou dizendo que funcionariam. Pode ser que não.

– Mas valeria a pena correr um risco?

– Sempre vale a pena correr riscos, não é? – disse Eileen Rich. – Quero dizer, se você se sente realmente convicta a respeito de algo.

– Você não tem objeções quanto a levar uma vida perigosa. Compreendo... – disse a srta. Bulstrode.

– Acho que sempre levei uma vida perigosa. – Uma sombra passou pelo rosto da garota. – Tenho de ir. Estão esperando. – E saiu apressada.

A srta. Bulstrode ficou observando-a enquanto se afastava. Ela ainda estava ali perdida em pensamento quando a srta. Chadwick apareceu correndo para encontrá-la.

– Aí está você. Estivemos procurando por você em toda parte. O professor Anderson acaba de ligar. Ele quer saber se pode dar o curso sobre a civilização Meroé no próximo fim de semana. Ele sabe que não estava previsto para tão cedo, mas está com pressa de partir para... algum lugar que soa como Azar alguma coisa...

– Azerbaijão – disse a srta. Bulstrode automaticamente, ainda concentrada em seus pensamentos.

– Não tem experiência suficiente – ela murmurou para si mesma. – Este é o risco. O que você disse, Chaddy?

A srta. Chadwick repetiu a mensagem.

– Eu disse para a srta. Shapland avisar que ligaríamos de volta, e mandei que a encontrasse.

– Diga que está tudo bem – disse a srta. Bulstrode. – Reconheço que esse é um motivo excepcional.

A srta. Chadwick dirigiu-lhe um olhar penetrante.

– Algo a preocupa, Honoria.

– Sim, verdade. Não tenho certeza de nada. Isso é incomum para mim e me incomoda, eu sei o que gostaria de fazer, mas sinto que passar a direção para alguém sem a experiência necessária não seria justo com a escola.

– Eu gostaria que você esquecesse essa ideia de aposentadoria. Você pertence a este lugar. Meadowbank precisa de você.

– Meadowbank significa muito para você, não é, Chaddy?

– Não há escola igual na Inglaterra – respondeu a srta. Chadwick. – Podemos nos orgulhar, você e eu, por termos começado tudo isso.

A srta. Bulstrode pousou um braço carinhoso em torno dos ombros dela.

– É claro que podemos. Quanto a você, Chaddy, você é o conforto da minha vida. Não há nada sobre Meadowbank que você não saiba. Você se importa com ela tanto quanto eu. E isso é dizer muito, querida.

A srta. Chadwick corou de prazer. Era tão raro que Honoria Bulstrode deixasse sua reserva de lado.

II

– Simplesmente não consigo jogar com esta droga. Não presta.

Jennifer jogou sua raquete no chão, desanimada.

– Ora, Jennifer, que exagero.

– É o equilíbrio. – Jennifer juntou-a do chão mais uma vez e experimentou um golpe no ar. – Ela não tem um bom equilíbrio.

– Ela é muito melhor do que esta velharia. – Julia comparou-a com sua raquete. – A minha parece uma esponja. Ouça o ruído que ela faz. – Ela tangeu uma corda. – Queríamos mandar encordoá-la de novo, mas a mamãe esqueceu.

– Mesmo assim, prefiro a sua. – Jennifer a pegou e tentou um golpe ou dois com ela.

– Bem, eu prefiro a *sua*. Então poderia acertar alguma coisa. Troco com você se quiser.

– Está bem, vamos trocar.

As duas garotas tiraram os pequenos adesivos nos quais seus nomes estavam escritos, e os recolocaram, um na raquete da outra.

– Não vou trocar de volta – disse Julia avisando. – Então não adianta dizer que você não está gostando da minha velha esponja.

III

Adam assoviava alegremente enquanto alinhava a cerca de arame em torno da quadra de tênis. A porta do pavilhão de esportes abriu-se e mademoiselle Blanche, a tímida professorinha de francês, olhou para fora. Ela hesitou por um momento, então voltou para dentro.

"O que será que ela está fazendo?", perguntou Adam para si mesmo. Não teria ocorrido a ele que mademoiselle Blanche estivesse tramando algo, se não fosse por seu aspecto. Ela tinha um olhar culpado que de imediato despertou-lhe suspeitas. Ela logo saiu outra vez, fechando a porta atrás de si, e parou para falar com Adam quando passou por ele.

– Ah, vejo que você está reparando a rede.

– Sim, senhorita.

– Eles têm quadras ótimas aqui, e a piscina e o ginásio também. Oh! *Le sport*! Vocês dão bastante importância para *le sport* na Inglaterra, não dão?

– Bem, imagino que sim, senhorita.

– Você joga tênis? – Seus olhos o avaliaram de maneira distintamente feminina e com um ligeiro convite no olhar. Adam perguntou-se mais uma vez sobre ela. O que lhe chamou a atenção é que mademoiselle Blanche era uma professora de francês que parecia não combinar com Meadowbank.

– Não – respondeu ele mentindo. – Não jogo tênis. Não tenho tempo.

– Você joga críquete, então?

– Bem, eu joguei críquete quando era pequeno. A maioria dos garotos joga.

– Não tive muito tempo para dar uma olhada na escola – disse Angèle Blanche.

– Não até hoje, e o dia está tão bonito que pensei em visitar o pavilhão de esportes. Queria escrever para amigos na França que têm uma escola.

Mais uma vez Adam desconfiou. Aquilo parecia um excesso de explicações desnecessárias. Era como se mademoiselle Blanche quisesse desculpar sua presença ali no pavilhão de esportes. Mas por que ela faria isso? Ela tinha todo direito de ir a qualquer lugar que quisesse nas dependências da escola. Certamente não havia necessidade de se desculpar com o assistente do jardineiro. A situação gerou indagações outra vez em sua mente. O que esta jovem estivera fazendo no pavilhão de esportes?

Ele olhou com ponderação para mademoiselle Blanche. Seria bom, talvez, saber um pouco mais sobre ela. De forma sutil e deliberada, ele mudou de postura. Ainda era respeitosa, mas não tão respeitosa. Ele permitiu que seus olhos dissessem à professora que ela era uma jovem atraente.

– A senhorita deve achar um pouco chato às vezes trabalhar em uma escola de garotas – disse ele.

– Não me diverte muito, não.

– Mesmo assim – disse Adam –, imagino que a senhorita tenha suas folgas, não é?

Houve uma ligeira pausa. Era como se ela estivesse discutindo consigo mesma. Então, ele sentiu com uma ponta de pesar que a distância entre os dois havia sido ampliada de modo deliberado.

– Sim – disse ela –, tenho tempo suficiente para descansar. As condições de trabalho aqui são excelentes. – Ela assentiu brevemente com a cabeça. – Bom dia – e partiu em direção ao prédio da escola.

"Você andou tramando alguma coisa no pavilhão de esportes", disse Adam para si mesmo.

Ele esperou até que ela saísse de vista, então deixou seu trabalho, foi até o pavilhão de esportes e olhou para dentro.

Mas nada que ele pudesse ver estava fora do lugar. "Mesmo assim", disse para si mesmo, "ela estava tramando algo."

Enquanto saía de novo, ele foi confrontado de maneira inesperada por Ann Shapland.

– Você sabe por onde anda a srta. Bulstrode? – ela perguntou.

– Acho que ela voltou para o prédio, senhorita. Ela estava falando com o Briggs agora mesmo.

Ann estava franzindo o cenho.

– O que você estava fazendo no pavilhão de esportes?

Adam foi pego um pouco de surpresa. Que mente desconfiada e maliciosa ela tem, ele pensou. Ele disse com uma ligeira insolência no tom de voz:

– Pensei que gostaria de dar uma olhada nele. Não há mal em olhar, há?

– Você não deveria estar fazendo o seu trabalho?

– Terminei há pouco de prender a cerca em torno da quadra de tênis. – Ele virou-se, olhando para o ginásio atrás de si. – Ele é novo, não é? Deve ter custado uma fortuna. As pequenas damas têm o bom e o melhor aqui, não têm?

– Elas pagam por isto – disse Ann secamente.

– Pagam até o último centavo, foi o que ouvi – concordou Adam.

Ele sentiu um desejo que ele mal compreendia, de ferir ou irritar essa garota. Ela era sempre tão controlada, tão autossuficiente. Ele gostaria mesmo de vê-la brava.

Mas Ann não lhe deu essa satisfação. Ela disse simplesmente:

– É melhor você terminar de pregar a rede – e seguiu de volta para o prédio. No meio do caminho, ela diminuiu o passo e olhou para trás. Ann olhou para Adam e para o pavilhão de esportes um tanto confusa.

Capítulo 8

Assassinato

I

De plantão noturno na delegacia de Hurst St. Cyprian, o sargento Green bocejou. O telefone tocou e ele atendeu. Um momento depois, a sua postura havia mudado completamente. Ele começou a rabiscar com rapidez em um bloco de notas.

– Sim? Meadowbank? Sim, e o nome? Soletre, por favor. S-P-R-I-N-G... G de "garfo"? E-R. Springer. Sim. Sim, por favor, cuide para que não se toque em nada. Mandaremos alguém aí muito em breve.

De maneira rápida e metódica, ele então deu início aos vários procedimentos necessários.

– Meadowbank? – perguntou o inspetor Kelsey quando chegou sua vez. – É a escola para garotas, não é? Quem é que foi assassinada?

"A morte de uma professora de educação física – disse Kelsey pensativo – soa como o título de um romance policial numa banca de livros de estação ferroviária."

– Quem você acha que poderia tê-la apagado? – perguntou o sargento. – Parece estranho.

– Mesmo professoras de educação física talvez tenham vidas amorosas – disse o inspetor Kelsey. – Onde disseram que o corpo foi encontrado?

– No pavilhão de esportes. Suponho que seja um nome empolado para o ginásio.

– Pode ser – disse Kelsey. – Morte de uma professora de educação física no ginásio. Soa como um crime altamente atlético, não é? Você disse que ela levou um tiro?

– Sim.

– Eles encontraram a pistola?

– Não.

– Interessante – disse o inspetor Kelsey e, tendo reunido seu séquito, partiu para cumprir seu dever.

II

A porta da frente em Meadowbank estava aberta, com um facho de luz saindo por ela, e ali o inspetor Kelsey foi recebido pela srta. Bulstrode em pessoa. Ele a conhecia de vista, como, de fato, a maioria das pessoas da vizinhança. Mesmo neste momento de confusão e incerteza a srta. Bulstrode permanecia, acima de tudo, ela mesma, no comando da situação e no comando de seus subordinados.

– Inspetor Kelsey, senhorita – disse ele.

– Por onde gostaria de começar, inspetor Kelsey? O senhor deseja ir até o pavilhão de esportes ou prefere ouvir todos os detalhes agora?

– O médico veio comigo – disse Kelsey. – Se alguém mostrar a ele e a dois dos meus homens onde está o corpo, eu gostaria de conversar um pouco com a senhorita.

– Com certeza. Vamos para minha sala. Srta. Rowan, você pode mostrar o caminho ao médico e aos outros? – Ela acrescentou: – Uma funcionária nossa está lá cuidando para que não se mexa em nada.

– Obrigado.

Kelsey seguiu a srta. Bulstrode até a sua sala.

– Quem encontrou o corpo?

– A governanta, srta. Johnson. Uma das garotas teve uma dor de ouvido, e a srta. Johnson ficou acordada cuidando dela. Enquanto fazia isso, ela notou que as cortinas não estavam fechadas de maneira apropriada e, ao ir fechá-las, observou que havia luzes no pavilhão de esportes que não deveriam estar acesas a uma da manhã – concluiu a srta. Bulstrode, bastante séria.

– Certo – disse Kelsey. – Onde está a srta. Johnson agora.

– Ela está aqui se o senhor quiser vê-la.

– Dentro em pouco. Por favor, prossiga.

– A srta. Johnson então acordou outra funcionária minha, a srta. Chadwick. Elas decidiram ir até lá e investigar. Quando estavam saindo pela porta lateral, ouviram o som de um tiro e, de imediato, correram o mais rápido que podiam na direção do pavilhão de esportes. Ao chegar ao local...

O inspetor a interrompeu.

– Obrigado, srta. Bulstrode. Se, como a senhora disse, a srta. Johnson estiver disponível, eu gostaria de ouvir a próxima parte dela. Mas primeiro, talvez, a senhorita poderia me contar algo a respeito da mulher assassinada.

– Seu nome é Grace Springer.

– Ela trabalhava aqui há muito tempo?

– Não, ela veio para cá neste trimestre. Minha ex-professora de educação física demitiu-se para ir trabalhar na Austrália.

– E o que a senhorita sabia a respeito desta srta. Springer?

– Suas recomendações eram excelentes – disse a srta. Bulstrode.

– A senhorita não a conhecia pessoalmente antes disto?

– Não.

– A senhorita tem alguma ideia, mesmo a mais vaga, do que pode ter precipitado esta tragédia? Ela era infeliz? Alguma companhia imprópria?

A srta. Bulstrode balançou a cabeça.

– Nada que eu saiba. Ouso dizer – seguiu ela – que isso me parece muito improvável. Ela não era este tipo de mulher.

– A senhorita ficaria surpresa – disse o inspetor Kelsey, sombrio.

– O senhor gostaria que eu mandasse vir a srta. Johnson agora?

– Por favor. Assim que tiver ouvido o relato dela, vou ao ginásio, ou o... como a senhorita o chama, pavilhão de esportes?

– É um anexo recente da escola, construído neste ano – disse a srta. Bulstrode. – Foi construído junto à piscina e consiste de uma quadra de squash e outras instalações. As raquetes, os tacos de lacrosse e hóquei são guardados ali, e há uma sala de secar roupas de banho.

– Havia alguma razão para a srta. Springer estar no pavilhão de esportes à noite?

– Nenhuma razão – respondeu a srta. Bulstrode com convicção.

– Muito bem, srta. Bulstrode. Vou falar com a srta. Johnson agora.

A srta. Bulstrode saiu da sala e voltou trazendo a governanta. A srta. Johnson havia tomado um belo trago de conhaque ministrado a ela para que se recuperasse depois de ter achado o corpo. O resultado foi um ligeiro aumento em sua tagarelice.

– Este é o inspetor Kelsey – disse a srta. Bulstrode. – Recomponha-se, Elspeth, e conte a ele exatamente o que aconteceu.

– É terrível – disse a srta. Johnson –, é terrível mesmo. Uma coisa assim nunca havia acontecido antes em toda minha vida. Nunca! Eu jamais acreditaria, não mesmo. Logo a srta. Springer!

O inspetor Kelsey era um homem perceptivo. Estava sempre disposto a desviar-se da rotina, caso uma observação lhe soasse incomum ou merecedora de maior investigação.

– Então a senhorita acha muito estranho – disse ele – que a srta. Springer tenha sido a vítima?

– Bem, sim, acho estranho, inspetor. Ela era tão... sabe, tão forte. Tão corajosa. O tipo de mulher que você imaginaria enfrentando sozinha um ladrão, ou dois ladrões.

– Ladrões? Hum... – disse o inspetor Kelsey. – Havia algo para roubar no pavilhão de esportes?

– Bem, não, realmente não consigo pensar em algo. Roupas de banho, é claro, materiais esportivos.

– O tipo de coisa que um ladrão de ocasião poderia levar – concordou Kelsey.

– Mas não valeria a pena arrombar o prédio para isso. A propósito, ele foi arrombado?

– Bem, na verdade, nunca pensei em olhar – disse a srta. Johnson. – Quero dizer, a porta estava aberta quando nós chegamos lá e...

– Ela não havia sido arrombada – disse a srta. Bulstrode.

– Compreendo – disse Kelsey. – Uma chave foi usada. – Ele olhou para a srta. Johnson. – A srta. Springer era benquista? – ele perguntou.

– Bem, na verdade, não sei dizer. Quero dizer, afinal de contas, ela está morta.

– Então, a senhorita não gostava dela – disse Kelsey com perspicácia, ignorando os sentimentos mais delicados da srta. Johnson.

– Não acho que alguém poderia ter gostado muito dela – disse a srta. Johnson.

– Sabe, ela tinha modos muito diretos, nunca se importou em contradizer as pessoas, sem rodeios. Eu diria que ela era muito eficiente e levava seu trabalho muito a sério, não é, srta. Bulstrode?

– Com certeza – disse a srta. Bulstrode.

Kelsey retornou do caminho alternativo que estivera seguindo.

– Agora, srta. Johnson, conte-nos o que aconteceu.

– Jane, uma das nossas alunas, estava com dor de ouvido. Ela acordou com bastante dor e me procurou. Tenho alguns remédios e, quando a coloquei de volta na cama, vi que as cortinas da janela estavam batendo e pensei que seria melhor se, ao menos desta vez, sua janela permanecesse fechada à noite, já que estava ventando bastante naquela direção. É claro que as garotas sempre dormem com as janelas abertas. Temos dificuldades às vezes com as estrangeiras, mas eu sempre insisto que...

– Isso realmente não tem importância agora – disse a srta. Bulstrode. – Nossas regras gerais de higiene não interessariam ao inspetor Kelsey.

– Não, não, é claro que não – disse a srta. Johnson. – Bem, como ia dizendo, fui fechar a janela e qual não foi minha surpresa ao ver luzes no pavilhão de esportes. Eram bastante distintas, não havia como me enganar. Pareciam estar se movendo.

– A senhora quer dizer que não era a luz elétrica ligada, mas a luz de um archote ou uma lanterna?

– Sim, sim, isso que deve ter sido. Pensei logo: "Meu Deus, o que alguém está fazendo lá a esta hora?" É claro que não pensei em ladrões. Isso teria sido uma ideia muito fantasiosa, como o senhor disse agora mesmo.

– O que a senhorita achou que fosse? – perguntou Kelsey.

A srta. Johnson lançou um olhar de relance para a srta. Bulstrode e voltou ao inspetor.

– Bem, na verdade, não sei se tive alguma ideia em particular. Quero dizer, bem, na realidade, não dava para pensar...

A srta. Bulstrode interrompeu-a.

– Imagino que a srta. Johnson achou que uma de nossas alunas havia ido até lá para se encontrar com alguém – disse ela. – Estou certa, Elspeth?

A srta. Johnson respirou, ofegante.

– Bem, sim, a ideia me ocorreu apenas por um instante. Uma das nossas garotas italianas, talvez. As estrangeiras são tão mais precoces do que as garotas inglesas.

– Não seja tão provinciana – disse a srta. Bulstrode. – Tivemos de lidar com várias garotas inglesas tentando promover encontros inadequados. É muito natural que este pensamento tenha ocorrido a você e provavelmente ele teria ocorrido a mim.

– Continue – disse o inspetor Kelsey.

– Então achei que a melhor coisa – seguiu a srta. Johnson – era procurar a srta. Chadwick e pedir para que ela viesse comigo ver o que estava acontecendo.

– Por que a srta. Chadwick? – perguntou Kelsey. – Alguma razão em particular para escolher essa professora em particular?

– Bem, eu não queria incomodar a srta. Bulstrode – disse a srta. Johnson – e temo que seja um hábito nosso sempre procurar a srta. Chadwick quando não queremos incomodar a srta. Bulstrode. Veja bem, a srta. Chadwick está aqui há muito tempo e tem bastante experiência.

– De qualquer maneira – disse Kelsey –, a senhora procurou a srta. Chadwick e a acordou. É isso?

– Sim. Ela concordou comigo que deveríamos ir até lá de imediato. Não perdemos tempo nos vestindo ou algo assim, apenas colocamos pulôveres e casacos e saímos pela porta lateral. E foi então, logo ao entrar na trilha, que ouvimos um tiro vindo do pavilhão de esportes. Então corremos pelo caminho o mais rápido que pudemos. Estupidamente, não havíamos levado uma lanterna conosco e estava difícil de enxergar para onde íamos. Tropeçamos uma ou duas vezes, mas chegamos lá bem depressa. A porta estava aberta. Ligamos a luz e...

Kelsey a interrompeu:

– Não havia luz, então, quando a senhorita chegou lá. Nem uma lanterna ou qualquer outra luz?

– Não. O lugar estava na escuridão. Nós ligamos a luz, e lá estava ela. A...

– Está bem assim – disse o inspetor Kelsey com tato –, a senhorita não precisa descrever coisa alguma. Eu irei até lá e verei por mim mesmo. A senhorita não encontrou ninguém no caminho até o pavilhão de esportes?

– Não.

– Ou ouviu alguém fugindo?

– Não. Não ouvimos nada.

– Alguém mais ouviu o tiro no prédio da escola? – perguntou Kelsey olhando para a srta. Bulstrode.

Ela balançou a cabeça.

– Não. Não que eu saiba. Ninguém disse que o ouviu. O pavilhão de esportes fica a alguma distância da escola, e duvido que um tiro possa ser percebido.

– Talvez de um dos quartos do lado do prédio que dá para o pavilhão de esportes?

– Acho muito difícil, a não ser que se estivesse esperando ouvir um disparo. Tenho certeza de que o barulho não seria suficiente para acordar alguém.

– Bem, obrigado – disse o inspetor Kelsey. – Vou seguir para o pavilhão de esportes agora.

– Vou com o senhor – disse a srta. Bulstrode.

– O senhor quer que eu também vá? – perguntou a srta. Johnson. – Vou, se o senhor quiser. Sabe, não devemos fugir das coisas, não é? Sempre achei que a pessoa deve enfrentar o que surgir...

– Obrigado – disse o inspetor Kelsey –, não será preciso, srta. Johnson. Eu não gostaria de fazê-la passar por mais essa situação desagradável.

– Tão terrível – disse a srta. Johnson –, eu sinto-me ainda pior por nunca ter gostado muito dela. Na verdade, tivemos uma discussão ontem à noite na sala dos professores. Eu sustentei a ideia de que treinamentos físicos em excesso eram ruins para algumas garotas, em especial as mais delicadas. A srta. Springer disse que era bobagem, que eram exatamente essas garotas que precisavam deles. Ela disse que o treinamento as fortalecia e fazia delas mulheres robustas. Eu disse-lhe que, na realidade, ela não sabia de tudo, apesar de acreditar que sim. Afinal, fui treinada profissionalmente e sei muito mais a respeito de fragilidades e doenças do que a srta. Springer sabe... sabia, embora não tenha dúvidas de que ela sabia tudo sobre barras paralelas, cavalos de ginástica e treinar tênis. Mas, por Deus, agora que penso no que aconteceu, eu gostaria de não ter dito o que disse. Imagino que a pessoa sempre sinta isso depois de algo terrível acontecer. Sinto-me realmente culpada.

– Sente-se, querida – disse a srta. Bulstrode, acomodando-a num sofá.

– Apenas sente-se, descanse e esqueça quaisquer discussões que você possa ter tido. A vida seria muito chata se concordássemos uns com os outros sobre tudo.

A srta. Johnson sentou-se balançando a cabeça, então deu um bocejo. A srta. Bulstrode seguiu Kelsey até a entrada.

– Dei-lhe muito conhaque – disse ela, desculpando-se. – Isso a deixou um pouco tagarela. Mas não confusa, não acha?

– Não – disse Kelsey. – Ela relatou com muita exatidão o que aconteceu.

A srta. Bulstrode levou-o até a porta lateral.

– Foi por aqui que a srta. Johnson e a srta. Chadwick saíram?

– Sim. O senhor pode ver que esta porta leva diretamente ao caminho entre aqueles rododendros, que termina no pavilhão de esportes.

O inspetor tinha uma lanterna potente, e logo ele e a srta. Bulstrode chegaram ao prédio onde as luzes agora brilhavam.

– Bela construção – disse Kelsey, examinando-o.

– Saiu-nos caro – disse srta. Bulstrode –, mas temos os recursos – acrescentou de maneira serena.

A porta aberta dava para uma sala bastante ampla. Havia armários ali com os nomes das várias garotas neles. No fundo da sala, havia um suporte para raquetes de tênis e um para tacos de *lacrosse*. A porta no canto levava aos chuveiros e ao vestiário. Kelsey fez uma pausa antes de entrar. Dois de seus homens estavam ocupados. Um fotógrafo acabava seu trabalho naquele momento, e outro homem procurando impressões digitais olhou para cima e disse:

– O senhor pode pisar no chão, não há problema. Só falta terminarmos este canto aqui.

Kelsey caminhou até onde o médico legista estava ajoelhado junto ao corpo. Este levantou a cabeça quando Kelsey se aproximou:

– Ela foi alvejada a pouco mais de um metro de distância – disse ele. – A bala penetrou o coração. A morte deve ter sido instantânea.

– Sim. Há quanto tempo?

– Digamos que uma hora, por aí.

Kelsey assentiu com a cabeça. Ele virou-se para olhar a figura alta da srta. Chadwick que estava encostada contra a parede com a expressão fechada de um cão de guarda. Em torno de 55 anos, ele calculou, testa alta, boca obstinada, cabelo grisalho desarranjado, nenhum traço de histeria. O tipo de mulher, ele pensou, com quem se poderia contar numa crise, embora pudesse passar despercebida na rotina diária.

– Srta. Chadwick? – disse ele.

– Sim.

– A senhora saiu com a srta. Johnson e descobriu o corpo?

– Sim. Ela estava como está agora. Ela estava morta.

– E a hora?

– Eu olhei para meu relógio quando a srta. Johnson me acordou. Eram dez para uma.

Kelsey assentiu. Isso estava de acordo com a hora que a srta. Johnson havia informado. Ele olhou de maneira pensativa para a mulher morta. Seu cabelo ruivo claro estava cortado curto. Ela tinha um rosto sardento, com um queixo que se projetava com firmeza e um corpo magro, atlético. Vestia uma saia de tweed e um pulôver pesado escuro. Calçava borzeguins sem meias.

– Algum sinal de uma arma? – perguntou Kelsey.

Um dos seus homens balançou a cabeça.

– Nada mesmo, senhor.

– E a lanterna?

– Há uma lanterna ali no canto.

– Alguma digital nela?

– Sim. Da mulher morta.

– Então era ela quem estava com a lanterna – disse Kelsey, pensativo. – Veio até aqui com uma lanterna, por quê? – Ele perguntou em parte a si mesmo, em parte a seus homens, em parte às srtas. Bulstrode e Chadwick. Por fim, pareceu concentrar-se na última. – Alguma ideia?

A srta. Chadwick balançou a cabeça.

– Não consigo pensar em nada. Imagino que ela possa ter deixado algo aqui, esquecido esta tarde ou noite, e veio pegá-lo. Mas parece bastante improvável no meio da noite.

– Tinha de ser algo muito importante se ela fez isso – disse Kelsey.

Ele olhou à sua volta. Nada parecia fora do lugar, exceto o suporte para raquetes no fundo. Ele parecia ter sido puxado de maneira violenta para frente. Várias raquetes estavam jogadas no chão.

– É claro – disse a srta. Chadwick –, ela pode ter visto uma luz aqui, como a srta. Johnson viu mais tarde, e saiu para investigar. Isso parece a hipótese mais provável para mim.

– Acho que a senhora está certa – disse Kelsey. – Tem apenas um pequeno problema. Ela viria aqui sozinha?

– Sim. – A srta. Chadwick respondeu sem hesitação.

– A srta. Johnson – Kelsey a lembrou – procurou a senhorita e a acordou.

– Eu sei – disse a srta. Chadwick –, e é isso que eu deveria ter feito se eu tivesse visto a luz. Eu teria acordado a srta. Bulstrode ou a srta. Vansittart ou alguém. Mas a srta. Springer não faria isso. Ela se sentiria bastante confiante, realmente teria preferido atacar um intruso sozinha.

– Outro ponto – disse o inspetor. – A senhora saiu pela porta lateral com a srta. Johnson. A porta lateral estava destrancada?

– Sim, estava.

– Presumivelmente deixada destrancada pela srta. Springer?

– Essa parece a conclusão natural – disse a srta. Chadwick.

– Suponhamos, então – disse Kelsey –, que a srta. Springer viu uma luz aqui no ginásio, pavilhão de esportes, seja lá como o chamam, que ela veio investigar, e quem quer que estivesse aqui atirou nela. – Ele girou sobre os calcanhares e encarou a srta. Bulstrode que estava parada no vão da porta. – Parece-lhe correto? – ele perguntou.

– Não me parece correto de forma alguma – respondeu a srta. Bulstrode.

– Concordo com a primeira parte. Digamos que a srta. Springer tenha visto uma luz aqui e saído sozinha para investigar. Isso é bem provável. Mas, que a pessoa que ela surpreendeu aqui tenha atirado nela parece-me impossível. Se alguém entrasse aqui sem ser convidado e fosse encontrado, fugiria ou tentaria fugir. Por que alguém viria para este lugar a essa hora da noite com uma pistola? É ridículo, isto que é. Ridículo! Não há nada que valha a pena ser roubado aqui, com certeza nada por que valesse a pena cometer um assassinato.

– A senhorita acha que é mais provável que a srta. Springer tenha perturbado algum encontro amoroso?

– Essa é a explicação natural e a mais provável – disse a srta. Bulstrode. – Mas isso não explica o fato do assassinato, explica? As garotas na minha escola não carregam pistolas por aí e é igualmente improvável que qualquer jovem com quem elas pudessem se encontrar tivesse uma.

Kelsey concordou.

– Ele teria um canivete de mola no máximo – disse ele. – Há uma alternativa – ele seguiu. – Digamos que a srta. Springer veio aqui se encontrar com um homem...

A srta. Chadwick riu de repente.

– Não – disse ela –, não a srta. Springer.

– Não quis dizer necessariamente um encontro amoroso – disse o inspetor de maneira brusca. – Estou sugerindo que o assassinato foi deliberado, que alguém pretendia matar a srta. Springer, que combinou encontrá-la aqui e atirou nela.

Capítulo 9

Um gato entre os pombos

I

Carta de Jennifer Sutcliffe para sua mãe:

Querida Mamãe,
nós tivemos um assassinato ontem à noite. A srta. Springer, a professora de educação física. Aconteceu no meio da noite e a polícia veio, e esta manhã eles estão fazendo perguntas para todo mundo.
A srta. Chadwick nos disse para não falarmos com ninguém a respeito disto, mas pensei que você gostaria de saber.
Com amor,
Jennifer

II

Meadowbank era um estabelecimento com importância suficiente para merecer a atenção pessoal do chefe de polícia. Enquanto a investigação de rotina estava em andamento, a srta. Bulstrode não ficou parada. Ela ligou para um magnata da imprensa e para o secretário de segurança, ambos amigos seus. Como resultado dessas manobras, muito pouco havia aparecido sobre o acontecido nos jornais. Uma professora de educação física havia sido encontrada morta no ginásio da escola. Havia levado um tiro, se acidental ou não, era uma questão a ser determinada. A maioria das notícias sobre o acontecido tinha um tom quase de desculpas, como se fosse uma completa gafe que qualquer professora de educação física se permitisse ser alvejada em tais circunstâncias.

Ann Shapland teve um dia ocupado datilografando as cartas para os pais, ditadas pela srta. Bulstrode. A diretora não perdeu tempo em dizer a suas alunas que mantivessem sigilo sobre o ocorrido. Ela sabia que seria uma perda de tempo. Certamente, relatos mais ou menos sombrios seriam enviados aos pais e guardiões ansiosos. Ela queria que seu próprio relato da tragédia, equilibrado e sensato, chegasse às mãos deles ao mesmo tempo.

Mais tarde naquele dia, ela reuniu-se com o sr. Stone, o chefe de polícia, e o inspetor Kelsey. A polícia estava perfeitamente de acordo com o fato de a imprensa dar o menor destaque possível ao caso. Isso permitia que investigassem com tranquilidade e sem interferências.

– Sinto muito pelo ocorrido, srta. Bulstrode, sinto muito mesmo – disse o chefe de polícia. – Imagino que seja algo bem ruim para a senhora.

– Um assassinato é ruim para qualquer escola, sim – disse a srta. Bulstrode. – Mas de nada serve insistir no assunto. Esperaremos que esta tempestade passe, sem dúvida, como já passaram outras. Tudo o que quero é que essa questão seja resolvida com rapidez.

– Não vejo por que não seria dessa forma, não é? – disse Stone. Ele olhou para Kelsey.

Kelsey disse:

– Pode ser que, quando levantarmos o passado dela, a investigação progrida.

– O senhor acha mesmo? – perguntou a srta. Bulstrode secamente.

– Talvez alguém já a tivesse sob a mira – sugeriu Kelsey.

A srta. Bulstrode não respondeu.

– A senhorita acha que o crime tem algo a ver com esta escola? – perguntou o chefe de polícia.

– O inspetor Kelsey acha que sim – disse a srta. Bulstrode. – Acho que ele só está tentando poupar meus sentimentos.

– Acho que o crime está vinculado a Meadowbank – disse o inspetor devagar.

– Afinal, a srta. Springer tinha seus dias de folga como todos os funcionários. Ela poderia ter combinado um encontro com qualquer pessoa se assim o quisesse, em qualquer lugar que escolhesse. Por que escolher o ginásio daqui, no meio da noite?

– A senhorita tem alguma objeção a revistarmos as dependências da escola? – perguntou o chefe de polícia.

– Nenhuma. Suponho que o senhor esteja procurando a pistola ou o revólver ou o que quer que seja?

– Sim. Foi uma pequena pistola de marca estrangeira.

– Estrangeira – disse a srta. Bulstrode de maneira pensativa.

– Até onde a senhorita saiba, alguma de suas funcionárias ou alunas possui uma pistola?

– Com certeza, não que eu saiba – respondeu a srta. Bulstrode. – Tenho convicção de que nenhuma de minhas alunas tem uma. Suas malas são desfeitas para elas quando chegam aqui, e uma coisa assim seria vista e notada, e teria, ouso dizer, gerado uma quantidade considerável de comentários. Mas por favor, inspetor Kelsey, faça exatamente como preferir. Notei que seus homens estiveram fazendo buscas no terreno da escola hoje.

O inspetor assentiu com a cabeça.

– Sim.

Ele seguiu em frente:

– Eu gostaria também de entrevistar outros membros de sua equipe. Talvez um ou outro possa ter ouvido alguma observação feita pela srta. Springer, que nos dará uma pista. Ou possa ter observado algum comportamento estranho da parte dela.

Ele fez uma pausa, então seguiu adiante:

– O mesmo talvez se aplique às suas alunas.

A srta. Bulstrode disse:

– Eu havia planejado dizer algumas palavras às garotas hoje à noite após as orações. Iria pedir-lhes que, se alguma soubesse de algo que pudesse ajudar a esclarecer a morte da srta. Springer, viesse contar-me.

– Muito bem pensado – disse o chefe de polícia.

– Mas, lembre-se disso – disse a srta. Bulstrode –, talvez uma ou outra garota possa querer fazer-se de importante exagerando algum incidente ou mesmo inventando um. Garotas fazem coisas muito curiosas: mas acredito que o senhor esteja acostumado a lidar com essa forma de exibicionismo.

– Já me deparei com esta situação – disse o inspetor Kelsey. – Agora – ele acrescentou –, por favor, dê-me uma lista de seus funcionários, incluindo a criadagem.

III

– Já olhei em todos os armários no pavilhão, senhor.

– E você não encontrou nada? – perguntou Kelsey.

– Não, senhor, nada importante. Algumas coisas estranhas em alguns deles, mas nada que interesse à nossa linha de investigação.

– Nenhum deles estava trancado, estava?

– Não, senhor, eles podem ser trancados. Havia chaves neles, mas nenhum estava trancado.

Kelsey olhou para o chão à sua volta de maneira pensativa. As raquetes de tênis e lacrosse haviam sido recolocadas com esmero em seus suportes.

– Bem – disse ele –, vou até a escola agora ter uma conversa com a equipe.

– O senhor acha que foi alguém de dentro?

– Poderia ter sido – disse Kelsey. – Ninguém tem um álibi, a não ser aquelas duas professoras, Chadwick e Johnson, e a garota Jane, que teve dor de ouvido. Teoricamente, todos os demais estavam na cama e dormindo, mas não há ninguém que possa garanti-lo. Todas as garotas têm quartos separados, e, naturalmente, os funcionários também. Qualquer um deles, incluindo a própria srta. Bulstrode, poderia ter saído e encontrado a srta. Springer aqui, ou tê-la seguido até aqui. Então, após ela ter levado o tiro, quem quer que tenha atirado poderia voltar em silêncio, sem ser percebido, por entre os arbustos até a porta lateral, e estar tranquilamente na cama de novo quando o alarme foi dado. O motivo é que é difícil. Sim – disse Kelsey –, o motivo. A não ser que algo esteja acontecendo por aqui, a respeito de que não sabemos nada, não parece haver qualquer motivo.

Ele saiu do pavilhão e seguiu a passos lentos de volta à escola. Apesar de já ter passado do horário de expediente, o velho Briggs, o jardineiro, estava trabalhando num canteiro e, assim que o inspetor passou, ele se endireitou.

– Você trabalha até bem tarde – disse Kelsey, sorrindo.

– Ah – disse Briggs. – Essa juventude não sabe o que é jardinagem. Chegam às oito e se mandam às cinco, é isso que eles acham que é o trabalho. Você tem de estudar o clima, alguns dias você não consegue trabalhar um minuto no jardim, e há outros dias em que você pode trabalhar das sete da manhã até as oito da noite. Isto é, se você realmente gosta do lugar e tem orgulho de sua aparência.

– O senhor deve se orgulhar deste jardim – disse Kelsey. – Faz tempo que não vejo um tão bonito.

– Verdade – disse Briggs. – Mas eu tenho sorte, tenho mesmo. Tenho um rapaz jovem e forte trabalhando para mim. Uns garotos também, mas não servem para muita coisa. A maioria desses garotos e rapazes não faz este tipo de trabalho. Todos preferem ir para as fábricas ou trabalhar de gravata num escritório. Não gostam de sujar as mãos com um pouco de terra boa. Mas sempre digo que tenho sorte. Tenho um bom homem trabalhando para mim, que veio se oferecer por conta própria.

– Faz pouco tempo? – perguntou o inspetor Kelsey.

– Desde o começo do trimestre – disse Briggs. – Adam é o seu nome. Adam Goodman.

– Não acho que o tenha visto – disse Kelsey.

– Pediu o dia de folga hoje, foi o que ele fez – disse Briggs. – Eu dei a ele. Parecia que não teríamos muito para fazer hoje com vocês perambulando por toda parte.

– Alguém deveria ter-me contado sobre ele – disse Kelsey com rispidez.

– O que o senhor quer dizer com "contado sobre ele"?

– Ele não está na minha lista – disse o inspetor. – Quero dizer, de todas as pessoas empregadas aqui.

– Bem, o senhor poderá vê-lo amanhã – disse Briggs. – Não que ele possa lhe contar alguma coisa, imagino.

– Nunca se sabe – disse o inspetor.

Um rapaz forte que havia se oferecido no início do trimestre? Parecia a Kelsey que se deparava aqui com o primeiro fato que poderia ser um pouco fora do comum.

IV

As garotas enfileiraram-se no saguão para as orações daquela noite como sempre, e depois a srta. Bulstrode as deteve erguendo a mão.

– Tenho algo a dizer a vocês todas. A srta. Springer, como vocês sabem, foi morta com um tiro ontem à noite, no pavilhão de esportes. Se alguma de vocês ouviu ou viu algo na última semana, algo que a tenha intrigado com relação à srta. Springer, algo que a srta. Springer possa ter dito ou outra pessoa possa ter dito a respeito dela que lhes pareça significativo, eu gostaria de sabê-lo. Vocês podem vir até minha sala a qualquer hora, esta noite.

– Ah – suspirou Julia Upjohn, enquanto as garotas saíam de formação –, como eu gostaria que soubéssemos de algo! Mas não sabemos, não é, Jennifer?

– Não – disse Jennifer –, é claro que não sabemos.

– A srta. Springer sempre parecera tão comum – disse Julia com pesar –, comum demais para ser morta de uma maneira misteriosa.

– Não suponho que tenha sido tão misteriosa – disse Jennifer. – Apenas um ladrão.

– Suponho que roubando nossas raquetes de tênis – disse Julia com sarcasmo.

– Talvez alguém a estivesse chantageando – sugeriu uma das garotas, ansiosa por intrigas.

– Sobre o quê? – disse Jennifer.

Mas ninguém conseguia pensar em razão alguma para chantagear a srta. Springer.

V

O inspetor Kelsey começou as entrevistas com os funcionários pela srta. Vansittart. Uma bela mulher, ele pensou, avaliando-a. Talvez com quarenta anos ou um pouco mais; alta, elegante, cabelos acinzentados arrumados com bom gosto. Ela tinha dignidade e compostura, com certo sentido, pensou, de sua própria importância. Ela lembrava-lhe um pouco a própria srta. Bulstrode: o modelo da professora de escola. Mesmo assim, ele refletiu, a srta. Bulstrode tinha algo que a srta. Vansittart não tinha. A srta. Bulstrode tinha uma qualidade do inesperado. Ele achava que a srta. Vansittart jamais seria inesperada.

Perguntas e respostas seguiram a rotina. Na realidade, a srta. Vansittart não vira nada, não notara nada e não ouvira nada. A srta. Springer fazia um trabalho excelente. Sim, suas maneiras talvez fossem um pouco rudes, ela achava, mas não impróprias. Ela talvez não tivesse uma personalidade muito atraente, mas isto não era realmente uma necessidade numa professora de educação física. Era melhor, na realidade, não ter professoras que tivessem personalidades sedutoras. Não seria adequado deixar que as garotas desenvolvessem laços afetivos com suas professoras. A srta. Vansittart, não tendo contribuído com nada de valor, deixou a sala.

– Não vi nada, não ouvi nada, não sei de nada. Como os macacos – observou o sargento Percy Bond, que estava auxiliando o inspetor Kelsey em sua tarefa.

Kelsey abriu um largo sorriso.

– É isso mesmo, Percy – ele disse.

– Há algo a respeito de professoras que me dá arrepios – disse o sargento Bond.

– Tenho pavor delas desde garoto. Conheci uma que era um terror absoluto. Tão arrogante e desdenhosa que você nunca sabia o que ela estava tentando ensinar.

A próxima professora a aparecer foi Eileen Rich. A primeira reação do inspetor Kelsey foi achá-la feia como o pecado. Então ele moderou sua opinião; ela exercia certa atração. Ele começou com suas perguntas de rotina, mas as respostas não foram tão rotineiras quanto esperava. Após dizer que não, ela não havia ouvido ou observado nada de especial que qualquer outra pessoa tivesse dito, a próxima resposta de Eileen Rich não foi a que ele antecipava. Ele havia perguntado:

– A senhorita não sabe de alguém que guardasse algum rancor contra ela?

– Não – disse Eileen Rich rapidamente. – Não se poderia guardar. Sabe, acho que essa era a sua tragédia. Não ser uma pessoa que se pudesse odiar.

– O que a senhorita quer dizer com isso exatamente?

– Que ela não era uma pessoa que alguém desejasse destruir. Tudo o que ela fazia e era, estava na superfície. Ela irritava as pessoas. Sempre trocavam palavras ríspidas com ela, mas isto não significava nada. Nada profundo. Tenho certeza de que ela não foi morta por causa de si mesma, se o senhor me entende.

– Não tenho bem certeza se compreendo, srta. Rich.

– Se fosse um roubo a banco, ela poderia ser facilmente a caixa que leva um tiro, mas seria como a caixa, não como Grace Springer. Ninguém a amaria ou odiaria o suficiente para querer acabar com ela. Acho que ela provavelmente se sentia assim sem pensar a respeito, era isto o que a tornava tão intrometida. Você sabe, encontrando falhas, impondo regras, e descobrindo o que as pessoas faziam e não deveriam fazer, e as desmascarando.

– Bisbilhotando? – perguntou Kelsey.

– Não, não exatamente bisbilhotando. – Eileen Rich ponderou a questão. – Ela não andava na ponta dos pés furtivamente por aí ou algo do gênero. Mas, se descobrisse algo acontecendo que não compreendia, ela tinha determinação para ir até o fundo do problema. E ela chegava lá.

– Entendo. – Ele fez uma pausa por um momento. – A senhorita não gostava muito dela, não é?

– Não acho que tenha pensado nela em algum momento. Ela era apenas a professora de educação física. Oh! Que coisa horrível de se dizer sobre qualquer pessoa! Só isso, só aquilo! Mas é assim que ela se sentia sobre seu trabalho. Era um trabalho que tinha orgulho em fazer bem. Não o achava divertido. Não se entusiasmava quando encontrava uma garota que poderia ser realmente boa no tênis, ou realmente boa em alguma modalidade de atletismo. Ela não se regozijava ou exultava com isso.

Kelsey olhou para ela, curioso. Que jovem estranha, ele pensou.

– A senhorita parece ter opiniões a respeito da maioria das coisas – disse ele.

– Sim. Sim, imagino que tenha.

– Há quanto tempo a senhorita dá aulas em Meadowbank?

– Há pouco mais de um ano e meio.

– Já ocorreram problemas aqui antes?

– Em Meadowbank? – Ela parecia sobressaltada.

– Sim.

– Não. Tudo esteve na mais perfeita ordem até este trimestre.

Kelsey mostrou as garras.

– O que há de errado com este trimestre? A senhorita não está se referindo ao assassinato, não é? A senhorita se refere a algo mais...

– Eu não – ela parou. – Sim, talvez eu esteja, mas é tudo tão nebuloso.

– Continue.

– A srta. Bulstrode não anda feliz ultimamente – disse Eileen Rich. – Isso é uma coisa. O senhor não notaria. Acho que ninguém mais perceberia. Mas eu percebi. E ela não é a única que está infeliz. Mas não é isso que o senhor quer saber, é? Isso não passa de sentimentos pessoais. O tipo de coisa que você percebe quando está vivendo confinada, em grupo, e pensa demais sobre uma única coisa. O senhor me perguntou se havia algo que não parecia certo este trimestre. É isso, não é?

– Sim – disse Kelsey, olhando para ela com curiosidade –, sim, é isso. Bem, e qual a sua opinião?

– Eu acho que há algo errado aqui – disse Eileen Rich lentamente. – É como se houvesse alguém entre nós que não pertencesse ao ambiente. – Ela olhou para ele, sorriu, quase riu e disse: – Gato entre os pombos, este tipo de sentimento. Somos os pombos, todos nós, e o gato está entre nós. Mas não conseguimos ver o gato.

– Isto é muito vago, srta. Rich.

– Sim, não é mesmo? Soa um tanto tolo, eu sei. Eu mesma consigo perceber. O que quero realmente dizer, imagino, é que algo ocorreu, algo quase imperceptível, que notei, mas não sei o que é.

– Sobre alguém em particular?

– Não, como lhe disse, é só um sentimento. Não sei quem é. A única forma de expressar com poucas palavras o que sinto é dizer que há alguém aqui, que é, de alguma forma, ruim! Há alguém aqui, não sei quem, que me faz sentir desconfortável. Não quando estou olhando para ela, mas quando ela está olhando para mim, porque é quando ela olha para mim que isso fica evidente, o que quer que seja. Oh, estou mais incoerente do que nunca. E de qualquer maneira, é somente um sentimento. Não é o que o senhor quer. Não é um indício.

– Não – disse Kelsey –, não é um indício. Não ainda. Mas é interessante, e se o seu sentimento tornar-se mais definido, srta. Rich, eu gostaria de ouvi-lo.

Ela assentiu com a cabeça.

– Sim – disse ela –, porque o assunto é sério, não é? Quero dizer, alguém foi morto, não sabemos por quê, e o assassino pode estar a quilômetros de distância, ou, por outro lado, pode estar aqui na escola. E se assim for, aquela pistola ou revólver ou o que quer que seja, tem de estar aqui também. Não é um pensamento muito agradável, é?

Ela saiu com um ligeiro aceno da cabeça. O sargento Bond disse:

– Maluca, não lhe parece?

– Não – disse Kelsey –, não acho que seja maluca. Acho que ela é o que se chama de sensitiva. Sabe, como as pessoas que sabem quando há um gato na sala bem antes de o virem. Se ela tivesse nascido numa tribo africana, poderia ter sido curandeira.

– Elas andam por aí farejando o mal, não é? – disse o sargento Bond.

– Isso mesmo, Percy – disse Kelsey. – E é exatamente o que eu mesmo estou tentando fazer. Ninguém me apresentou nenhum fato concreto, então eu tenho de farejar em busca das coisas. A próxima entrevistada será a francesa.

Capítulo 10

Uma história fantástica

Mademoiselle Angèle Blanche aparentava uns 35 anos. Não usava maquiagem, o cabelo castanho escuro estava penteado com cuidado, mas não com extravagância. Vestia um conjunto sóbrio de paletó e saia.

Era o primeiro trimestre de mademoiselle Blanche em Meadowbank, ela explicou. Ela não tinha certeza se gostaria de ficar para mais um trimestre.

– Não é agradável estar numa escola em que acontecem assassinatos – disse ela de modo desaprovador. – Além disso, não parecia haver alarmes contra arrombamento em lugar algum do prédio, e isso era perigoso.

– Não há nada de grande valor, mademoiselle Blanche, para atrair ladrões.

Mademoiselle Blanche meneou os ombros.

– Como ter certeza? Estas garotas que vêm para cá, algumas têm pais muito ricos. Quem sabe elas tenham consigo algo de grande valor. Talvez um ladrão fique sabendo disso e venha até aqui por achar que é um lugar fácil de roubar.

– Se uma garota tivesse algo de valor com ela, isto não estaria no ginásio.

– Como o senhor sabe? – disse a mademoiselle. – Elas têm armários, não têm, as garotas?

– Apenas para manter seus materiais esportivos e coisas do gênero.

– Ah, sim, essa é a ideia. Mas uma garota poderia esconder qualquer coisa na ponta de um calçado de ginástica, ou enrolado num velho pulôver ou num cachecol.

– Que tipo de coisa, mademoiselle Blanche?

Mas mademoiselle Blanche não fazia ideia de que tipo de coisa.

– Mesmo os pais mais indulgentes não dão às suas filhas colares de diamante para levarem para a escola – disse o inspetor.

Mais uma vez mademoiselle Blanche meneou os ombros.

– Talvez seja algo de um tipo diferente de valor, um escaravelho, digamos, ou algo que um colecionador daria muito dinheiro para ter. Uma das garotas tem um pai que é arqueólogo.

Kelsey sorriu.

– Creio que isso não seja muito provável, mademoiselle Blanche.

Ela meneou os ombros.

– Bem, só estou sugerindo.

– A senhora já trabalhou em outras escolas inglesas, mademoiselle Blanche?

– Uma no norte da Inglaterra algum tempo atrás. Na maioria das vezes, trabalhei na Suíça e na França. Também na Alemanha. Pensei em vir para a Inglaterra para melhorar meu inglês. Eu tenho uma amiga aqui. Ela esteve doente e me disse que eu poderia assumir o posto dela, já que a srta. Bulstrode ficaria feliz em encontrar alguém com rapidez. Então eu vim. Mas não gosto muito daqui. Como lhe disse, não creio que ficarei.

– Por que a senhorita não gosta da escola? – persistiu Kelsey.

– Não gosto de lugares onde ocorrem tiroteios – disse mademoiselle Blanche. – E as crianças, elas não são respeitosas.

– Elas não são exatamente crianças, são?

– Algumas se comportam como bebês, algumas poderiam ter 25 anos. Há todos os tipos aqui. Elas têm liberdade demais. Prefiro uma instituição com mais rotina.

– A senhorita conhecia a srta. Springer bem?

– Eu mal a conhecia. Ela era mal-educada, e eu conversava com ela tão pouco quanto possível. A srta. Springer era toda ossos e sardas, com uma voz barulhenta e horrorosa. Era uma caricatura das mulheres inglesas, além de ser sempre rude comigo seguidamente e eu não gostar disso.

– A respeito de que ela era rude?

– Não gostava que eu entrasse no pavilhão de esportes dela. Pelo visto é assim que ela se sente a respeito dele, ou se sentia, quero dizer, como o pavilhão de esportes dela! Eu vou lá um dia porque estou interessada. Não entrara ali antes e é um prédio novo. Ele é muito bem disposto e planejado, e eu estou só olhando à volta. Então a srta. Springer aparece e diz: "O que você está fazendo aqui? Você não tem nada para fazer aqui." Ela diz isso para mim, *eu*, uma professora da escola! O que ela acha que eu sou, uma aluna?

– Sim, sim, muito irritante, tenho certeza – disse Kelsey, de maneira apaziguadora.

– Os modos de uma porca, é o que ela tinha. E então ela me chama: "Não vá embora com a chave na mão". Ela me irrita. Quando abri a porta, a chave caiu e eu a peguei do chão, então a esqueço de colocar de volta porque ela me ofendeu. E então a srta. Springer grita às minhas costas como se ela achasse que eu estava querendo roubar a chave. A chave *dela*, imagino, do pavilhão de esportes *dela*.

– Isso parece um pouco estranho, não é? – perguntou Kelsey. – Quero dizer, que ela tivesse este sentimento com relação ao ginásio. Como se ele fosse sua propriedade, como se ela tivesse medo de que as pessoas encontrassem algo que ela escondera ali. – Ele fez a ligeira insinuação de maneira tentadora, mas Angèle Blanche meramente riu.

– Esconder alguma coisa ali, o que ela poderia esconder num lugar como aquele? O senhor acha que ela escondia suas cartas de amor ali? Tenho certeza de que nunca escreveram uma carta de amor para ela! As outras professoras, pelo menos elas são educadas. A srta. Chadwick é antiquada e espalhafatosa. A srta. Vansittart é muito agradável, uma *grande dame*, simpática. E as professoras mais jovens são bastante cordiais.

Angèle Blanche foi dispensada após mais algumas questões sem importância.

– Sensível – disse Bond. – Todas os francesas são sensíveis.

– De qualquer maneira, é interessante – disse Kelsey. – A srta. Springer não gostava de pessoas perambulando pelo ginásio *dela*, pavilhão de esportes, não sei como chamar a coisa. Mas, *por quê*?

– Talvez ela achasse que a francesa a estava espionando – sugeriu Bond.

– Bem, mas *por que* ela deveria pensar isso? Quero dizer, que diferença faria para ela que Angèle Blanche a estivesse espionando, a não ser que houvesse algo que ela temia que Angèle Blanche descobrisse? Quem ainda falta? – ele acrescentou.

– As duas professoras auxiliares, a srta. Blake e a srta. Rowan, e a secretária da srta. Bulstrode.

A srta. Blake era jovem e diligente, com um rosto redondo e jovial. Dava aulas de botânica e física. Não tinha muito a dizer que pudesse ajudar. Convivera muito pouco com a srta. Springer e não fazia ideia do que poderia tê-la levado à morte.

A srta. Rowan, como era adequado a alguém que possuía um diploma de psicologia, tinha pontos de vista a expressar. Era altamente provável, disse ela, que a srta. Springer tivesse cometido suicídio.

O inspetor Kelsey ergueu as sobrancelhas.

– Por que ela faria isso? Ela se sentia infeliz de alguma maneira?

– Ela era agressiva – disse a srta. Rowan, inclinando-se para frente e perscrutando de maneira ansiosa através de suas lentes grossas. – Muito agressiva. Considero isso significativo. Era um mecanismo de defesa, para ocultar um sentimento de inferioridade.

– Tudo o que ouvi até o momento – disse o inspetor Kelsey – indica que ela era bastante segura.

– Segura demais – disse a srta. Rowan de modo sombrio. – E várias coisas que ela disse corroboram a minha suposição.

– Tais como?

– A srta. Springer insinuava que as pessoas "não eram o que pareciam". Ela mencionou que na última escola em que trabalhara, ela "desmascarara" alguém. No entanto, a diretora da escola foi hostil e recusou-se a ouvir o que ela havia descoberto. Várias das outras professoras também estavam "contra ela" como ela dizia. O senhor entende o que é isto, inspetor? – A srta. Rowan quase caiu da cadeira ao se inclinar para frente, em sua animação. Fios de cabelo escuro e escorrido caíram sobre seu rosto. – Os princípios de um complexo de perseguição.

O inspetor Kelsey disse de maneira educada que a srta. Rowan talvez estivesse correta em suas suposições, mas que ele não poderia aceitar a teoria do suicídio, a não ser que a srta. Rowan pudesse explicar como a srta. Springer conseguira disparar contra si mesma de uma distância de pelo menos um metro e meio, e também como fora capaz de fazer a pistola desaparecer depois.

A srta. Rowan redarguiu acidamente que a polícia era conhecida por seu preconceito em relação à psicologia.

Ela deu lugar, então, a Ann Shapland.

– Bem, srta. Shapland – disse o inspetor Kelsey, observando com simpatia sua aparência profissional e bem-arrumada –, o que a senhorita pode nos dizer sobre este caso?

– Temo que absolutamente nada. Tenho minha própria sala e não vejo muito do pessoal. Toda essa história parece inacreditável.

– De que maneira inacreditável?

– Bem, primeiro esta srta. Springer ter levado um tiro e tudo mais. Digamos que alguém arrombou o ginásio, e ela foi lá ver quem foi. Imagino que, quanto a isso, esteja tudo certo, mas quem pensaria em arrombar o ginásio?

– Garotos, quem sabe, alguns rapazes locais querendo levar um equipamento ou outro, ou talvez de brincadeira.

– Se assim foi, não posso deixar de imaginar que a srta. Springer teria dito: "Ei, o que vocês estão fazendo aqui? Caiam fora de uma vez!", e eles teriam ido embora.

– Alguma vez pareceu à senhorita que a srta. Springer adotava qualquer atitude em particular a respeito do pavilhão de esportes?

Ann Shapland pareceu confusa.

– Atitude?

– Quero dizer se ela o considerava como seu recanto especial e não gostava que outras pessoas fossem lá?

– Não que eu saiba. Por que ela agiria assim? Era apenas mais um prédio da escola.

– A senhorita mesma não notou nada? Não achou que ela se ressentia de sua presença, qualquer coisa assim?

Ann Shapland balançou a cabeça.

– Eu mesma não estive lá mais do que duas vezes. Não tenho tempo. Fui lá uma ou duas vezes com um recado da srta. Bulstrode para uma das garotas da srta. Bulstrode. Só isso.

– A senhorita não sabia que a srta. Springer fizera objeções à presença de mademoiselle Blanche por lá?

– Não, não ouvi nada a esse respeito. Oh, sim, creio que sim. Mademoiselle Blanche esteve um tanto mal-humorada, certa vez, sobre alguma coisa, mas ela é um pouco sensível, sabe. Havia algo a respeito de ela ter ido um dia a uma aula de desenho e se ressentido com algo que a professora de desenho lhe disse. É claro que ela não tem muito o que fazer, e me refiro à mademoiselle

Blanche. Ela ensina apenas uma matéria, francês, e tem muito tempo livre. Acho... – ela hesitou – acho que talvez ela seja uma pessoa curiosa demais.

– A senhorita acha provável que mademoiselle Blanche quando foi ao pavilhão de esportes estivesse bisbilhotando num dos armários?

– Os armários das garotas? Bem, não acho que ela seria incapaz de fazer isso. Quem sabe ela se diverte desta maneira.

– A srta. Springer tem um armário lá?

– Sim, é claro.

– Se mademoiselle Blanche fosse surpreendida mexendo no armário da srta. Springer, imagino então que ela se *aborreceria*?

– Ela certamente se aborreceria!

– A senhorita não sabe nada sobre a vida privada da srta. Springer?

– Não acho que alguém soubesse – disse Ann. – Será que ela tinha uma?

– E não há nada mais, nada ligado ao pavilhão de esportes, por exemplo, que a senhorita não tenha me contado?

– Bem... – Ann hesitou.

– Sim, srta. Shapland, diga, por favor.

– Não é nada de mais – disse Ann, devagar. – Mas um dos jardineiros, não Briggs, o mais jovem. Eu o vi saindo do pavilhão de esportes um dia, e ele não tinha nada que estar andando por ali. É possível, claro, que fosse só curiosidade da parte dele, ou talvez uma desculpa para escapar um pouco do trabalho. Ele deveria estar pregando a cerca da quadra de tênis. Não acho que tenha alguma importância mesmo.

– Mesmo assim, a senhorita se lembrou – salientou Kelsey. – E por quê?

– Acho... – Ela franziu o cenho. – Sim, porque o jeito dele era um pouco esquisito. Desafiador. E ele zombou de todo o dinheiro que foi gasto aqui com as garotas.

– Esse tipo de atitude... Compreendo.

– Não acho que isso tenha algo a ver com o caso.

– Provavelmente não, mas vou tomar nota, de qualquer forma.

– Dando voltas sem sair do lugar – disse Bond, depois que Ann Shapland saiu.

– Sempre a mesma coisa! Queira Deus que consigamos tirar algo das empregadas.

Mas eles tiraram muito pouco das empregadas.

– Não adianta me perguntar nada, meu jovem – disse a srta. Gibbons, a cozinheira.

– Primeiro, porque não consigo ouvir o que o senhor diz, e, depois, porque não sei de coisa alguma. Fui dormir na noite passada e tive um sono pesado como nunca. Não ouvi nada dessa agitação toda. Ninguém me acordou para contar qualquer coisa. – Ela soava magoada. – Somente na manhã de hoje fiquei sabendo do que aconteceu.

Kelsey gritou algumas questões e conseguiu algumas respostas que não lhe esclareceram nada.

A srta. Springer chegara neste trimestre e não era tão benquista quanto a srta. Jones que ocupava o cargo antes dela. A srta. Shapland era nova também, mas era uma jovem dama amável, mademoiselle Blanche era como todas as francesinhas – achava que as outras professoras estavam contra ela e deixava que as garotas a tratassem com desrespeito chocante na aula.

– Mas não é de praguejar – admitiu a srta. Gibbons. – Em algumas escolas em que trabalhei, as professoras de francês costumavam praguejar terrivelmente!

A maioria das empregadas era diarista. Havia apenas outra empregada que dormia na escola, e ela provou ser igualmente pouco informativa, embora capaz de ouvir o que era dito a ela. Ela não saberia o que dizer, tinha certeza. Não sabia de nada. A srta. Springer era um pouco brusca. Ela não sabia nada a respeito do pavilhão de esportes nem do que estava guardado lá e nunca vira nada parecido com uma pistola em lugar algum.

Essa enxurrada negativa de informações foi interrompida pela srta. Bulstrode. Ela disse:

– Uma das garotas gostaria de falar com o senhor, inspetor Kelsey.

Kelsey encarou-a vivamente.

– Mesmo? Ela sabe de algo?

– Quanto a isso tenho as minhas dúvidas – disse a srta. Bulstrode –, mas é melhor o senhor mesmo falar com ela. Ela é uma das nossas garotas estrangeiras. Princesa Shaista, prima do emir Ibrahim. Ela tende a achar-se, talvez, bem mais importante do que é na realidade. O senhor entende?

Kelsey assentiu com a cabeça, compreensivo. Então, a srta. Bulstrode saiu da sala, e uma garota um pouco escura, de estatura mediana, entrou.

Ela olhou para eles, com olhos amendoados e recato.

– Vocês são da polícia?

– Sim – disse Kelsey sorrindo –, nós somos da polícia. Por favor, sente-se e conte-nos o que sabe a respeito da srta. Springer?

– Sim, vou contar.

Ela sentou, inclinou-se para frente e baixou a voz de maneira dramática.

– Há gente observando este lugar. Eles não se mostram claramente, mas estão aqui!

Ela assentiu com a cabeça de modo significativo.

O inspetor Kelsey compreendeu o que a srta. Bulstrode quisera dizer. Esta garota estava dramatizando – e gostando disso.

– E por que eles estariam observando a escola?

– Por *minha* causa! Eles querem me raptar.

Seja lá o que Kelsey estivesse esperando, não era isso. Suas sobrancelhas ergueram-se.

– Por que alguém pensaria em raptá-la?

– Para pedir resgate, é claro. Então, eles fariam meus parentes pagarem muito dinheiro.

– Hum... bem, talvez – disse Kelsey, indeciso. – Mas... hum, supondo que seja este o caso, o que isso tem a ver com a morte da srta. Springer?

– Ela deve ter descoberto sobre eles – disse Shaista. – Talvez ela tenha dito a eles que havia encontrado algo. Talvez ela os tenha ameaçado. Então talvez prometeram lhe pagar um dinheiro se ela não dissesse nada. E ela acreditou neles. Então, ela foi até o pavilhão de esportes onde eles disseram que iriam lhe pagar o dinheiro, e então atiraram nela.

– Mas, certamente, a srta. Springer jamais aceitaria dinheiro de chantagem, não é?

– O senhor acha que é tão divertido assim ser professora numa escola, ser uma professora de ginástica? – Shaista desdenhou. – O senhor não acha que seria bom em vez disso ter dinheiro, viajar, fazer o que você tivesse vontade? Especialmente alguém como a srta. Springer, que não é bonita, para quem os homens nem olham! O senhor não acha que o dinheiro a atrairia mais do que atrairia as outras pessoas?

– Bem... hum... – disse inspetor Kelsey – não sei bem o que dizer. Ninguém lhe havia apresentado este ponto de vista antes. – Essa ideia é... sua? A srta. Springer nunca lhe disse nada?

– A srta. Springer nunca dizia nada, exceto “alongue e flexione”, e “mais rápido”, e “nada de moleza” – respondeu Shaista com ressentimento.

– Sim, pode ser. Bem, a senhorita não acha que pode ter imaginado toda essa história de rapto?

Shaista irritou-se imediatamente.

– O senhor não está entendendo *nada*! Meu primo era o príncipe Ali Yusuf de Ramat. Ele foi morto numa revolução ou, pelo menos, ao fugir de uma revolução. Sabia-se que, quando eu crescesse, deveria casar com ele. Então, o senhor está vendo que sou uma pessoa importante. Talvez tenham sido os comunistas que vieram aqui. Talvez não seja para me raptar. Talvez eles queiram me assassinar.

O inspetor Kelsey parecia ainda mais incrédulo.

– Isso é bastante exagerado, não é?

– O senhor acha que essas coisas não acontecem? Eu digo que podem acontecer, sim. Eles são muito, muito maus, os comunistas! Todos sabem disso.

Como ele ainda parecia hesitante, ela seguiu em frente:

– Talvez eles pensem que eu saiba onde estão as joias!

– Que joias?

– Meu primo tinha joias. Assim como seu pai. Minha família sempre teve uma reserva de joias. Para emergências, entende.

Ela disse isso como se fosse um fato rotineiro.

Kelsey a encarou.

– Mas e o que isso tem a ver com a senhorita ou com a srta. Springer?

– Mas eu já lhe disse! Eles acham que talvez eu saiba onde estão as joias. Então eles vão me levar prisioneira e me forçar a falar.

– A senhorita *sabe* onde estão as joias?

– Não, é claro que eu não sei. Elas desapareceram na revolução. Talvez os comunistas malvados as tenham roubado. Mas talvez não.

– A quem elas pertencem?

– Agora que meu primo está morto, elas pertencem a mim. Não há mais nenhum homem na sua família. Sua tia, sua mãe, estão mortas. Ele gostaria que elas ficassem comigo. Se ele não estivesse morto, eu casaria com ele.

– Esse era o acordo?

– Eu tenho de casar com ele. É meu primo, entende.

– E a senhorita ficaria com as joias quando casasse com ele?

– Não, eu teria joias novas. Da Cartier, em Paris. Essas outras ainda seriam guardadas para emergências.

O inspetor Kelsey piscou, enquanto tentava entender esse esquema oriental de seguro para emergências.

Shaista seguiu rápida, com grande animação.

– Acho que é isso que acontece. Alguém tira as joias de Ramat. Talvez boa pessoa, talvez má. Boa pessoa as traria para mim, diria: "Elas são suas", e eu a recompensaria.

Ela assentiu com a cabeça como uma rainha, interpretando o papel.

Uma pequena atriz e tanto, pensou o inspetor.

– Mas, se fosse uma má pessoa, ela ficaria com as joias e as venderia. Ou ela viria até mim e diria: "O que você vai me dar como recompensa se eu as trouxer para você?". E se valer a pena, ela traz, mas se não, então não!

– Mas, na realidade, ninguém lhe disse nada, certo?

– Não – admitiu Shaista.

O inspetor Kelsey chegou a uma conclusão.

– Sabe, eu acho que a senhorita está falando um monte de bobagens – disse ele, com leveza.

Shaista lançou-lhe um olhar furioso.

– Eu conto o que sei, só isso – disse ela, amuada.

– Sim, bem, é muito gentil de sua parte, não vou esquecê-lo.

Ele se levantou e abriu a porta para ela sair.

– As Mil e Uma Noites ficam de fora dessa – disse ele, enquanto voltava para a mesa. – Um rapto e joias fabulosas! E que mais?

Capítulo 11

Conferência

Quando o inspetor Kelsey voltou para a delegacia, o sargento de plantão disse:

– Nós temos Adam Goodman aqui esperando, senhor.

– Adam Goodman? Ah, sim. O jardineiro.

Um rapaz levantou-se respeitosamente. Era alto, moreno e bonito. Usava calças de veludo manchadas, seguras por um cinto velho, e uma camisa azul, muito clara.

– Fiquei sabendo que o senhor queria me ver.

Sua voz era áspera e, como a de tantos rapazes hoje em dia, um pouco truculenta.

Kelsey disse apenas:

– Sim, venha até minha sala.

– Não sei nada sobre o assassinato – disse Adam Goodman, aborrecido. – Não tenho nada a ver com isso. Eu estava em casa e na cama, na noite passada.

Kelsey meramente assentiu, evasivo.

Ele sentou-se à sua mesa e fez um gesto para que o rapaz assumisse a cadeira do outro lado. Um jovem policial à paisana havia seguido os dois homens discretamente e sentou-se um pouco distante deles.

– Bem – disse Kelsey. – Você é Goodman – ele olhou para uma nota em sua mesa –, Adam Goodman.

– Está certo, senhor. Mas, primeiro, eu gostaria de lhe mostrar isto.

A postura de Adam havia mudado. Não havia mais truculência ou aborrecimento nela agora. Era séria e respeitosa. Ele tirou algo do bolso e o colocou sobre a mesa. As sobrancelhas do inspetor Kelsey ergueram-se minimamente enquanto estudava o objeto. Então ele ergueu a cabeça:

– Não vou precisar de você, Barbar – disse ele.

O jovem policial discreto levantou-se e saiu da sala. Conseguiu não parecer surpreso, mas estava.

– Ah – disse Kelsey, olhando para Adam com interesse especulativo. – Então este é você? Eu gostaria de saber que diabos você está...

– Fazendo numa escola para garotas? – O rapaz terminou a frase para ele. Sua voz ainda era respeitosa, mas ele abriu um sorriso largo a despeito de si mesmo. – Com certeza é a primeira vez que tenho uma missão desse tipo. Não pareço um jardineiro?

– Não por estas bandas. Jardineiros, em geral, são bastante velhos. Você sabe alguma coisa sobre jardinagem?

– Bastante. Tenho uma dessas mães jardineiras. Uma especialidade da Inglaterra. Ela providenciou para que eu me tornasse um assistente à altura dela.

– E o que exatamente está acontecendo em Meadowbank para trazê-lo à cena?

– Na realidade não sabemos se há algo acontecendo em Meadowbank. A natureza de minha missão é observar e relatar. Ou era até a noite passada. Assassinato de uma professora de educação física. Não combina muito com o currículo da escola.

– Poderia acontecer – disse o inspetor Kelsey. Ele suspirou. – Qualquer coisa poderia acontecer em qualquer lugar. Aprendi isso. Mas admito que este caso foge um pouco do esperado. O que há por trás de tudo isso?

Adam lhe contou. Kelsey ouviu com interesse.

– Fui injusto com aquela garota – ele observou. – Mas você tem de admitir que a história soa fantástica demais para ser verdadeira. Joias valendo entre meio milhão e um milhão de libras? A quem você disse que elas pertenciam?

– É uma boa pergunta. Para respondê-la, você precisaria ter um bando de advogados especialistas em direito internacional trabalhando no caso, e eles provavelmente discordariam. Você poderia argumentar o caso de várias maneiras. Elas pertenciam, três meses atrás, a Sua Alteza o príncipe Ali Yusuf de Ramat. Mas agora? Se elas aparecessem em Ramat seriam propriedade do atual governo, eles não deixariam dúvidas quanto a isso. Ali Yusuf pode tê-las deixado em testamento para alguém. Muito dependeria, então, de onde o testamento foi feito e da comprovação da sua autenticidade. Elas talvez pertençam à família dele. Mas a verdadeira essência da questão é, se o senhor ou eu as encontrássemos na rua e as colocássemos nos nossos bolsos, elas nos pertenceriam, para todos os propósitos práticos. Isto é, duvido que exista qualquer recurso legal que pudesse tirá-las de nós. Alguém poderia tentar, é claro, mas as complexidades da lei internacional são realmente incríveis...

– Você está dizendo então que, na prática, achado não é roubado? – perguntou o inspetor Kelsey. Ele balançou a cabeça de maneira desaprovadora. – Isso não está muito certo – disse ele, com dignidade.

– Não – disse Adam com firmeza. – Não está muito certo. E há mais de uma turma atrás delas também. Nenhuma delas com muitos escrúpulos. A notícia correu por aí, entende. Pode ser um rumor, pode ser verdade, mas a história é que elas foram tiradas de Ramat um pouco antes do golpe. Existe uma dúzia de relatos diferentes sobre *como* isso aconteceu.

– Mas por que Meadowbank? Devido à pequena princesinha loroteira?

– Princesa Shaista, prima irmã de Ali Yusuf. Sim. Alguém tentará entregar as joias a ela ou contatá-la. Há algumas figuras questionáveis, sob o nosso ponto de vista, andando pelas imediações. Uma srta. Kolinsky, por exemplo, hospedada no Grand Hotel. Membro proeminente do que se poderia descrever como Gentalha Internacional Ltda. Nada na *sua* linha de trabalho, sempre estritamente dentro da lei, tudo muito respeitável, mas uma grande coletora de informações úteis. Há também uma mulher que esteve em Ramat, dançando num cabaré na cidade. Consta que estivesse trabalhando para um determinado governo estrangeiro. Onde ela está agora não sabemos, nem mesmo sabemos que aparência tem, mas há um rumor de que ela *possa* estar nesta parte do mundo. Parece que tudo gira em torno de Meadowbank, não é? E então, na noite passada, a srta. Springer apareceu morta.

Kelsey assentiu, pensativo.

– Uma confusão e tanto – ele observou, então lutou por um momento com seus sentimentos. – Você vê este tipo de coisa na televisão... Forçado, é isso que você pensa... Não pode acontecer de verdade. E não acontece, não no curso normal dos eventos.

– Agentes secretos, roubo, violência, assassinato, traição – concordou Adam. – Não faz sentido, mas esse lado da vida existe.

– Mas não em Meadowbank!

As palavras saíram penosamente do inspetor Kelsey.

– Compreendo o que quer dizer – disse Adam. – Lesa-majestade.

Houve um silêncio, e então o inspetor Kelsey perguntou:

– O que *você* acha que aconteceu noite passada?

Adam pensou por algum tempo, então disse devagar:

– Springer estava no pavilhão de esportes, no meio da noite. Por quê? Temos de começar por aí. Não adianta perguntarmos quem a matou, até termos concluído por que ela estava lá, no pavilhão de esportes àquela hora da noite. Podemos dizer que, apesar de sua vida atlética e impecável, ela não estava dormindo bem, levantou-se e olhou pela janela, e viu uma luz no pavilhão de esportes. A janela dela é voltada para aquela direção?

Kelsey assentiu com a cabeça.

– Sendo uma jovem forte e destemida, ela saiu para investigar. Ela interrompeu alguém que estava lá. Fazendo o quê? Não sabemos. Mas era alguém desesperado o suficiente para matá-la com um tiro.

Mais uma vez Kelsey assentiu com a cabeça.

– Essa é a maneira que vimos a questão até o momento – disse ele. – Mas o seu último ponto tem me preocupado desde o início. Você não atira para matar, e chega preparado para fazer isso, a não ser...

– A não ser que você esteja atrás de algo grande? Concordo! Bem, este é o caso que podemos chamar de A Inocente Springer, assassinada cumprindo seu dever. Mas existe outra possibilidade. Springer, como resultado de informações privilegiadas, consegue um trabalho em Meadowbank ou é destacada para ele por seus chefes devido à sua qualificação. Ela espera até uma noite conveniente, então entra furtivamente no pavilhão de esportes (mais uma vez esta pergunta como uma pedra no caminho: *por quê*?), alguém a está seguindo, ou esperando por ela, alguém que carrega uma pistola e está preparado para usá-la... Mas novamente: por quê? Qual o motivo? Na realidade, que diabos há com o pavilhão de esportes? Não é o tipo de lugar em que você imaginaria esconder algo.

– Não havia nada escondido lá, posso lhe assegurar isso. Passamos um pente fino no lugar: nos armários das garotas e também no da srta. Springer. Equipamentos esportivos de vários tipos, tudo normal e nada faltando. *E* um prédio novo em folha! Não havia nada ali relacionado a joias.

– O que quer que fosse poderia ter sido retirado, é claro. Pelo assassino – disse Adam. – A outra possibilidade é a de que o pavilhão de esportes simplesmente fosse usado como um ponto de encontro, pela srta. Springer ou por outra pessoa. É um lugar bastante conveniente para isso. Uma distância razoável do prédio da escola. Não muito longe. E se alguém fosse visto indo para lá, uma resposta simples poderia ser dada, bastava dizer que achou ter visto uma luz etc., etc. Digamos que a srta. Springer saiu para se encontrar com alguém, houve uma discussão e ela levou um tiro. Ou, uma variação, a srta. Springer notou alguém saindo do prédio da escola, seguiu este alguém, intrometeu-se em algo que não deveria ver ou ouvir.

– Eu não a conheci viva – disse Kelsey –, mas, pelo modo que todos falam dela, tenho a impressão que ela pode ter sido uma mulher intrometida.

– Acho que essa é mesmo a explicação mais provável – concordou Adam. – A curiosidade matou o gato. Sim, acho que é aí que entra o pavilhão de esportes.

– Mas se foi um encontro, então... – Kelsey pausou.

Adam assentiu com a cabeça de maneira vigorosa.

– Sim. É como se existisse alguém na escola que merecesse nossa atenção muito próxima. De fato, um gato entre os pombos.

– Um gato entre os pombos – disse Kelsey, atingido pela frase. – A srta. Rich, uma das professoras, disse algo parecido hoje.

Ele refletiu por um momento ou dois.

– Houve três contratações novas na equipe neste trimestre – disse ele. – Shapland, a secretária. Blanche, a professora de francês, e, é claro, a própria srta. Springer. Ela está morta e não conta mais. Se há um gato entre os pombos, a maior probabilidade é de que seja uma das outras duas. – Ele olhou para Adam. – Alguma ideia, entre as duas?

Adam considerou.

– Peguei mademoiselle Blanche saindo do pavilhão de esportes, certa vez. Ela tinha uma aparência culpada. Como se estivesse fazendo algo que não deveria ter feito. Por outro lado, considerando tudo, acho que votaria na outra. Shapland. Ela é uma garota fria e inteligente. Eu investigaria os antecedentes dela com muito cuidado se fosse o senhor. Por que diabos o senhor está rindo?

Kelsey tinha um largo sorriso no rosto.

– *Ela* suspeitava de *você* – disse ele. – Pegou *você* saindo do pavilhão de esportes e achou que havia algo de esquisito no seu aspecto!

– Bem, com os diabos! – Adam estava indignado. – Que audácia!

O inspetor Kelsey retomou sua postura de autoridade.

– O problema é – disse ele –, que temos Meadowbank em alta estima, por estas partes. É uma ótima escola. E a srta. Bulstrode é uma grande mulher. Quanto mais cedo chegarmos ao fundo de tudo isso, melhor será para a escola. Queremos esclarecer as coisas e limpar o nome de Meadowbank.

Ele fez uma pausa, olhando de maneira pensativa para Adam.

– Acho – disse ele –, que vamos ter de contar para a srta. Bulstrode quem você é. Ela vai manter segredo, quanto a isso não há o que temer.

Adam considerou a questão por um momento. Então assentiu com a cabeça.

– Sim – disse ele. – Diante das circunstâncias, acho que isso é mais ou menos inevitável.

Capítulo 12

Lâmpadas novas por velhas

I

A srta. Bulstrode tinha outra faculdade que demonstrava sua superioridade sobre a maioria das outras mulheres. Ela sabia ouvir.

Ouviu em silêncio tanto o inspetor Kelsey quanto Adam. Sequer moveu uma sobrancelha. Então pronunciou uma palavra.

– Extraordinário.

"Você que é extraordinária", pensou Adam, mas não o disse em voz alta.

– Bem – disse a srta. Bulstrode indo como sempre direto ao ponto. – O que vocês querem que eu faça?

O inspetor Kelsey pigarreou.

– É assim – disse ele. – Achamos que a senhorita deva ser inteiramente informada do que está acontecendo, pelo bem da escola.

A srta. Bulstrode assentiu com a cabeça.

– Compreendo – disse ela –, a escola é a minha primeira preocupação. Tem de ser assim. Sou responsável pelo bem-estar e pela segurança de minhas alunas e, em menor grau, por aqueles de minha equipe. E gostaria de acrescentar agora que, quanto menos publicidade houver sobre a morte da srta. Springer, melhor será para mim. Esse é um ponto de vista puramente egoísta, apesar de considerar que a minha escola é importante por si mesma, e não apenas para mim. E compreendo que, se total publicidade for necessária para o trabalho de vocês, então terão de ir em frente. Mas será que é?

– Não – disse o inspetor Kelsey. – Neste caso eu diria que, quanto menos publicidade, melhor. O inquérito será encerrado e vamos espalhar o boato de que achamos ser um caso local. Jovens bandidos, ou delinquentes juvenis, como devemos chamá-los hoje em dia, armados e ansiosos para atirar. Em geral usam canivetes, mas alguns desses garotos arranjam armas. A srta. Springer os surpreendeu. Eles atiraram nela. Essa é a versão que eu gostaria que prevalecesse. Então, poderemos trabalhar sossegados. Só se dirá o necessário à imprensa. Mas é claro, Meadowbank é famosa. É uma notícia. E um assassinato em Meadowbank é uma notícia quente.

– Acho que posso ajudá-los quanto a isso – disse a srta. Bulstrode, com vigor –, tenho alguma influência sobre pessoas importantes. – Ela sorriu e citou alguns nomes. Estes incluíam o secretário de segurança, dois magnatas da imprensa, um bispo e o ministro da Educação. – Farei o possível. Ela olhou para Adam.

– Você concorda?

Adam respondeu de pronto.

– Sim, é claro. Sempre gostamos que as coisas continuem sossegadas e normais.

– Você vai continuar a ser meu jardineiro? – perguntou a srta. Bulstrode.

– Se não for problema para a senhorita. Este emprego me coloca bem onde eu quero estar. E posso ficar de olho em tudo.

Desta vez a srta. Bulstrode ergueu as sobrancelhas.

– Espero que você não esteja esperando mais assassinatos?

– Não, não.

– Fico contente com isso. Duvido que qualquer escola conseguisse sobreviver a dois assassinatos num trimestre.

Ela se voltou para Kelsey.

– O seu pessoal terminou o que tinha de fazer no pavilhão de esportes? É um incômodo não podermos usá-lo.

– Terminamos tudo. Está em perfeita ordem. Do nosso ponto de vista, quero dizer. Independente do motivo do assassinato: ali não há nada mais que possa nos ajudar. É só um pavilhão de esportes, com o equipamento de sempre.

– Nada nos armários das garotas?

O inspetor Kelsey sorriu.

– Bem, isto e aquilo. A cópia de um livro. Francês. Chamado *Cândido*. Com... hum... ilustrações. Um livro caro.

– Ah – disse a srta. Bulstrode. – Então é ali que ela o guarda! Giselle d'Aubray, não é?

O respeito de Kelsey pela srta. Bulstrode aumentou.

– A senhorita não deixa passar muita coisa – disse ele.

– *Cândido* não lhe fará mal – disse a srta. Bulstrode. – É um clássico. Algumas formas de pornografia eu confisco. Agora, voltando à minha primeira pergunta. Vocês me tranquilizaram sobre a publicidade ligada à escola. A escola pode ajudá-los de alguma maneira? *Eu* poderia ajudá-los?

– No momento, acho que não. A única coisa que posso lhe perguntar é: algo lhe causou apreensão neste trimestre? Algum incidente? Ou pessoa?

A srta. Bulstrode ficou em silêncio por um momento ou dois. Então ela disse devagar:

– A resposta, literalmente, é: não sei.

Adam perguntou de imediato:

– A senhorita sente que há algo errado?

– Sim, só isso. Não é nada bem definido. Não consigo apontar alguém, ou algum incidente, a não ser...

Ela ficou em silêncio por um momento, então disse:

– Sinto, e senti então, que deixei passar algo que não deveria ter deixado passar. Deixe-me explicar.

Ela repetiu brevemente o pequeno incidente com a srta. Upjohn e a chegada inesperada e constrangedora de lady Veronica.

Adam se interessou.

– Deixe-me ver se entendo, srta. Bulstrode. A sra. Upjohn, olhando pela janela, esta janela da frente que dá para o acesso à escola, reconheceu alguém. Nada de mais. A senhora tem mais de cem alunas e não há nada mais provável do que a sra. Upjohn ver algum dos parentes ou pais que conhece. Mas, em sua opinião, ela ficou *abismada* ao reconhecer aquela pessoa, que, de fato, era alguém que ela *não* esperaria ver em Meadowbank?

– Sim, esta foi exatamente a impressão com que fiquei.

– E então, através da janela, olhando para a direção oposta, a senhorita viu a mãe de uma das alunas, num estado de intoxicação, e isto a distraiu de tudo aquilo que a sra. Upjohn estava dizendo?

A srta. Bulstrode assentiu com a cabeça.

– Ela estava falando por alguns minutos?

– Sim.

– E quando a sua atenção voltou a ela, ela estava falando de espionagem, do trabalho no serviço secreto que havia feito durante a guerra, antes de se casar?

– Sim.

– Pode haver uma ligação – disse Adam pensativo. – Alguém que ela tenha conhecido em seus dias de guerra. Um pai ou parente de uma de suas alunas, ou alguém de sua equipe de professoras.

– Acho difícil que seja alguém de minha equipe – objetou a srta. Bulstrode.

– É possível.

– É melhor entrarmos em contato com a sra. Upjohn – disse Kelsey. – Quanto antes, melhor. A senhorita tem o endereço dela?

– É claro. Mas creio que ela esteja no exterior no momento. Espere. Vou descobrir isso.

Ela apertou a campainha da sua mesa duas vezes, então foi impaciente até a porta e chamou uma garota que estava passando.

– Você encontraria a Julia Upjohn para mim, Paula?

– Sim, srta. Bulstrode.

– É melhor ir-me antes que a garota apareça – disse Adam. – Não seria natural que eu estivesse aqui, acompanhando o trabalho do inspetor. Para todos os efeitos, ele me chamou aqui para me dar uma dura. Tendo concluído que não tem nada contra mim no momento, ele agora me manda embora.

– Caia fora e lembre-se de que estou de olho em você! – resmungou Kelsey, sorrindo.

– A propósito – disse Adam, dirigindo-se à srta. Bulstrode, enquanto parava junto à porta –, a senhora vê algum problema em que eu abuse um pouco de minha posição aqui? Se eu me tornar, digamos assim, um pouco amigável demais com alguns membros de sua equipe?

– Quais membros?

– Bem, mademoiselle Blanche, por exemplo.

– Mademoiselle Blanche? Você acha que ela...?

– Acho que ela está bastante aborrecida por aqui.

– Ah! – A srta. Bulstrode assumiu uma expressão severa. – Talvez você esteja certo. Alguém mais?

– Vou tentar com todas – disse Adam, animado. – Se a senhorita vir algumas de suas garotas agindo como tolas e saindo furtivamente para encontros no jardim, por favor acredite que minhas intenções são estritamente detetivescas, se é que existe esta palavra.

– Você acha que as garotas têm alguma chance de saber algo?

– Todo mundo sempre sabe algo – disse Adam –, mesmo que seja algo que não se sabe que se sabe.

– Talvez você esteja certo.

Houve uma batida na porta, e a srta. Bulstrode chamou:

– Entre.

Julia Upjohn apareceu bastante ofegante.

– Entre, Julia.

O inspetor Kelsey grunhiu:

– Você pode ir agora, Goodman. Deixe-nos trabalhar e volte para o seu jardim.

– Eu disse para o senhor que não sei nada sobre nada – disse Adam, mal-humorado. Ele saiu, murmurando: – Maldita Gestapo.

– Desculpe-me por estar tão ofegante, srta. Bulstrode. Corri por toda a distância das quadras de tênis até aqui – justificou-se Julia.

– Está tudo bem. Eu só queria lhe pedir o endereço da sua mãe. Isto é, onde eu posso falar com ela?

– A senhorita terá de escrever para a tia Isabel. Minha mãe está fora do país.

– Eu tenho o endereço da sua tia. Mas preciso fazer contato com sua mãe pessoalmente.

– Não vejo como – disse Julia, franzindo o cenho. – Minha mãe foi para a Anatólia de ônibus.

– Em um *ônibus*? – perguntou a srta. Bulstrode, surpresa.

Julia assentiu vigorosamente com a cabeça.

– Ela gosta desse tipo de coisa – ela explicou. – E é claro que é muitíssimo barato. Um pouco desconfortável, mas mamãe não se importa com isto. Imagino que ela deva chegar a Van daqui a umas três semanas.

– Compreendo. Sim. Diga-me, Julia, a sua mãe já lhe mencionou um dia ter visto alguém que ela conhecera na época em que serviu na guerra?

– Não, srta. Bulstrode, creio que não. Tenho certeza de que ela não fez menção alguma sobre isso.

– Sua mãe trabalhou no serviço secreto, não foi?

– Sim. A mamãe parece ter adorado. Não que isso soe muito divertido para mim. Ela nunca explodiu nada. Ou foi capturada pela Gestapo. Ou teve as unhas dos dedos

dos pés arrancadas. Ou qualquer coisa assim. Ela trabalhava na Suíça, acho. Ou seria Portugal? – acrescentou Julia, como se pedisse desculpas. – Fico aborrecida com todas aquelas histórias velhas de guerra; e temo que nem sempre eu ouça com cuidado.

– Bem, obrigada, Julia. Isso é tudo. – Nossa! – exclamou a srta. Bulstrode, quando Julia havia saído. – Foi para a Anatólia de ônibus! A garota falou exatamente como se estivesse dizendo que sua mãe havia tomado um ônibus da linha 73, para Marshall e Snelgrove's.

II

Jennifer deixou a quadra de tênis mal-humorada, golpeando o ar com sua raquete. O número de faltas duplas que cometera nesta manhã a deprimia. Não que se conseguisse um bom saque com aquela raquete, de qualquer maneira. Mas ela parecia ter perdido o controle do seu saque ultimamente. Seu golpe de esquerda, entretanto, havia melhorado muito. As aulas de Springer haviam-na ajudado. Por várias razões era uma pena que Springer estivesse morta.

Jennifer levava o tênis muito a sério. Era uma das coisas em que ela pensava a respeito.

– Olá...

Jennifer olhou para frente, sobressaltada. Uma mulher bem-vestida, de cabelos dourados, carregando um longo pacote chato, estava parada no caminho, a alguns metros dela. Jennifer se perguntou por que raios ela não tinha visto a mulher se aproximando antes. Não ocorreu a ela que a mulher talvez estivesse escondida atrás de uma árvore ou nos arbustos de rododendro e simplesmente saíra dali. Tal ideia não teria ocorrido a Jennifer, afinal, por que razão uma mulher se esconderia atrás de arbustos e de repente sairia do meio deles?

Falando com um sotaque ligeiramente norte-americano, a mulher disse:

– Será que você saberia me dizer onde eu poderia encontrar uma garota chamada – ela consultou um pedaço de papel – Jennifer Sutcliffe?

Jennifer se surpreendeu.

– Eu sou Jennifer Sutcliffe.

– Ora! Que ridículo! *Isto* que é uma coincidência. Eu estar procurando por uma garota numa escola grande como esta e ela ser a primeira pessoa que aparece. E dizem que essas coisas não acontecem.

– Imagino que elas aconteçam às vezes – disse Jennifer desinteressada.

– Eu vim almoçar hoje com alguns amigos daqui – continuou a mulher – e ontem num coquetel, por acaso mencionei que viria, e sua tia... ou seria sua madrinha? Tenho uma memória terrível. Ela me disse seu nome, e o esqueci também. Mas, de qualquer maneira, ela me pediu que ligasse para cá e deixasse uma raquete de tênis nova para você. Ela disse que você havia pedido uma.

O rosto de Jennifer se iluminou. Parecia um milagre, nada menos.

– Deve ter sido a minha madrinha, srta. Campbell. Eu chamo ela de tia Gina. Não teria sido a tia Rosamond. Ela nunca me dá nada a não ser miseráveis dez xelins no Natal.

– Sim, lembro agora. *Este* era o nome dela. Campbell.

O pacote foi oferecido, e Jennifer o pegou com ansiedade. Ele estava mal embrulhado. Jennifer soltou uma exclamação de prazer quando a raquete emergiu da sua capa.

– Ela é incrível! – ela exclamou. – Ela é muito boa *mesmo*. Fazia tempo que eu estava ansiosa por uma raquete decente.

– Imagino que sim.

– Muito obrigada por trazê-la – disse Jennifer agradecida.

– Não deu trabalho nenhum. Apenas confesso que me senti um pouco tímida. Escolas sempre me deixam tímida. São tantas garotas. Aliás, me pediram para que eu trouxesse de volta a raquete velha comigo.

Ela pegou do chão a raquete que Jennifer havia largado.

– Sua tia, não, madrinha, disse que iria colocar cordas novas nela. Ela está precisando mesmo, não está?

– Não acho que valha a pena – disse Jennifer, mas sem prestar muita atenção.

Ela ainda estava experimentando o balanço e o equilíbrio do seu novo tesouro.

– Mas uma raquete extra é sempre útil – disse sua nova amiga. – Oh querida – ela olhou de relance para o seu relógio. – É muito mais tarde do que eu achava. Tenho de sair correndo.

– A senhora tem... a senhora quer um táxi? Eu poderia chamar...

– Não, obrigada, querida. Meu carro está bem ao lado do portão. Eu o deixei ali para não precisar manobrar em um espaço estreito. Adeus. Foi um prazer conhecê-la. Espero que você aproveite a raquete.

A mulher literalmente correu pelo caminho na direção do portão. Jennifer se dirigiu a ela mais uma vez:

– *Muito* obrigada.

Então ela saiu em busca de Julia para se gabar.

– Olhe – ela empunhou a raquete com dramaticidade.

– Ora! Onde você conseguiu isso?

– Minha madrinha a enviou para mim. Tia Gina. Ela não é minha tia, mas eu a chamo assim. Ela é riquíssima. Acredito que a mamãe tenha contado a ela sobre as minhas queixas a respeito da raquete. Ela *é* incrível, não é? *Tenho* de me lembrar de escrever para agradecê-la.

– Espero que sim! – disse Julia, virtuosamente.

– Bem, você sabe como a gente se esquece das coisas às vezes. Mesmo coisas que realmente queríamos fazer. Olhe,

Shaista – ela acrescentou, enquanto a garota vinha na direção delas. – Tenho uma raquete nova. Não é uma beleza?

– Deve ter custado muito caro – disse Shaista, examinando-a de maneira respeitosa.

– Eu bem que gostaria de jogar tênis direito.

– Você sempre esbarra na bola.

– Eu nunca sei de que direção vem a bola – disse Shaista de maneira vaga. – Antes de ir para casa, preciso mandar fazer uns calções realmente bons, em Londres. Ou um vestido de tênis, igual ao da campeã norte-americana Ruth Allen. Acho muito elegante. Talvez eu compre os dois – ela sorriu com prazer diante da perspectiva.

– Shaista não pensa em nada além de coisas para vestir – disse Julia com desdém quando as duas amigas seguiram em frente. – Você acha que, algum dia, *seremos* assim?

– Imagino que sim – respondeu Jennifer com certa melancolia. – Será uma chatice terrível.

Elas entraram no pavilhão de esportes, agora oficialmente liberado pela polícia, e Jennifer colocou sua raquete com cuidado no suporte.

– Não é linda? – perguntou ela, acariciando-a afetuosamente.

– O que você fez com a velha?

– Ela a levou.

– Quem?

– A mulher que trouxe esta raquete. Ela havia encontrado a tia Gina num coquetel, e a tia Gina pediu a ela que me trouxesse isto já que ela estaria aqui hoje, e a tia Gina disse para trazer de volta a minha raquete velha para ela colocar cordas novas nela.

– Entendi... – Julia ainda franzia o cenho.

– O que a velha Buls queria com você? – perguntou Jennifer.

– A velha Buls? Oh, nada de mais. Apenas o endereço da mamãe. Mas ela não tem um, já que está num ônibus. Em algum lugar na Turquia. Jennifer, olhe aqui. A sua outra raquete não precisava de cordas novas.

– Ela precisava, Julia. Parecia uma esponja.

– Eu sei. Mas era a *minha* raquete, na verdade. Quero dizer, nós as trocamos. Era a *minha* raquete que precisava de cordas novas. A sua, que agora é minha, *foi* encordoada. Você mesma disse que a sua mãe havia mandado encordoá-la antes de vocês viajarem para o exterior.

– Sim, é verdade. – Jennifer parecia um pouco sobressaltada. – Bem, imagino que esta mulher, quem quer que ela seja, eu deveria ter perguntado seu nome, mas eu estava tão encantada, apenas viu que ela precisava de cordas novas.

– Mas você disse que *ela* disse que foi sua *tia Gina* que havia dito que a raquete precisava de cordas novas. E sua tia Gina não poderia ter pensado que ela precisava de cordas novas se ela não precisava.

– Bem – Jennifer parecia impaciente. – Eu acho, eu acho…

– Você acha o quê?

– Talvez a tia Gina tenha pensado apenas que eu *queria* uma raquete nova porque a velha precisava de conserto. Mas, de qualquer jeito, qual a importância disso?

– Acho que não tem importância – disse Julia devagar. – Mas é estranho, Jennifer. É como... como lâmpadas novas por velhas. Sabe, Aladim.

Jennifer deu uma risadinha.

– Imagine esfregar a minha velha raquete, quero dizer, a sua velha raquete, e aparecer um gênio! Se você esfregasse uma lâmpada e um gênio aparecesse, o que você pediria a ele, Julia?

– Um monte de coisas – suspirou Julia, extasiada. – Um toca-fitas, e um cão alsaciano, ou talvez um dinamarquês, e cem mil libras, e um vestido de festa de cetim negro, e oh, um monte de outras coisas... O que você pediria?

– Não sei, na verdade – disse Jennifer. – Agora que tenho esta raquete nova incrível, não preciso de mais nada.

Capítulo 13

Catástrofe

I

A terceira semana após o início do trimestre seguiu o plano de sempre. Era o primeiro fim de semana em que as alunas podiam sair da escola com os pais. Como resultado, Meadowbank foi deixada quase deserta.

Neste domingo em particular, somente vinte garotas sobrariam na escola para o almoço. Parte da equipe recebera folga para o fim de semana, voltando domingo à noite ou segunda-feira de manhã cedo. Nesta ocasião em particular a própria srta. Bulstrode estava pretendendo ausentar-se para o fim de semana. Isto era incomum haja visto que não era seu hábito deixar a escola durante o trimestre. Mas ela tinha suas razões. Ela iria se hospedar com a duquesa de Welsham, na abadia de Welsington. A duquesa havia insistido e acrescentara que Henry Banks estaria lá. Henry Banks era o presidente do conselho de educação, um importante empresário da indústria, e fora um dos financiadores originais da escola. O convite era, portanto, quase uma ordem. Não que a srta. Bulstrode teria se deixado comandar, se assim não quisesse. Mas, dados os fatos recentes, ela recebeu com alegria o convite. Ela não era de forma alguma indiferente a duquesas, e a duquesa de Welsham era uma duquesa influente, cujas próprias filhas estudavam em Meadowbank. Ela também ficou particularmente feliz em ter a oportunidade de falar com Henry Banks sobre o futuro da escola e em dar seu próprio relato do recente e trágico acontecimento.

Devido aos contatos influentes de Meadowbank, o assassinato da srta. Springer fora abafado com muito tato pela imprensa. Ele tornara-se uma triste fatalidade, em vez de um misterioso assassinato. A impressão dada, embora não declarada, foi a de que possivelmente alguns jovens delinquentes haviam arrombado o pavilhão de esportes e que morte da srta. Springer havia sido mais um acidente do que um desígnio. Foi relatado de maneira vaga que vários rapazes haviam sido convocados a comparecer na delegacia para "auxiliar a polícia".

A própria srta. Bulstrode estava ansiosa por mitigar qualquer impressão desagradável que pudesse ter ficado nesses dois importantes patronos da escola. Ela sabia que eles queriam discutir a insinuação velada que ela havia lançado a respeito da sua aposentadoria próxima. Ambos, a duquesa e Henry Banks, estavam ansiosos por persuadi-la a permanecer no cargo. Agora era o momento, sentia a srta. Bulstrode, de propor o nome de Eleanor Vansittart, de destacar a pessoa esplêndida que ela era, e como ela estava pronta para levar adiante as tradições de Meadowbank.

Na manhã de sábado, a srta. Bulstrode estava quase terminando a sua correspondência com Ann Shapland quando o telefone tocou. Ann o atendeu.

– É o emir Ibrahim, srta. Bulstrode. Ele chegou ao Claridge's hotel e gostaria de vir buscar a Shaista amanhã.

A srta. Bulstrode tomou o aparelho dela e teve uma breve conversa com o secretário particular do emir. Shaista estaria pronta a qualquer momento a partir das onze e trinta, na manhã de domingo, disse ela. A garota tinha de estar de volta à escola até as oito da noite.

Ela desligou e disse:

– Eu gostaria que os orientais tivessem o hábito de avisar com um pouco mais de antecedência. Tudo havia sido arranjado para que Shaista acompanhasse Giselle d'Aubray amanhã. Agora isso terá de ser cancelado. Terminamos com todas as cartas?

– Sim, srta. Bulstrode.

– Bem, então posso partir com minha consciência tranquila. Datilografe e envie as cartas e então você também terá o fim de semana livre. Não vou precisar de você até a hora do almoço na segunda.

– Obrigada, srta. Bulstrode.

– Aproveite, querida.

– Vou, sim – disse Ann.

– Um rapaz?

– Bem, sim. – Ann corou um pouco. – Mas não é nada sério.

– Então deveria ser. Se você quer se casar um dia, não deixe para muito tarde.

– Ele é apenas um velho amigo. Nada muito emocionante.

– Emoção – disse a srta. Bulstrode, como advertência –, nem sempre é uma boa fundação para a vida de casados. Chame a srta. Chadwick, por favor?

A srta. Chadwick apareceu, afobada.

– O emir Ibrahim, tio de Shaista, virá buscá-la amanhã, Chaddy. Se ele vier em pessoa, diga a ele que ela está fazendo um ótimo progresso.

– Ela não é muito brilhante – disse a srta. Chadwick.

– Ela é imatura intelectualmente – concordou a srta. Bulstrode. – Mas tem uma mente muito madura para outros assuntos. Às vezes, quando você fala com ela, Shaista poderia ser uma mulher de 25 anos. Suponho que seja devido à vida sofisticada que ela levava. Paris, Teerã, Cairo, Istambul e todo o resto. Neste país nós tendemos a manter nossos filhos imaturos. Consideramos um mérito quando dizemos: "Ela ainda é uma criança". Não é um mérito. É uma grave desvantagem na vida.

– Não sei bem se concordo com você nessa questão, querida – disse a srta. Chadwick. – Estou indo agora avisar Shaista sobre seu tio. Aproveite o seu fim de semana e não se preocupe com nada.

– Não vou mesmo – disse a srta. Bulstrode. – Esta é uma boa oportunidade de deixar Eleanor Vansittart encarregada de tudo e ver como ela se sai. Com você e ela no comando não há como algo dar errado.

– Espero que não, realmente. Vou agora falar com a Shaista. Shaista pareceu surpresa e nem um pouco satisfeita em saber que seu tio havia chegado a Londres.

– Ele quer me levar amanhã? – ela resmungou. – Mas, srta. Chadwick, tudo já tinha sido combinado para eu ir passear com Giselle d'Aubray e sua mãe.

– Temo que você terá de deixar isso para outra vez.

– Mas eu preferiria muito mais sair com a Giselle – disse Shaista, um tanto irritada.

– Meu tio não é nem um pouco divertido. Ele come, então ronca, e é tudo tão chato.

– Você não deve falar dessa maneira. É falta de educação – disse a srta. Chadwick.

– Seu tio vai estar na Inglaterra por uma semana, que eu saiba, e é natural que ele queira ver você.

– Talvez ele tenha arranjado um novo casamento para mim – disse Shaista, seu rosto iluminando-se. – Se for isso, vai ser divertido.

– Se assim for, sem dúvida que ele vai lhe dizer. Mas, por enquanto, você é jovem demais para se casar. Você deve terminar sua educação primeiro.

– Estudar é muito chato – disse Shaista.

II

O domingo amanheceu ensolarado e sereno – a srta. Shapland havia partido logo no sábado, em seguida à srta. Bulstrode. A srta. Johnson, a srta. Rich e a srta. Blake saíram na manhã de domingo.

A srta. Vansittart, a srta. Chadwick, a srta. Rowan e mademoiselle Blanche foram deixadas como responsáveis pela escola.

– Espero que as garotas não falem muito – disse a srta. Chadwick de maneira dúbia. – Sobre a pobre srta. Springer, quero dizer.

– Esperemos – disse Eleanor Vansittart – que o caso todo seja logo esquecido. – Ela acrescentou: – Se algum pai tocar no assunto comigo, vou desencorajá-lo. Acho que é melhor assumir uma postura firme.

As garotas foram para a igreja às dez horas, acompanhadas pelas srtas. Vansittart e Chadwick. Quatro garotas, que eram católicas romanas, foram escoltadas por Angèle Blanche até um estabelecimento religioso rival. Então, em torno das onze e meia, os carros começaram a adentrar o acesso da escola. A srta. Vansittart, elegante, cortês e digna, colocou-se no hall de entrada. Ela cumprimentava as mães, sorridente, entregava suas filhas e habilmente desviava quaisquer referências indesejáveis à tragédia recente.

– Terrível – disse ela –, sim, realmente terrível, mas, a senhora compreenda, *não falamos sobre isso aqui*. Todas estas mentes jovens, é uma pena que tenham de lidar com isso.

Chaddy também estava ali cumprimentando velhos amigos entre os pais, discutindo planos para os feriados e falando de maneira afetuosa de várias filhas.

– Talvez a tia Isabel pudesse ter vindo e *me* tirado daqui – disse Julia que, junto com Jennifer, tinha seu nariz pressionado contra a janela de uma das salas de aula, observando as idas e vindas lá fora.

– Mamãe vem me buscar no próximo fim de semana – disse Jennifer. – Papai vai receber umas pessoas importantes neste fim de semana, por isso ela não pôde vir hoje.

– Lá vai a Shaista – disse Julia –, toda arrumada para Londres. Uh-hu! Olhe só para os saltos dos sapatos dela. Aposto que a velha Johnson não gosta daqueles sapatos.

Um chofer uniformizado estava abrindo a porta de um grande Cadillac. Shaista entrou no carro e foi levada embora.

– Você pode vir comigo no próximo fim de semana, se você quiser – disse Jennifer. – Eu disse para a mamãe que tenho uma amiga que gostaria de levar.

– Eu adoraria – disse Julia. – Veja a Vansittart, fazendo seu papel.

– Não sei por que – disse Julia – mas, de alguma maneira, isso me dá vontade de rir. Ela é um tipo de cópia da srta. Bulstrode, não é? Uma boa cópia, mas é mais ou menos como Joyce Grenfell ou alguém fazendo uma imitação.

– Lá está a mãe da Pam – disse Jennifer. – Ela trouxe os garotinhos. Como eles conseguem entrar todos naquele Morris Minos minúsculo eu não sei.

– Eles vão fazer um piquenique – disse Julia. – Olhe para todas as cestas.

– O que você vai fazer à tarde? – perguntou Jennifer. – Não acho que precise escrever para mamãe nesta semana, se a verei na próxima, você não acha?

– Você tem preguiça de escrever cartas, Jennifer.

– Nunca consigo pensar em algo para dizer – disse Jennifer.

– Eu consigo – disse Julia –, penso em um monte de coisas para dizer. – Ela acrescentou de maneira pesarosa: – Mas, no momento, não há realmente ninguém para quem escrever.

– E a sua mãe?

– Eu lhe disse que ela foi para Anatólia num ônibus. Você não pode escrever cartas para pessoas que vão para a Anatólia de ônibus. Pelo menos você não pode escrever para elas toda hora.

– Para onde você escreve quando escreve?

– Consulados aqui e ali. Ela me deixou uma lista. Istambul é o primeiro e então Ancara e daí algum nome engraçado. – Ela acrescentou: – Por que será que a velha Buls queria tanto falar com a mamãe? Ela pareceu bastante contrariada quando eu disse que ela havia viajado.

– Não pode ser por sua causa – disse Jennifer. – Você não fez nada de terrível, fez?

– Não que eu saiba – disse Julia. – Talvez ela quisesse contar à mamãe sobre a Springer.

– Por que ela iria querer isso? – perguntou Jennifer. – Acho que ela ficaria bem contente se houvesse pelo menos uma mãe que *não soubesse* sobre a Springer.

– Você quer dizer que as mães poderiam pensar que suas filhas seriam assassinadas também?

– Não creio que minha mãe seja assim – disse Jennifer. – Mas ela ficou muito perturbada com essa história.

– Se você pedisse a minha opinião – disse Julia, de maneira meditativa –, acho que há muitas coisas que não nos contaram sobre a Springer.

– Que tipo de coisas?

– Bem, coisas esquisitas parecem estar acontecendo. Como a sua nova raquete de tênis.

– Esqueci de lhe contar – disse Jennifer – que escrevi um cartão e agradeci à tia Gina, e hoje de manhã chegou uma carta dela dizendo que estava muito feliz que eu tinha uma raquete nova, mas que ela nunca a mandara para mim.

– Eu disse que esse negócio da raquete era estranho – disse Julia triunfantemente –, e você teve um arrombamento também na sua casa, não teve?

– Sim, mas não levaram nada.

– Isso torna o evento ainda mais interessante – disse Julia. – Acho – ela acrescentou, pensativa –, que provavelmente teremos um segundo assassinato logo.

– Ora, Julia, por que teríamos um segundo assassinato?

– Bem, normalmente há um segundo assassinato nos livros – disse Julia. – O que eu acho, Jennifer, é que você terá de tomar extremo cuidado para que *você* não seja assassinada.

– Eu? – disse Jennifer, surpresa. – Por que alguém iria querer me assassinar?

– Porque, de alguma forma, você está metida em tudo isso – disse Julia. Ela acrescentou, pensativa: – Temos de tentar fazer com que sua mãe nos revele alguma coisa na próxima semana, Jennifer. Talvez alguém tenha dado a ela um documento secreto em Ramat.

– Que tipo de documento secreto?

– Como vou saber? – disse Julia. – Planos ou fórmulas para uma nova bomba atômica. Esse tipo de coisa.

Jennifer parecia pouco convencida.

III

A srta. Vansittart e a srta. Chadwick estavam na sala dos professores quando a srta. Rowan entrou e disse:

– Onde está a Shaista? Não consigo encontrá-la em lugar nenhum. O carro do emir chegou há pouco para buscá-la.

– O quê? – Chaddy olhou para ela, surpresa. – Deve ter havido algum engano. O carro do emir veio pegá-la em torno de 45 minutos atrás. Eu mesma a vi entrar no carro e partir. Ela foi uma das primeiras a sair.

Eleanor Vansittart meneou os ombros.

– Imagino que um carro deva ter sido pedido duas vezes, ou algo assim – disse ela.

Ela resolveu sair e falar pessoalmente com o motorista.

– Tem de haver algum engano – disse ela. – A jovem dama já partiu para Londres 45 minutos atrás.

O motorista pareceu surpreso.

– Imagino que possa ter havido algum engano, se é isso que a senhora diz – disse ele. – Recebi instruções claras para buscar a jovem dama em Meadowbank.

– Creio que não há como evitar desencontros, às vezes – disse a srta. Vansittart.

O chofer estava calmo e imperturbável.

– Acontece toda hora – disse ele. – Recados de telefone tomados, escritos, esquecidos. Todas essas coisas. Mas nos orgulhamos na nossa empresa de que *nós* não cometemos erros. É claro, se a senhora me permite dizer, nunca se pode estar certo de algo com esses cavalheiros orientais. Às vezes, andam com uma comitiva bastante grande e as ordens passam por duas ou três pessoas até chegarem ao seu destino. Acredito que isso tenha acontecido desta vez. – Ele manobrou seu carro com alguma destreza e foi embora.

A srta. Vansittart pareceu estar um pouco em dúvida por alguns instantes, mas decidiu que não havia nada com que se preocupar e começou a antecipar com satisfação uma tarde aprazível.

Após o almoço, as poucas garotas que ficaram na escola escreveram cartas ou passearam pelo jardim. Algumas partidas de tênis foram jogadas e a piscina teve boa frequência. A srta. Vansittart tomou sua caneta-tinteiro e um bloco de anotações e acomodou-se sob a sombra de um cedro. Quando o telefone tocou, às quatro e meia, foi a srta. Chadwick quem atendeu.

– Escola Meadowbank? – A voz de um jovem inglês bem-educado falou. – A srta. Bulstrode está?

– A srta. Bulstrode não está na escola hoje. Aqui quem fala é a srta. Chadwick.

– É sobre uma das suas alunas. Estou falando do Claridge's hotel, da suíte do emir Ibrahim.

– Ah sim? É sobre a Shaista?

– Sim. O emir está bastante incomodado por não ter recebido nenhum recado.

– Um recado? Por que ele receberia um recado?

– Bem, para dizer que a Shaista não pôde vir, ou não estava vindo.

– Não estava vindo! Você quer dizer que ela não chegou?

– Não, não, ela certamente não chegou. Ela deixou Meadowbank então?

– Sim. Um carro veio buscá-la esta manhã, acho que em torno das onze e meia, e ela partiu.

– Isso é extraordinário porque não há sinal dela por aqui... É melhor eu ligar para a empresa que fornece os carros do emir.

– Querido – disse a srta. Chadwick –, espero que não tenha ocorrido um acidente.

– Ora, não vamos supor o pior – disse o jovem animadamente. – Sabe, acredito que a senhorita teria ficado sabendo se tivesse ocorrido um acidente. Ou nós teríamos ficado sabendo. Eu não me preocuparia se fosse a senhorita.

Mas a srta. Chadwick ficou preocupada.

– Parece muito estranho – disse ela.

– Talvez – o jovem hesitou.

– Sim? – disse a srta. Chadwick.

– Bem, não é o tipo de coisa que eu gostaria de sugerir ao emir, mas, cá entre nós... hum... bem, não há nenhum namorado por aí, há?

– Certamente não há – disse a srta. Chadwick, com dignidade.

– Não, não, bem, achei que não haveria, mas, com garotas, nunca se sabe, não é? A senhorita se surpreenderia com as coisas que já vi.

– Posso lhe assegurar – disse a srta. Chadwick com decoro – que qualquer coisa do gênero é impossível.

Mas seria improvável? Você podia ter certeza disso com garotas?

Ela recolocou o fone no gancho e, um tanto relutante, saiu atrás da srta. Vansittart. Não havia razão para acreditar que a srta. Vansittart fosse mais capaz de lidar com a situação do que ela mesma, mas a srta. Chadwick sentiu necessidade de se aconselhar com alguém. A srta. Vansittart disse de imediato:

– O segundo carro?

Elas olharam uma para outra.

– Você acha – disse Chaddy lentamente – que devemos comunicar isso para a polícia?

– Não para a *polícia* – disse Eleanor Vansittart com uma voz chocada.

– Sabe, ela havia dito – disse Chaddy – que alguém poderia tentar raptá-la.

– Raptá-la? Isso não faz sentido! – disse a srta. Vansittart bruscamente.

– Você não acha... – persistiu a srta. Chadwick.

– A srta. Bulstrode me deixou encarregada daqui – disse Eleanor Vansittart –, e certamente não permitirei nada desta natureza. Não queremos mais problemas com a polícia.

A srta. Chadwick olhou para ela sem simpatia. Ela pensou que a srta. Vansittart estava sendo tola e limitada. Ela voltou para a escola e telefonou para a duquesa de Welsham. Infelizmente todos haviam saído.

Capítulo 14

Srta. Chadwick não consegue dormir

I

A srta. Chadwick estava agitada. Virava de um lado para o outro na cama, contando ovelhas e empregando outros métodos consagrados para invocar o sono. Em vão.

Às oito horas, Shaista ainda não havia retornado e não havia notícia alguma dela, o que fez a srta. Chadwick agir por conta própria e ligar para o inspetor Kelsey. Ela ficou aliviada em descobrir que ele não levou a questão muito a sério. Ela poderia deixar tudo com ele, assegurou-lhe o inspetor. Seria fácil verificar se houve um acidente. Depois disso, ele entraria em contato com Londres. Tudo que fosse necessário seria feito. Talvez a garota estivesse escapando das aulas. Ele aconselhou a srta. Chadwick a falar o mínimo possível sobre isso na escola. Deixar que pensem que Shaista estava passando a noite com seu tio no Claridge's hotel.

– A última coisa que a senhorita quer, ou que a srta. Bulstrode gostaria, é mais publicidade – disse Kelsey. – É muito improvável que a garota tenha sido raptada. Então não se preocupe, srta. Chadwick. Deixe conosco.

Mas srta. Chadwick preocupou-se.

Deitada na cama, sem conseguir dormir, sua mente ia e voltava de um possível rapto para um assassinato.

Assassinato em Meadowbank. Era terrível! Inacreditável! *Meadowbank*. A srta. Chadwick adorava Meadowbank. Ela a adorava, talvez, até mais do que a srta. Bulstrode, embora de uma maneira um pouco diferente. Fora um empreendimento tão incerto, corajoso. Ao seguir a srta. Bulstrode fielmente na iniciativa arriscada, ela sofrera de pânico mais de uma vez, imaginando que tudo fracassaria. Elas não tinham muito capital na época. Se fracassassem – se seu apoio fosse retirado... a srta. Chadwick tinha uma mente ansiosa e sempre conseguia conceber inúmeros "se"s.

A srta. Bulstrode havia apreciado a aventura, os riscos que apresentava, mas Chaddy não. Às vezes, numa agonia de apreensão, ela implorara que Meadowbank fosse administrada de uma maneira mais convencional. Seria *mais seguro*, ela insistia. Mas a srta. Bulstrode não estava interessada em segurança. Ela tinha a sua visão de como uma escola deveria ser e buscara isto sem temores. E havia sido recompensada por sua audácia. Mas que alívio para Chaddy quando o sucesso tornou-se um *fait accompli*. Quando Meadowbank estava estabelecida, seguramente estabelecida, como uma grande instituição inglesa, foi então que seu amor por ela floresceu inteiramente. Dúvidas, medos, ansiedades, todos a deixaram. A paz e a prosperidade haviam chegado. Ela se aqueceu junto à prosperidade de Meadowbank, ronronando como um gato doméstico.

Ela ficara bastante nervosa quando a srta. Bulstrode começou a falar em aposentadoria. Aposentar-se agora – quando tudo estava estabelecido? Que loucura! A srta. Bulstrode falava de viagens, de todas as coisas que havia no mundo para ver. Chaddy não se deixava impressionar. Nada, em lugar algum, poderia chegar aos pés de Meadowbank! Sempre lhe parecera que nada poderia afetar o bem-estar de Meadowbank – mas agora... assassinato!

Uma palavra tão violenta e feia – vinda do mundo exterior como uma rude ventania. Assassinato – uma palavra que a srta. Chadwick associava apenas a garotos delinquentes com canivetes de mola, ou médicos malvados envenenando suas esposas. Mas assassinato aqui... numa escola – e não numa escola qualquer – em Meadowbank. Incrível.

Realmente, a srta. Springer – pobre srta. Springer, claro que não era culpa *dela* – mas, de maneira ilógica, Chaddy sentia que tinha de ser culpa dela de algum modo. Ela não conhecia as tradições de Meadowbank. Uma mulher sem tato. De algum jeito ela havia atraído seu assassino. A srta. Chadwick se virou na cama, dobrou o travesseiro e disse:

– Tenho de parar de pensar nisso. Talvez seja melhor eu me levantar e tomar uma aspirina. Vou tentar contar até cinquenta...

Antes de chegar aos cinquenta, sua mente estava de novo na mesma trilha. Preocupando-se. Isso tudo – e talvez o rapto também – chegaria aos jornais? Os pais, ao lerem isso, apressar-se-iam em tirar suas filhas da escola...

Céus, ela *tinha* de se acalmar e ir dormir. Que horas seriam? Ela ligou a luz e olhou para seu relógio – quase uma e meia da madrugada. Perto da hora em que a pobre srta. Springer... Não, ela *não* pensaria mais nisso. E que estúpido da parte da srta. Springer ter saído daquele jeito sem acordar ninguém.

– Querida – disse a srta. Chadwick. – Vou ter de tomar uma aspirina.

Ela saiu da cama e foi até o lavatório. A srta. Chadwick tomou duas aspirinas com um gole de água. Na volta, ela abriu a cortina e espiou para fora. Ela fez isto para tranquilizar-se mais do que por qualquer outra razão. Ela queria sentir-se segura de que nunca mais haveria outra luz no pavilhão de esportes no meio da noite.

Mas havia.

Em um minuto, Chaddy havia saltado para a ação. Enfiou os pés em sapatos robustos, vestiu um casaco grosso, pegou sua lanterna e correu quarto afora e escada abaixo. Ela havia culpado a srta. Springer por não ter buscado apoio antes de ir investigar, mas nunca ocorrera a ela mesma fazê-lo. A srta. Chadwick estava apenas ansiosa por chegar ao pavilhão e descobrir quem era o intruso. Ela parou para pegar uma arma – não muito boa, talvez, mas um arremedo de arma, e então saiu pela porta lateral e seguiu rapidamente pelo caminho em meio aos arbustos. Ela estava sem fôlego, mas muito decidida. Somente quando a srta. Chadwick chegou à porta, ela diminuiu um pouco o passo e tomou cuidado para caminhar sem fazer barulho. A porta estava ligeiramente entreaberta. Ela a abriu um pouco mais e olhou para dentro...

II

No mesmo momento em que a srta. Chadwick estava se levantando da cama à procura de aspirina, Ann Shapland, com um aspecto muito atraente num vestido negro de festa, estava sentada numa mesa no Le Nid Sauvage comendo supremo de frango e sorrindo para o jovem à sua frente. Querido Dennis, pensou Ann consigo mesma, sempre exatamente o mesmo. É isso que eu simplesmente não suportaria se casasse com ele. Ele *é* um amor, de qualquer forma. Em voz alta ela observou:

– Como está sendo divertido, Dennis. Que *mudança* maravilhosa.

– Como é o novo trabalho? – perguntou Dennis.

– Bem, na verdade, estou gostando bastante.

– Não me parece o tipo de coisa em que você se interessaria.

Ann riu.

– Seria difícil definir o que me interessa. Eu gosto de variedade, Dennis.

– Nunca entendi por que você largou seu emprego com o velho sir Mervyn Todhunter.

– Bem, sobretudo por causa de sir Mervyn Todhunter. A atenção que ele me dedicava estava começando a incomodar sua esposa. E é parte de minha política nunca incomodar esposas. Sabe, elas podem causar bastante dano.

– Megeras ciumentas – disse Dennis.

– Ah, não, não mesmo – disse Ann. – Eu estou mais do lado das esposas. De qualquer maneira eu gostava da lady Todhunter muito mais do que do velho Mervyn. Por que você está surpreso com meu trabalho atual?

– Uma escola. Devo dizer que você não tem nenhuma inclinação acadêmica.

– Eu odiaria *dar aulas* numa escola. Eu odiaria me sentir confinada. Apinhada com um monte de mulheres. Mas trabalhar como a secretária de uma escola como Meadowbank é bem divertido. Sabe, é um lugar realmente especial. E a srta. Bulstrode é especial. Ela é realmente incomparável, vá por mim. Seus olhos cinza-metálicos atravessam você e veem seus segredos mais íntimos. E ela mantém você na ponta dos pés. Eu odiaria cometer um erro em qualquer uma das cartas que anoto para ela. Sim, ela é certamente algo.

– Eu gostaria que você se cansasse de todos esses empregos – disse Dennis. – Sabe, já chegou o momento de você parar de saltar de um emprego para o outro e criar raízes.

– Você é um doce, Dennis – disse Ann, de maneira evasiva.

– Sabe, poderíamos nos divertir bastante – disse Dennis.

– É possível, mas não estou pronta ainda – disse Ann. – E, de qualquer maneira, há a mamãe, como você sabe.

– Sim, eu ia... falar com você sobre isso.

– Sobre mamãe? O que você ia dizer?

– Bem, Ann, você sabe que eu acho você incrível. A forma com que você consegue um trabalho interessante e então joga tudo fora e vai para casa cuidar dela.

– Bem, eu tenho que fazer isso às vezes quando ela tem uma crise realmente ruim.

– Eu sei. Como já disse, eu acho isso incrível da sua parte. Mas, mesmo assim, há clínicas, sabe, clínicas muito boas hoje em dia onde... onde pessoas como a sua mãe são bem cuidadas e tudo mais. Não são hospícios.

– E que custam os olhos da cara – disse Ann.

– Não, não necessariamente. Ora, com o auxílio saúde...

Um tom triste apareceu na voz de Ann.

– Sim, acredito que este dia vá chegar. Mas, até lá, tenho uma gatinha velha que vive com a mamãe e que lhe faz companhia. Mamãe regula bem na maior parte do tempo e, quando está em crise, eu volto para casa e dou uma mão.

– Ela... ela não é... ela nunca?

– Você vai dizer violenta, Dennis? Você tem uma imaginação dramática demais. Não. Minha querida mamãe *nunca* é violenta. Ela apenas fica confusa. Mamãe esquece onde está e quem é e quer sair para longas caminhadas, e então talvez ela entre num trem ou num ônibus e siga para algum lugar e – bem, é tudo muito difícil, sabe. Às vezes é demais para uma pessoa lidar sozinha. Mas ela é bastante feliz, mesmo quando *está* confusa. E, às vezes, ela encara a situação de maneira bem engraçada. Lembro-me dela dizendo: "Ann, querida, isto é mesmo muito constrangedor. Eu achava que estava indo para o Tibete e lá estava eu sentada naquele hotel em Dover, sem fazer a menor ideia de como chegar lá. Então pensei, por que eu estava indo para o Tibete? Achei melhor voltar para casa. Mas não lembrava quanto tempo havia se passado desde que eu saíra de casa. Isso é muito constrangedor, querida, quando você não consegue se lembrar das coisas." Entenda, ela contou tudo isso de um jeito muito engraçado. Quero dizer, ela própria consegue ver o lado cômico da situação.

– Na realidade nunca a conheci – começou Dennis.

– Eu não encorajo as pessoas a conhecerem mamãe – disse Ann. – É a única coisa que você *pode* fazer por sua família. Protegê-los de... bem, curiosidade e pena.

– Não é curiosidade, Ann.

– Não, não acho que seria este o caso com você. Mas seria pena. Não quero isso.

– Eu entendo o que você quer dizer.

– Mas, se você acha que me importo em abrir mão de um emprego de vez em quando e voltar para casa por um período indefinido, não me importo – disse Ann. – Nunca quis me envolver em nada muito profundamente. Nem mesmo quando consegui meu primeiro trabalho, após o curso de secretariado. Achei que o segredo era tornar-me realmente boa na função, então, se você é realmente boa, pode escolher onde quer trabalhar. Você vê diferentes lugares e diferentes estilos de vida. No momento estou vendo a vida escolar. A melhor escola na Inglaterra vista de dentro! Espero ficar lá por mais ou menos um ano e meio.

– Você nunca se deixa envolver pelas coisas, não é, Ann?

– Não – disse Ann, pensativa –, acho que não. Creio que sou uma daquelas pessoas que são observadoras natas. Como uma comentarista de rádio.

– Você é tão indiferente – disse Dennis melancolicamente. – Você não se importa de verdade com nada ou ninguém.

– Espero me importar um dia – disse Ann de maneira encorajadora.

– Acho que entendo o modo como você pensa e sente.

– Duvido – disse Ann.

– De qualquer maneira, não acho que você vá durar um ano. Você vai se encher de todas aquelas mulheres – disse Dennis.

– Há um jardineiro muito bonito – disse Ann. Ela riu quando viu a expressão de Dennis. – Anime-se, só estou tentado enciumá-lo.

– E que história é essa de uma das professoras ter sido morta?

– Oh, isso. A expressão de Ann tornou-se séria e pensativa. – Isso é estranho, Dennis. Muito estranho mesmo. Foi a professora de educação física. Você conhece o tipo. Sou-uma-professora-feia-de-educação-física. Acho que há muito mais por trás disso do que se sabe até agora.

– Bem, não vá se envolver em nada desagradável.

– Isso é fácil de dizer. Nunca tive uma chance de demonstrar meus talentos de detetive. Acho que eu *seria* bastante competente.

– Francamente, Ann!

– Querido, não vou seguir criminosos perigosos. Só vou... bem, fazer algumas deduções lógicas. Por que e quem. E para quê? Esse tipo de coisa. Deparei-me com uma informação muito interessante.

– Ann!

– Não fique tão aflito. Só que ela não parece ligar-se a nada – disse Ann, pensativa.

– Até certo ponto, ela se encaixa muito bem. Depois, de repente, não mais. – Ela acrescentou animada: – Talvez ocorra um segundo assassinato, e isso vai esclarecer as coisas um pouco.

Foi exatamente neste momento que a srta. Chadwick abriu a porta do pavilhão dos esportes.

Capítulo 15

O assassinato se repete

– Venha comigo – disse o inspetor Kelsey, entrando na sala com uma expressão sombria no rosto. – Ocorreu mais um.

– Mais um o quê? – Adam olhou para ele bruscamente.

– Mais um assassinato – disse o inspetor Kelsey. Ele saiu da sala e Adam o seguiu. Estavam sentados na sala deste último, bebendo cerveja e discutindo várias probabilidades quando este fora chamado ao telefone.

– Quem foi? – questionou Adam, enquanto seguia o inspetor Kelsey escada abaixo.

– Outra professora, srta. Vansittart.

– Onde?

– No pavilhão de esportes.

– O pavilhão de esportes de novo – disse Adam. – O que há com este pavilhão de esportes?

– É melhor *você* examinar a cena do crime desta vez – disse o inspetor Kelsey.

– Talvez a sua técnica de investigação possa ser mais bem-sucedida do que a nossa. Deve haver *algo* naquele pavilhão de esportes, senão, por que todos são mortos ali?

Ele e Adam entraram em seu carro.

– Imagino que o médico chegará lá antes de nós. Ele não estava muito longe da escola.

Era como um pesadelo que se repetia, pensou Kelsey, enquanto entrava no pavilhão de esportes fortemente iluminado. Lá, mais uma vez, havia o médico ajoelhado ao lado de um corpo. Mais uma vez, o médico levantou-se.

– Foi morta há meia hora – disse ele. – Quarenta minutos no máximo.

– Quem a encontrou? – perguntou Kelsey.

Um dos seus homens falou:

– A srta. Chadwick.

– É a velhota, não é?

– Sim. Ela viu uma luz, veio até aqui e encontrou a morta. Voltou aos tropeços até a escola e teve uma espécie de crise histérica. Foi a governanta quem ligou, a srta. Johnson.

– Certo – disse Kelsey. – Como ela foi morta? Um tiro outra vez?

O médico balançou a cabeça.

– Não. Atingida na parte de trás da cabeça, desta vez. Pode ter sido um porrete ou um saco de areia. Algo desse tipo.

Um taco de golfe com ponta de aço estava largado ao lado da porta. Era a única coisa que parecia remotamente fora de ordem no lugar.

– E aquilo? – disse Kelsey, apontando. – Ela poderia ter sido golpeada com aquilo?

O médico balançou sua cabeça.

– Impossível. Não há uma marca nela. Não, certamente foi um cassetete de borracha pesado ou um saco de areia, algo desse tipo.

– Algo... profissional?

– Provavelmente, sim. Quem quer que seja não quis fazer barulho desta vez. Veio por trás dela e atingiu-lhe a parte de trás da cabeça. Ela caiu para frente e provavelmente não soube o que a atingiu.

– O que ela estava fazendo?

– É provável que estivesse ajoelhada – disse o médico. – Ajoelhada na frente deste armário.

O inspetor foi até o armário e o examinou.

– Presumo que seja o nome da garota escrito nele – disse ele. – Shaista, deixe-me ver, esta é... esta é a garota egípcia, não é? Sua Alteza, princesa Shaista. – Ele se voltou para Adam. – Parece fazer sentido, não é? Espere aí... esta é a garota que disseram ter desaparecido, hoje à noite?

– Correto, senhor – disse o sargento. – Um carro foi chamado para ela na escola, supunha-se que enviado por seu tio que está hospedado no Claridge's em Londres. Ela entrou nele e partiu.

– Nenhum relatório ainda?

– Ainda não, senhor. Temos uma equipe na rua. E a Yard também está no caso.

– Uma forma simples e eficiente de se raptar alguém – disse Adam. – Sem luta, sem gritos. Tudo o que você precisa saber é que a garota está esperando um carro para buscá-la, e tudo o que você precisa fazer é parecer com um chofer de alta classe e chegar lá antes do outro carro. A garota vai entrar sem nem pensar a respeito, e você pode ir embora sem que ela tenha a menor suspeita do que está acontecendo com ela.

– Algum carro abandonado foi encontrado? – perguntou Kelsey.

– Não tivemos notícia de nenhum ainda – disse o sargento. – Como eu disse, a Yard está no caso agora – ele acrescentou –, e a unidade especial.

– Isso pode gerar alguma confusão política – disse o inspetor. – Não acredito por um minuto que eles sejam capazes de tirá-la do país.

– Mas, e por que alguém iria querer raptá-la? – perguntou o médico.

– Só Deus sabe – respondeu Kelsey de maneira sombria. – Ela me disse que estava com medo de ser raptada e me envergonho em haver acreditado que ela estava apenas querendo se exibir.

– Eu pensei a mesma coisa, quando o senhor me contou a respeito – disse Adam.

– O problema é que não sabemos o suficiente – disse Kelsey. – Há muitas coisas que não se encaixam. – Ele olhou à sua volta. – Bem, parece não haver mais nada para eu fazer por aqui. Continuem com a rotina: fotografias, impressões digitais etc. É melhor ir até a escola.

Na escola ele foi recebido pela srta. Johnson. Ela estava abalada, mas mantinha seu autocontrole.

– É terrível, inspetor – disse ela. – Duas das nossas professoras mortas. Pobre srta. Chadwick num estado pavoroso.

– Eu gostaria de vê-la tão logo fosse possível.

– O médico deu-lhe algo, e ela está muito mais calma agora. O senhor quer vê-la?

– Sim, num minuto ou dois. Mas, primeiro, conte-me tudo o que a senhora puder sobre a última vez em que viu a srta. Vansittart.

– Eu não a vi em nenhum momento hoje – disse a srta. Johnson. – Estive fora o dia todo. Voltei à escola um pouco antes das onze, então fui direto para meu quarto e caí na cama.

– A senhora não olhou pela janela para o pavilhão de esportes?

– Não. Não pensei em fazer isso. Passei o dia com minha irmã que eu não via há algum tempo, e minha cabeça estava cheia de notícias de casa. Tomei um banho e fui para cama ler um livro, então desliguei a luz e adormeci. Só acordei quando a srta. Chadwick entrou no quarto, branca como um papel e tremendo.

– A srta. Vansittart esteve ausente hoje?

– Não, ela era a responsável pela escola. A srta. Bulstrode havia saído.

– Quem mais estava aqui, quero dizer, das professoras?

A srta. Johnson considerou a questão por um momento.

– A srta. Vansittart, a srta. Chadwick, a professora de francês, mademoiselle Blanche, a srta. Rowan.

– Compreendo. Bem, acho que é melhor a senhorita me levar até a srta. Chadwick agora.

A srta. Chadwick estava sentada numa cadeira em seu quarto. Apesar de a noite estar quente, o aquecedor havia sido ligado e um tapete fora enrolado em volta de seus joelhos. Ela virou um rosto lívido na direção do inspetor Kelsey.

– Ela está morta, ela *está* morta? Não há uma de chance que... que ela possa se recuperar?

Kelsey balançou a cabeça lentamente.

– É tão terrível – disse a srta. Chadwick –, com a srta. Bulstrode longe. Ela começou a chorar. – Isto vai arruinar a escola – disse ela. – Isto vai arruinar a Meadowbank. Não consigo suportar a ideia – realmente não consigo.

Kelsey sentou-se ao lado dela.

– Eu sei – disse ele simpaticamente. – Eu sei. Foi um choque terrível, mas eu gostaria que a senhora fosse corajosa e me contasse o que sabe. Quanto mais cedo nós descobrirmos quem cometeu esses crimes, menos problemas e publicidade haverá.

– Sim, sim, entendo o que senhor está dizendo. Veja bem, eu... eu fui para cama cedo porque achei que seria bom para variar ter uma noite longa de sono. Mas não conseguia dormir, estava muito preocupada.

– Preocupada com a escola?

– Sim. E sobre a Shaista estar desaparecida. Então comecei a pensar na srta. Springer e que – que seu assassinato afetaria os pais, e que talvez eles não mandassem as garotas de volta no próximo trimestre. Fiquei tão terrivelmente chateada pela srta. Bulstrode. Quero dizer, ela *fez* este lugar. Tem sido um sucesso tão incrível.

– Eu sei. Continue com o relato... a senhora estava preocupada, e não conseguia dormir?

– Não, contei carneirinhos e tudo mais. Então levantei, tomei umas aspirinas e, depois de havê-las tomado, por acaso abri as cortinas da janela. Não sei bem por quê.

Acredito ser porque eu estivera pensando na srta. Springer. Então, veja bem, eu vi... Eu vi uma luz lá.

– Que tipo de luz?

– Bem, uma espécie de luz bruxuleante. Quero dizer, acho que tem de ter sido uma lanterna. Era bem como a luz que a srta. Johnson e eu vimos antes.

– Era a mesma luz, é isto?

– Sim. Sim, acho que era. Talvez um pouco mais tênue, não sei.

– Sim. E então?

– Então – disse a srta. Chadwick, e sua voz de súbito tornou-se mais enfática –, desta vez estava determinada a ver quem estava lá e o que estava fazendo. Então me levantei, coloquei meu casaco e sapatos, e saí correndo do prédio.

– A senhorita não pensou em chamar alguém?

– Não. Não pensei. Veja bem, eu estava com tanta pressa de chegar lá, tinha medo de que a pessoa, quem quer que fosse, fugisse.

– Sim. Continue, srta. Chadwick.

– Então corri o mais rápido que pude. Fui até a porta e, um pouco antes de entrar ali, comecei a andar na ponta dos pés para... para que eu pudesse olhar lá dentro sem que ninguém me ouvisse chegar. Cheguei ao pavilhão. A porta não estava fechada, apenas entreaberta, e a abri um pouco mais. Olhei em torno do lugar e... e lá estava ela. Caída de bruços, *morta*...

Ela começou a estremecer.

– Sim, sim, srta. Chadwick, está tudo bem. A propósito, havia um taco de golfe lá. A senhorita o levou? Ou foi a srta. Vansittart?

– Um taco de golfe? – perguntou a srta. Chadwick vagamente. – Não consigo me lembrar... oh, sim, acho que o peguei no hall de entrada. Levei o taco junto comigo caso... bem, caso eu precisasse usá-lo. Quando vi a Eleanor, acho que o deixei cair. Então consegui, de algum modo, voltar para casa e encontrei a srta. Johnson. Não aguento. Não aguento, será o fim de Meadowbank...

O tom de voz da srta. Chadwick elevou-se, histericamente. A srta. Johnson aproximou-se dela.

– Descobrir dois assassinatos é tensão demais para qualquer pessoa – disse a srta. Johnson. – Mais ainda para alguém com a idade dela. O senhor não quer perguntar-lhe mais nada, quer?

O inspetor Kelsey balançou a cabeça.

Enquanto descia as escadas, ele notou uma pilha de velhos sacos de areia e baldes numa recâmara. Da época da guerra, talvez, mas ocorreu-lhe o pensamento incômodo de que não precisava ter sido um profissional com um porrete que atingira a srta. Vansittart. Alguém no prédio, alguém que não quisera arriscar o som de um tiro uma segunda vez e que, muito provavelmente, havia se livrado da pistola incriminadora após o último assassinato, poderia ter aproveitado uma arma um tanto inocente, mas letal – e, quem sabe, até mesmo devolvido-a com cuidado ao seu lugar!

Capítulo 16

O enigma do pavilhão de esportes

I

– *Minha cabeça está ensanguentada, mas erguida** – disse Adam para si mesmo.

Ele estava olhando para a srta. Bulstrode. Ele nunca admirara tanto uma mulher, ele pensou. Estava ali sentada, fria e impassível, enquanto o trabalho de sua vida desabava em ruínas à sua volta.

De tempos em tempos, telefonemas chegavam anunciando que mais uma aluna estava sendo tirada da escola.

Finalmente, a srta. Bulstrode havia tomado sua decisão. Pedindo licença aos policiais, ela chamou Ann Shapland e ditou uma breve declaração. A escola permaneceria fechada até o fim do trimestre. Pais que achassem inconveniente ter suas filhas em casa seriam bem-vindos em deixá-las aos cuidados dela e sua educação seria continuada.

– Você tem a lista dos nomes e endereços dos pais? E seus números de telefone?

– Sim, srta. Bulstrode.

– Então, comece com os telefonemas. Depois, providencie para que todos recebam uma nota datilografada.

– Sim, srta. Bulstrode.

Ao deixar a sala, Ann Shapland parou junto à porta. Ela corou e suas palavras saíram com ímpeto.

---

* "My head is bloody but unbowed", trecho do poema "Invictus" de William Ernest Henley. (N.T.)

– Desculpe, srta. Bulstrode. Não tenho nada a ver com isso, mas não é uma pena... agir prematuramente? Quero dizer, após o primeiro pânico, quando as pessoas tiverem tempo para pensar, com certeza não vão querer tirar as garotas da escola. Elas serão sensatas e pensarão melhor no caso.

A srta. Bulstrode olhou para ela intensamente.

– Você acredita que estou aceitando a derrota com muita facilidade?

Ann corou.

– Eu sei, a senhorita me acha atrevida. Mas... mas, bem, então, sim, acho que sim.

– Você é uma lutadora, garota, fico contente em ver. Mas você está errada. Não estou aceitando a derrota. Estou seguindo meu conhecimento da natureza humana. Insista para que as pessoas levem suas filhas embora, imponha-lhes a ideia, e elas não terão tanta vontade de fazê-lo. Pensarão em razões para deixá-las ficar. Ou, na pior das hipóteses, deixarão que as filhas voltem no próximo trimestre, se houver um próximo trimestre – ela acrescentou de maneira fatalista.

A srta. Bulstrode olhou para o inspetor Kelsey.

– Isso é sua responsabilidade – disse ela. – Esclareça esses assassinatos, prenda o responsável por eles, e ficaremos bem.

O inspetor Kelsey parecia infeliz. Ele disse:

– Nós estamos fazendo o melhor que podemos.

Ann Shapland saiu da sala.

– Garota competente – disse a srta. Bulstrode. – E leal.

Isso foi dito como um parêntese. Ela continuou no ataque:

– O senhor não faz a menor ideia de quem matou duas das minhas professoras no pavilhão de esportes? Deveria ter a esta altura. E este sequestro, além de tudo. Quanto a isto a culpa é minha. A garota falou a respeito de alguém querer raptá-la. Pensei, Deus me perdoe, que ela estivesse fazendo-se de importante. Vejo agora que tinha de haver algo por trás disso. Alguém deve ter insinuado, ou avisado... não se sabe qual dos dois...

Ela interrompeu sua digressão para voltar a questioná-lo:

– O senhor não tem novidade alguma?

– Ainda não. Mas acredito que a senhorita não precisa se preocupar muito com isso. O caso foi passado para o departamento de investigação criminal. A unidade especial também está trabalhando nele. Devem encontrá-la dentro de 24 horas, 36 no máximo. Há vantagens em estarmos numa ilha. Todos os portos, aeroportos etc., foram alertados. E a polícia em todos os distritos está vigilante. Na verdade, é relativamente fácil raptar alguém, o problema é mantê-lo escondido. Certamente a encontraremos.

– Espero que a encontrem viva – disse a srta. Bulstrode com severidade. – Parece que estamos enfrentando alguém que não tem muitos escrúpulos a respeito da vida humana.

– Não teriam o trabalho de raptá-la se quisessem eliminá-la – disse Adam.

– Poderiam tê-lo feito aqui, com facilidade.

Ele percebeu que suas últimas palavras foram infelizes. A srta. Bulstrode lançou-lhe um olhar magoado.

– É o que parece – disse ela secamente.

O telefone tocou. A srta. Bulstrode atendeu o aparelho.

– Sim?

Ela acenou para o inspetor Kelsey.

– É para o senhor.

Adam e a srta. Bulstrode o observaram enquanto ele atendia o telefonema. Ele resmungou, tomou uma nota ou duas, e disse por fim:

– Vamos ver. Alderton Priors. Isto fica em Wallshire. Sim, vamos cooperar. Sim, senhor. Pode deixar comigo.

Ele desligou o aparelho e ficou um momento perdido em pensamento. Então se dirigiu aos dois:

– Sua Excelência recebeu uma nota de resgate esta manhã. Datilografada em uma máquina Corona nova. Carimbo de Portsmouth. Aposto que é falso.

– Onde e como? – perguntou Adam.

– Uma encruzilhada a três quilômetros ao norte de Alderton Priors. É um trecho de charneca deserta. O envelope contendo o dinheiro deve ser deixado embaixo de uma pedra atrás de uma cabine telefônica da *Automobile Association** às duas da madrugada de amanhã.

– Quanto?

– Vinte mil. – Ele balançou a cabeça. – Parece o trabalho de um amador para mim.

– O que o senhor vai fazer? – perguntou a srta. Bulstrode.

O inspetor Kelsey olhou para ela. Estava mudado. Sua reserva oficial cobria-lhe como um manto.

– A responsabilidade não é minha, senhorita – disse ele. – Temos nossos métodos.

– Espero que sejam bem-sucedidos – disse a srta. Bulstrode.

– Vai ser fácil – disse Adam.

– Um trabalho de amador? – disse a srta. Bulstrode, tomando emprestada uma expressão que eles haviam usado. – Me pergunto...

Então ela disse bruscamente:

– E minha equipe? Isto é, o que resta dela? Devo confiar nela, ou não?

Quando o inspetor Kelsey hesitou, ela disse:

– O senhor teme que, se me contar quem *é* suspeito, eu vá deixar isto transparecer ao lidar com esta pessoa. O senhor está errado, não deixarei.

* Empresa inglesa que fornece serviços de manutenção de automóveis, seguros, entre outros. (N.T.)

– Não acho que a senhorita deixaria – disse Kelsey. – Mas não posso correr nenhum risco. Não parece, em primeira instância, que alguém de sua equipe *possa* ser quem estamos procurando. Isto é, não até onde pudemos checá-las. Dedicamos atenção especial àquelas que são novas neste trimestre, isto é, mademoiselle Blanche, a srta. Springer e sua secretária, a srta. Shapland. O passado da srta. Shapland é completamente corroborado. Ela é filha de um general aposentado, trabalhou realmente em todos os empregos que ela disse, e seus antigos empregadores confirmam isto. Além disso, ela tem álibi para a noite passada. Quando a srta. Vansittart foi morta, a srta. Shapland estava com um sr. Dennis Rathbone num clube noturno. Eles são bem conhecidos no lugar, e o sr. Rathbone tem um caráter excelente. Os antecedentes de mademoiselle Blanche também foram checados. Ela deu aulas numa escola no norte da Inglaterra e em duas escolas na Alemanha, e obteve ótimas referências. Dizem tratar-se de uma professora de primeira classe.

– Não pelos nossos padrões – disse a srta. Bulstrode, com desprezo.

– Seu passado na França também foi investigado. Quanto à srta. Springer, as coisas não são tão conclusivas. Ela estudou onde diz que estudou, mas há lacunas desde então em seus períodos de emprego que não estão de todo explicadas. Tendo em vista, entretanto, que ela foi morta – acrescentou o inspetor –, isto parece absolvê-la.

– Concordo – disse a srta. Bulstrode secamente –, que ambas srta. Springer e srta. Vansittart são *hors de combat** como suspeitas. Vamos usar o bom senso. Mademoiselle Blanche, apesar do seu passado irrepreensível, ainda é suspeita meramente por continuar viva?

– Ela *poderia* ter cometido os dois assassinatos. Ela estava aqui no prédio, noite passada – disse Kelsey. – Ela diz

* Fora de combate. (N.T.)

que foi para cama cedo, dormiu e não ouviu nada até o alarme ser dado. Não há provas em contrário. Não temos nada contra ela. Mas a srta. Chadwick tem certeza de que ela é dissimulada.

A srta. Bulstrode gesticulou, impaciente.

– A srta. Chadwick sempre achou as professoras francesas dissimuladas. Tem um problema com elas. – Ela olhou para Adam. – O que *você* acha?

– Acho que ela é bisbilhoteira – disse Adam lentamente. – Pode ser apenas curiosidade natural. Mas pode ser algo mais. Não consigo me decidir. Ela não me parece uma assassina, mas como alguém pode garantir?

– Esta é a questão – disse Kelsey. – Há um assassino aqui, um assassino sem piedade que matou duas vezes, mas é muito difícil acreditar que seja alguém da sua equipe. A srta. Johnson estava com a irmã na noite passada em Limeston on Sea e, de qualquer maneira, ela trabalha com a senhorita há sete anos. A srta. Chadwick esteve com a senhorita desde o início. Ambas, de qualquer maneira, são inocentes da morte da srta. Springer. A srta. Rich está na escola há mais de um ano e estava hospedada ontem à noite no hotel Alton Grange, a trinta quilômetros daqui; a srta. Blake estava com amigos em Littleport; a srta. Rowan está com a senhorita há um ano e tem um bom passado. Quanto aos empregados, francamente não consigo imaginar nenhum como assassino. São todos desta região, também...

A srta. Bulstrode anuiu com satisfação.

– Concordo com seu raciocínio. Ele não exclui quase nada, não é? Então... – Ela fez uma pausa e fixou um olhar acusador em Adam. – Parece... que só pode ter sido *você*.

Ele ficou boquiaberto de espanto.

– No local – ela ponderou. – Livre para ir e vir... Boa história para explicar sua presença aqui. Um passado confiável, mas, veja bem, você poderia ser um traidor.

Adam recuperou-se.

– Verdade, srta. Bulstrode – disse ele, com aprovação –, tiro meu chapéu para a senhorita. A senhorita pensa em *tudo*!

II

– Meu Deus! – exclamou a sra. Sutcliffe, à mesa do café da manhã. – Henry!

Ela tinha nas mãos o jornal recém-aberto.

Ela e o marido estavam separados por todo o comprimento da mesa, já que seus hóspedes de fim de semana ainda não haviam se aprontado para a refeição.

O sr. Sutcliffe, que havia aberto seu jornal na página de finanças e estava absorvido nas oscilações imprevistas de determinadas ações, não respondeu.

– *Henry!*

O chamado como um toque de clarim o alcançou. Ele levantou a cabeça, sobressaltado.

– Qual o problema, Joan?

– O problema? Mais um assassinato! Em Meadowbank! Na escola de Jennifer.

– O quê? Deixe-*me* ver!

Desconsiderando a observação da sua esposa de que a notícia estaria também em seu jornal, o sr. Sutcliffe inclinou-se sobre a mesa e arrancou a página das mãos de sua esposa.

– Srta. Eleanor Vansittart... Pavilhão de esportes… Mesmo local onde a srta. Springer, a professora de educação física… Hum… Hum…

– Não acredito! – Choramingou a sra. Sutcliffe. – Meadowbank, uma escola tão exclusiva. Há realeza lá e tudo mais...

O sr. Sutcliffe amassou o jornal e o jogou sobre a mesa.

– Só há uma coisa a ser feita – disse ele. – Você vai até a escola agora e tira a Jennifer de lá.

– Você quer dizer tirá-la... mesmo?

– É isso que eu quero dizer.

– Você não acha que isso seria um pouco drástico demais? Após o favor que Rosamond nos fez para colocá-la na escola?

– Você não será a única a tirar sua filha de lá! Sobrarão muitas vagas na sua preciosa Meadowbank.

– Ora, Henry, você acha mesmo?

– Sim, acho. Há algo muito errado acontecendo lá. Tire Jennifer da escola hoje.

– Sim, é claro, suponho que você esteja certo. O que faremos com ela?

– Mande-a para uma escola secundária moderna, perto daqui. Não acontecem assassinatos por lá.

– Mas acontecem, Henry. Você não lembra? Havia um garoto que atirou no professor de ciências numa delas. Saiu no *News of the World* da semana passada.

– Não sei onde a Inglaterra vai parar – disse o sr. Sutcliffe.

Repugnado, ele jogou o guardanapo sobre a mesa e saiu a passos largos do aposento.

III

Adam estava sozinho no pavilhão de esportes... Seus dedos hábeis estavam revirando os conteúdos dos armários. Era improvável que ele encontrasse algo onde a polícia havia fracassado, mas, no fim das contas, não se podia ter certeza. Como Kelsey havia dito, a técnica de cada departamento variava um pouco.

O que havia ali que ligava este prédio caro e moderno com mortes violentas e repentinas? A ideia de um local de encontro fora descartada. Ninguém decidiria encontrar-se pela segunda vez no mesmo lugar onde um assassinato havia ocorrido. Tudo o que restava, então, era haver algo aqui que alguém estava procurando. Não um *esconderijo* de joias. Isso parecia eliminado. Não podia haver um esconderijo secreto, gavetas falsas, ferrolhos de mola etc. E os conteúdos dos armários eram lamentavelmente simples. Eles continham seus segredos, mas eram segredos da vida escolar. Fotografias de atores famosos, maços de cigarro, um ocasional livrinho impróprio. Em especial ele voltou para o armário de Shaista. Foi enquanto se inclinava sobre aquele armário que a srta. Vansittart havia sido morta. O que a srta. Vansittart esperava encontrar ali? Teria encontrado? Seu assassino havia lhe tomado o objeto e então fugira do prédio a tempo de não ser descoberto pela srta. Chadwick?

Nesse caso não valia a pena procurar. O que quer que fosse, já fora levado.

O som de passos do lado de fora interrompeu seus pensamentos. Ele estava de pé no meio do pavilhão acendendo um cigarro quando Julia Upjohn apareceu no vão da porta, hesitando um pouco.

– A senhorita está precisando de alguma coisa? – perguntou Adam.

– Será que posso pegar minha raquete de tênis?

– Não vejo por que não – disse Adam. – Um policial me deixou aqui – ele explicou de maneira mentirosa. – Tinha de voltar para a delegacia para fazer algo. Pediu para que eu ficasse aqui enquanto ele estava fora.

– Para ver se ele voltaria, imagino – disse Julia.

– O policial?

– Não. Quero dizer, o assassino. Eles fazem isso, não fazem? Voltar para a cena do crime. Têm de fazê-lo! É uma compulsão.

– Você pode estar certa – disse Adam. Ele olhou para as fileiras cerradas de raquetes em seus suportes. – Onde está a sua?

– Na letra U – disse Julia. – Lá no final. Nossos nomes estão nelas – ela explicou, apontando para a fita adesiva enquanto Adam estendia-lhe a raquete.

– É uma veterana – disse Adam. – Mas já foi uma boa raquete.

– Posso levar a da Jennifer Sutcliffe também? – perguntou Julia.

– Nova – disse Adam de modo apreciativo, enquanto a passava para ela.

– Nova em folha – disse Julia. – A tia de Jennifer mandou entregá-la faz alguns dias.

– Garota de sorte.

– Ela precisa de uma boa raquete. Ela é muito boa no tênis. Seu golpe de esquerda está saindo como nunca este trimestre. – Ela olhou à sua volta. – Você acha que ele *vai* voltar?

Adam levou um momento ou dois para compreender o que ela perguntara.

– O assassino? Não, não acho que seja realmente provável. Um pouco arriscado, não seria?

– Você não acha que os assassinos *têm* de fazer isso?

– Não, a não ser que tenham deixado algo para trás.

– Você quer dizer uma pista? Eu gostaria de encontrar uma pista. A polícia encontrou uma?

– Eles não me contariam.

– Não. Suponho que não... Você se interessa por crime?

Ela olhou para Adam de maneira indagadora. Ele retornou seu olhar. Não havia ainda nada de mulher nela. Julia deveria ter a mesma idade que Shaista, mas seus olhos traziam somente indagação curiosa.

– Bem, acredito que, até certo ponto, todos nos interessamos.

Julia anuiu com a cabeça concordando.

– Sim, também acho... Eu consigo pensar em todo tipo de soluções, mas a maioria delas é fantasiosa demais. É divertido, no entanto.

– Você não gostava da srta. Vansittart?

– Nunca pensei sobre ela. Ela era uma boa pessoa. Um pouco como a Buls... srta. Bulstrode, mas não realmente como ela. Mais como uma suplente no teatro. Não quero dizer com isso que acho legal que ela esteja morta. Sinto muito que isso tenha acontecido.

Ela saiu carregando as duas raquetes.

Adam ficou olhando em torno do pavilhão.

– Que diabos poderia ter sido deixado aqui? – ele murmurou para si mesmo.

IV

– Meu Deus – disse Jennifer, deixando que o golpe de direita de Julia passasse por ela. – Lá vem a mamãe.

As duas garotas se voltaram para ver a figura agitada da sra. Sutcliffe, guiada pela srta. Rich, gesticulando enquanto se aproximava rapidamente.

– Mais confusão, imagino – disse Jennifer de maneira resignada. – É o assassinato. Você tem sorte, Julia, de sua mãe estar em segurança num ônibus no Cáucaso.

– Tem a tia Isabel.

– Tias não se importam do mesmo jeito. Olá, mamãe – ela acrescentou quando a sra. Sutcliffe as alcançou.

– Vá fazer suas malas, Jennifer. Vou levá-la comigo.

– De volta para casa?

– Sim.

– Mas... a senhora não quer dizer para sempre, de vez, não é?

– Sim. Quero.

– Mas a senhora não pode... mesmo. Meu tênis nunca esteve tão bem. Tenho boas chances de vencer o torneio individual, e Julia e eu *podemos* vencer o de duplas, embora eu não ache que seja muito provável.

– Você está vindo comigo para casa hoje.

– Por quê?

– Não faça perguntas.

– Imagino que seja por causa dos assassinatos da srtas. Springer e Vansittart. Mas ninguém assassinou nenhuma das garotas. Tenho certeza de que não iriam querer. E faltam três semanas para o Dia dos Esportes. *Acho* que vencerei o salto em distância e tenho uma boa chance na corrida com barreiras.

– Não discuta comigo, Jennifer. Você volta comigo hoje. Seu pai insiste.

Jennifer seguiu com sua mãe na direção da escola discutindo persistentemente.

De repente, separou-se dela e voltou correndo para a quadra de tênis.

– Adeus, Julia. Mamãe parece histérica. Papai também, pelo visto. É de ficar doente, não é? Adeus, vou escrever para você.

– Vou escrever para você também e contar tudo que acontecer.

– Espero que não matem a Chaddy em seguida. Eu preferiria que fosse a mademoiselle Blanche, você não?

– Sim, ela não faria tanta falta. Aliás, você viu o rosto fechado da srta. Rich?

– Ela não disse uma palavra. Ela está furiosa com a mamãe por vir me tirar da escola.

– Talvez ela a impeça. Ela é muito enérgica, não é? Diferente de todo mundo.

– Ela me lembra de alguém – disse Jennifer.

– Não creio que ela seja parecida com ninguém. Ela sempre pareceu ser bastante diferente.

– Sim, e ela é diferente. Eu quis dizer na aparência. Mas a pessoa que conheci era bem gorda.

– Não consigo imaginar a srta. Rich gorda.

– Jennifer... – chamou a srta. Sutcliffe.

– Acho que os pais são mesmo irritantes – disse Jennifer, contrariada. – Exagero, exagero, exagero. Eles nunca param. Acho que você tem sorte...

– Eu sei. Você já disse. Mas no momento, deixe-me dizer, eu gostaria que a mamãe estivesse bem mais perto, e não num ônibus na Anatólia.

– *Jennifer...*

– Estou indo...

Julia caminhou lentamente na direção do pavilhão de esportes. Seus passos foram ficando mais lentos e mais lentos até que, por fim, ela parou por completo. Ficou ali, franzindo o cenho, perdida em pensamento.

O sino do almoço soou, mas ela mal o ouviu. Olhou fixamente para a raquete que estava segurando, deu um ou dois passos ao longo do caminho, então deu a volta repentinamente e marchou de maneira determinada em direção à escola. Entrou pela porta da frente, o que não era permitido, evitando assim encontrar qualquer uma das outras garotas. O hall de entrada estava vazio. Ela subiu correndo a escada até seu quarto, olhou à sua volta com pressa e então, levantando o colchão da sua cama, enfiou a raquete sob ele. Depois, arrumando rapidamente o cabelo, ela desceu recatadamente a escada até a sala de jantar.

Capítulo 17

A caverna de Aladim

I

As garotas naquela noite foram para cama mais quietas do que costumavam. Sobretudo porque seu número estava bastante reduzido. Pelo menos trinta delas haviam ido para casa. As outras reagiram de acordo com seus vários temperamentos. Excitação, preocupação, algumas risadinhas de origem puramente nervosa. E havia ainda as que estavam apenas caladas e pensativas.

Julia Upjohn subiu em silêncio em meio ao primeiro grupo. Ela foi até seu quarto e fechou a porta. Ficou parada ali ouvindo sussurros, risadinhas, passos e boas-noites. Então se abateu o silêncio – ou quase silêncio. Vozes tênues ecoavam à distância, e passos iam e vinham do banheiro.

Não havia tranca na porta. Julia colocou uma cadeira contra ela, com o espaldar calçado sob a maçaneta. Isso lhe daria um aviso se alguém quisesse entrar. Mas era pouco provável que alguém quisesse entrar. Era estritamente proibido que as garotas fossem aos quartos das outras, e a única funcionária que o fazia era a srta. Johnson, se uma das garotas estivesse doente ou indisposta.

Julia foi até sua cama, levantou o colchão e tateou embaixo dele. Ela tirou a raquete de tênis e ficou parada um momento a segurando. Ela havia decidido examiná-la agora, não mais tarde. Uma luz no seu quarto aparecendo embaixo da porta poderia atrair a atenção quando todas as luzes deveriam estar desligadas. Agora era o momento quando uma luz era normal para se tirar a roupa e para ler na cama até as dez e meia se você assim quisesse.

Ela parou encarando a raquete. Como poderia haver algo escondido numa raquete de tênis?

"Mas tem de haver", pensou Julia. "Tem de haver. O arrombamento na casa de Jennifer, a mulher que veio com aquela história boba sobre uma raquete nova..."

Apenas Jennifer teria acreditado nisto, pensou Julia desdenhosamente.

Não, eram "lâmpadas novas por velhas", e isso significava, como em *Aladim*, que havia algo a respeito desta raquete de tênis em particular. Jennifer e Julia nunca haviam mencionado para ninguém que elas haviam trocado raquetes – ou pelo menos ela nunca havia feito isso.

Então, era esta a raquete que todos procuravam no pavilhão de esportes. E cabia a ela descobrir *por quê*! Julia a examinou de maneira cuidadosa. Não se via nela nada incomum. Era de boa qualidade, um pouco abalada pelo uso, mas tinha cordas novas e era bastante utilizável. Jennifer havia reclamado de sua estabilidade.

A única parte de uma raquete de tênis onde possivelmente se poderia esconder algo era o cabo. Você poderia, ela supôs, tornar oco o cabo para fazer um esconderijo. Soava um pouco fantasioso, mas era possível. E, se o cabo tivesse sido alterado, é provável que a estabilidade da raquete fosse prejudicada.

Uma capa de couro cobria o cabo e sobre ela havia uma inscrição praticamente gasta. A capa, claro, fora apenas enfiada ali. E se você a removesse? Julia sentou-se à penteadeira, atacou o cabo com um canivete e conseguiu remover a capa de couro, revelando uma haste de madeira fina. Ela não parecia certa. Havia uma junta em torno dela. Julia enfiou ali o canivete, mas a lâmina quebrou. A tesoura de unhas foi mais eficiente e finalmente ela conseguiu desencaixá-la. Então apareceu uma substância mosqueada de vermelho e azul. Julia a cutucou e compreendeu tudo. *Massa de modelar!* Mas com certeza cabos de raquetes de tênis não continham normalmente massa de modelar, não é? Ela segurou a tesoura de unhas com firmeza e começou a retirar pedaços de massa. Ela envolvia algo. Algo que o tato sentia como se fossem botões ou seixos.

Ela atacou a massa de modelar com vigor.

Alguma coisa rolou sobre a cômoda – então outra coisa. Logo já havia uma pilha considerável.

Julia moveu-se para trás, boquiaberta.

Ela olhava e olhava e olhava...

Fogo líquido, vermelho e verde e azul-escuro e branco deslumbrante...

Naquele momento, Julia amadureceu. Ela não era mais criança. Tornara-se uma mulher. Uma mulher olhando para joias.

Toda sorte de fantásticos fragmentos de pensamento correram por seu cérebro. A caverna de Aladim... Marguerite e seu porta-joias... (elas haviam sido levadas a Covent Garden para ouvir o *Fausto* na semana anterior)... Pedras fatais... O diamante Hope... Romance... Ela vestida de veludo negro, com um colar cintilante em torno do seu pescoço...

Julia se deixou sonhar, triunfante... Segurou as pedras e deixou-as cair por entre seus dedos como um riacho de fogo, uma correnteza brilhante de assombro e prazer.

E então algo, um ruído baixo talvez, chamou-a de volta à realidade.

Julia ficou sentada, tentando usar o bom senso, decidindo o que deveria fazer. Aquele ruído baixo a havia assustado. Ela recolheu as pedras, levou-as até o lavatório, colocou-as na bolsa em que guardava sua esponja e enfiou a esponja e a escova de unhas sobre elas. Então, tomou a raquete de tênis, forçou a massa de modelar de volta para dentro, recolocou a tampa de madeira e tentou colar o couro por cima de tudo outra vez. Suas beiradas enrolaram-se para fora, mas Julia conseguiu resolver a situação aplicando uma fita adesiva com a cola para cima em tiras finas e então pressionando o couro sobre ela.

Estava feito. A raquete parecia e empunhava-se como antes, seu peso mal se alterara. Ela olhou para a raquete e a largou descuidadamente sobre uma cadeira.

Julia olhou para sua cama, arrumada com cuidado e a esperando. Mas ela não se despiu. Em vez disso, continuou escutando. Teria ouvido um passo lá fora?

De repente e sem aviso ela sentiu medo. Duas pessoas haviam sido mortas. Se alguém soubesse o que ela descobrira, *ela* seria morta.

Havia no quarto uma cômoda de carvalho bastante pesada. Ela conseguiu arrastá-la para frente da porta, lamentando que não fosse costume em Meadowbank ter chaves nas fechaduras. Ela foi até a janela, fechou o caixilho de cima e o trancou. Não havia árvores nem trepadeiras. Julia duvidava que fosse possível para alguém entrar deste modo, mas não quis correr risco algum.

Ela olhou para seu pequeno relógio. Dez e meia. Julia respirou fundo e desligou a luz. Ninguém deveria notar nada de anormal. Ela abriu um pouco a cortina da janela. Havia uma lua cheia e ela podia ver a porta claramente. Então sentou-se na beira da cama. Na mão ela segurava seu sapato mais pesado.

"Se alguém tentar entrar" – pensou Julia – "vou bater na parede o mais forte que puder. Mary King está no quarto ao lado e acordará. *E* vou gritar – a plenos pulmões. E então, se um monte de gente aparecer, direi que tive um pesadelo. E qualquer um pode ter um pesadelo, com tudo que vem acontecendo por aqui."

Ela ficou sentada e o tempo passou. Então Julia ouviu um ruído – um passo suave no corredor. Ela o ouviu parar em frente à sua porta. Houve uma longa pausa e então ela viu a maçaneta girando lentamente.

Ela deveria gritar? Ainda não.

A porta foi empurrada – só um pouco, mas a cômoda a segurou. Isso deve ter confundido a pessoa ali fora.

Mais uma pausa, e então houve uma batida, uma batida ligeira, na porta.

Julia prendeu a respiração. Uma pausa, e então a batida de novo – ainda suave e abafada.

"Estou dormindo", pensou Julia. "Não estou ouvindo *nada*."

Quem viria bater em sua porta no meio da noite? Se fosse alguém que tivesse a permissão para tanto, chamaria seu nome, forçaria a maçaneta, faria barulho. Mas esta pessoa não podia se dar ao luxo de fazer barulho...

Por um longo tempo Julia permaneceu sentada. A batida não se repetiu, a maçaneta continuou imóvel. Mas ela estava tensa e alerta.

Julia ficou assim por um longo tempo. Não soube quanto tempo se passou até que o sono a dominasse. O sino da escola finalmente a acordou, toda encolhida e desconfortável na beirada da cama.

II

Após o café da manhã, as garotas subiram para os seus quartos, arrumaram suas camas, então desceram para as orações no saguão e finalmente se dispersaram entre as várias salas de aula.

Foi durante aquela última atividade, quando as garotas se apressavam em diferentes direções, que Julia subiu para uma sala de aula, saiu por uma porta mais adiante, juntou-se a um grupo que se apressava para dar a volta na escola, agachou-se atrás de um rododendro, fez mais uma série de movimentos furtivos e por fim chegou perto do muro, onde havia um limoeiro com uma folhagem espessa que quase chegava ao chão. Julia escalou a árvore com facilidade, havia subido em árvores toda sua vida. Completamente escondida nos ramos folhosos, ela se sentou, olhando de tempos em tempos para seu relógio. Ela tinha certeza de que não sentiriam sua falta por algum tempo. As coisas estavam desorganizadas, duas professoras faltando, e mais da metade das garotas havia voltado para casa. Isso significava que todas as aulas haviam sido reorganizadas, de maneira que provavelmente ninguém notaria a ausência de Julia Upjohn até a hora do almoço e, então...

Julia olhou para seu relógio de novo, desceu com facilidade da árvore até o nível do muro, montou-o e caiu sem problemas do outro lado. Cem metros adiante havia uma parada onde um ônibus deveria passar em alguns minutos. Chegou pontualmente, e Julia fez sinal para que parasse e embarcou nele, tendo a esta altura extraído um chapéu de feltro de dentro do seu vestido de algodão, que enfiou sobre seu cabelo ligeiramente desalinhado. Julia desceu na estação e tomou um trem para Londres.

No seu quarto, sobre a pia do lavatório, ela deixou uma nota dirigida à srta. Bulstrode.

Cara srta. Bulstrode,
não fui raptada ou fugi, então não se preocupe. Voltarei tão logo puder.
Atenciosamente,
Julia Upjohn

III

Na Whitehouse Mansions, 228, George, o impecável acompanhante e criado pessoal de Hercule Poirot, abriu a porta e contemplou com alguma surpresa uma garota em idade escolar com o rosto um tanto sujo.

– Eu poderia ver o monsieur Hercule Poirot, por favor?

George levou alguns segundos mais do que costumava para responder. Ele achou a visita inesperada.

– O sr. Poirot não recebe ninguém sem uma hora marcada – disse ele.

– Temo não ter tempo para isso. Eu preciso vê-lo agora mesmo. É muito urgente. É sobre alguns assassinatos, um roubo e coisas do gênero.

– Vou verificar – disse George –, se o sr. Poirot a receberá.

Ele a deixou no hall de entrada e se retirou para consultar seu patrão.

– Uma jovem dama, senhor, quer vê-lo com urgência.

– Decerto – disse Hercule Poirot. – Mas as coisas não funcionam com esta facilidade.

– Foi isso que eu disse a ela, senhor.

– Que tipo de jovem dama?

– Bem, senhor, ela seria mais uma garotinha.

– Uma garotinha? Uma jovem dama? Qual das duas, Georges? Elas realmente não são a mesma coisa.

– Temo que o senhor não tenha entendido. Ela é, eu diria, uma garotinha, isto é, em idade escolar. Mas, apesar de seu vestido estar sujo e rasgado mesmo, ela é essencialmente uma jovem dama.

– Entendo. Um termo social.

– E ela gostaria de vê-lo a respeito de alguns assassinatos e um roubo.

As sobrancelhas de Poirot se ergueram.

– *Alguns* assassinatos e *um roubo*. Original. Faça a garotinha, a jovem dama, entrar.

Julia entrou na sala com apenas o mais ligeiro traço de acanhamento. Ela falou com educação e bastante naturalidade.

– Com vai, monsieur Poirot. Eu sou Julia Upjohn. Acho que o senhor conhece uma grande amiga de mamãe, a sra. Summerhayes. Nos hospedamos com ela no verão passado, e ela falou muito a seu respeito.

– Sra. Summerhayes... – A mente de Poirot retornou a um vilarejo que subia um monte e para uma casa no topo deste monte. Ele se lembrou de um rosto sardento encantador, um sofá com molas quebradas, uma grande quantidade de cães, e outras coisas ao mesmo tempo agradáveis e desagradáveis. – Maureen Summerhayes – disse ele. – Ah, sim.

– Eu chamo ela de tia Maureen, mas ela não é realmente minha tia. Ela nos contou como o senhor fora maravilhoso e salvara um homem que estava na prisão por assassinato, e quando eu não conseguia pensar no que fazer e quem procurar, pensei no senhor.

– Sinto-me honrado – disse Poirot gravemente.

Ele ofereceu-lhe uma cadeira.

– Agora me conte – disse ele. – Georges, meu criado, falou que você queria me consultar a respeito de um roubo e alguns assassinatos: mais de um assassinato, então?

– Sim – disse Julia. – A srta. Springer e a srta. Vansittart. E, é claro, há o rapto, mas acho que isto não é da minha conta.

– Você me desnorteia – disse Poirot. – Onde todos estes acontecimentos emocionantes tiveram lugar?

– Na minha escola, Meadowbank.

– Meadowbank – exclamou Poirot. – Ah. – Ele estendeu sua mão para onde os jornais estavam caprichosamente dobrados ao seu lado. Ele abriu um e olhou de relance a primeira página, anuindo com a cabeça. – Começo a compreender a situação – disse ele. – Agora me conte, Julia, conte-me tudo desde o início.

Julia contou-lhe. Era uma história bastante longa e complicada – mas ela a contou de maneira clara – com pausas ocasionais toda vez que tinha de voltar a algo que havia esquecido.

Julia contou a história até o momento em que ela examinara a raquete de tênis em seu quarto, na noite passada.

– Veja bem, achei que se parecia com a história de Aladim, lâmpadas novas por velhas, e tinha de haver algo a respeito daquela raquete.

– E havia?

– Sim.

Sem qualquer falso pudor, Julia levantou a saia, puxou o calção que havia por baixo até quase sua coxa e expôs o que parecia um emplastro cinza, preso com fita adesiva em sua perna.

Ela rasgou as fitas, proferindo um "Ai!" angustiado enquanto o fazia, e retirou o emplastro que Poirot percebia agora ser um pacote envolvido por um fragmento de bolsa plástica cinza para esponjas. Julia desembrulhou-o e sem qualquer aviso derramou uma pilha de pedras sobre a mesa.

– *Nom d'un nom d'un nom!** – exclamou Poirot num sussurro impressionado.

Ele as pegou na mão, deixando que escorressem pelos seus dedos.

– *Nom d'un nom d'un nom!* Mas elas são reais. Genuínas.

Julia assentiu com a cabeça.

– Acho que devem ser. Caso contrário, as pessoas não matariam por elas, não é? Mas entendo por que alguém mataria por *isto*!

E subitamente, como havia acontecido na noite passada, uma mulher olhou pelos olhos da criança.

Poirot olhou intensamente para ela e assentiu.

– Sim, você entende, e sente o feitiço. Elas já não são para você somente brinquedos coloridos. Tanto pior.

– São *joias*! – disse Julia num tom arrebatado.

– E você diz que as encontrou nesta raquete?

Julia terminou sua narrativa.

---

* "Meu Deus do céu!" (N.T.)

– E você me contou tudo?

– Acho que sim. Talvez eu tenha exagerado um pouco aqui e ali. Às vezes exagero. No entanto Jennifer, minha grande amiga, é bem diferente. Ela pode fazer as coisas mais emocionantes soarem enfadonhas. – Ela olhou mais uma vez para a pilha cintilante. – Monsieur Poirot, a quem elas pertencem de verdade?

– Provavelmente é muito difícil de dizer. Mas elas não pertencem a você ou a mim. Temos de decidir o que fazer daqui para frente.

Julia olhou para ele cheia de expectativa.

– Você espera que eu decida? Ótimo.

Hercule Poirot fechou os olhos.

Subitamente ele os abriu e animou-se.

– Esta parece ser uma ocasião em que não poderei, como preferiria, permanecer em minha cadeira. Tem de haver ordem e método, mas no que você me contou não há ordem e método. E isso ocorre porque temos aqui muitas pontas soltas. Mas elas todas convergem e se encontram num lugar, Meadowbank. Diferentes pessoas, com diferentes metas e representando diferentes interesses, todos convergem para a Meadowbank. Então, eu também vou a Meadowbank. E quanto a você, onde está sua mãe?

– A mamãe está num ônibus a caminho da Anatólia.

– Ah, sua mãe embarcou num ônibus a caminho da Anatólia. *Il ne manquait que ça!** Posso entender que ela seja amiga da sra. Summerhayes! Diga-me, você aproveitou sua visita com a sra. Summerhayes?

– Sim, foi muito divertido. Ela tem uns cães adoráveis.

– Os cães, sim, lembro bem.

– Eles entram e saem por todas as janelas, como uma pantomima.

– Você está tão certa! E a comida? Você gostou da comida?

– Bem, ela era um pouco esquisita às vezes – admitiu Julia.

* "Só faltava essa!" (N.T.)

– Esquisita, sim, realmente.

– Mas a tia Maureen faz omeletes incríveis.

– Ela faz omeletes incríveis. – Poirot soava contente. Ele suspirou. – Então Hercule Poirot não viveu em vão – disse ele. – Fui *eu* quem ensinou a tia Maureen a fazer omelete. – Ele pegou o telefone.

– Temos agora de tranquilizar sua boa diretora quanto à sua segurança e anunciar que irei com você a Meadowbank.

– Ela sabe que estou bem. Deixei um bilhete dizendo que não fui raptada.

– Assim mesmo, ela apreciará maiores garantias.

No devido tempo ele conseguiu fazer a ligação e lhe informaram que a srta. Bulstrode o aguardava na linha.

– Ah, srta. Bulstrode? Meu nome é Hercule Poirot. Tenho comigo aqui sua aluna Julia Upjohn. Proponho levá-la de carro até aí imediatamente e, para informação do policial encarregado do caso, certo pacote de considerável valor foi depositado com segurança no banco.

Ele desligou e olhou para Julia.

– Você gostaria de um xarope? – ele sugeriu.

– Para tosse? – Julia parecia incerta.

– Não, xarope de frutas. Passa de Corinto, framboesa, *groseille*, isto é, groselha.

Julia decidiu-se pela groselha.

– Mas as joias não estão no banco – ela notou.

– Estarão, em muito pouco tempo – disse Poirot. – Mas, para qualquer um que esteja escutando os telefones em Meadowbank, por acaso ou não, ou que venha a ser informado sobre eles, é melhor pensar que elas já estão lá e não mais com você. Obter joias de um banco exige tempo e organização. E detestaria que algo acontecesse a você, minha filha. Admito que formei uma opinião elevada de sua coragem e capacidade.

Julia parecia satisfeita, mas envergonhada.

Capítulo 18

Conferência

I

Hercule Poirot havia se preparado para derrotar um preconceito tacanho que uma diretora de escola pudesse ter contra estrangeiros idosos com sapatos pontudos de couro envernizado e grandes bigodes. Mas teve uma surpresa agradável. A srta. Bulstrode cumprimentou-o com uma confiança cosmopolita. Além disso, para sua satisfação, ela sabia tudo sobre ele.

– Foi muito gentil de sua parte, monsieur Poirot – disse ela –, telefonar para nós tão prontamente e acalmar nossa ansiedade. Sobretudo porque esta ansiedade mal havia começado. Julia, não notamos sua falta no almoço – ela acrescentou, voltando-se para a garota. – Tantas garotas foram levadas embora esta manhã, e havia tantos lugares vazios à mesa, que metade da escola poderia estar faltando, sem que surgisse qualquer apreensão. Estas são circunstâncias extraordinárias – disse ela, voltando-se novamente para Poirot.

– Asseguro-lhe de que não somos tão descuidadas normalmente. Quando recebi seu telefonema – ela continuou –, fui até o quarto de Julia e encontrei o bilhete que ela havia deixado.

– Eu não queria que a senhorita pensasse que eu fora raptada – disse Julia.

– Agradeço por isso, mas acho, Julia, que você poderia ter me contado o que estava planejando fazer.

– Achei melhor não – disse Julia, e acrescentou de maneira inesperada: – *Les oreilles ennemies nous écoutent.**

– Mademoiselle Blanche parece não ter feito muito para melhorar sua pronúncia – disse a srta. Bulstrode bruscamente. – Mas não estou censurando você, Julia. – Ela olhou de Julia para Poirot. – Agora, por favor, eu gostaria de ouvir exatamente o que aconteceu.

– A senhorita permite? – perguntou Hercule Poirot. Ele atravessou a sala, abriu a porta e olhou para fora. Então, fechou-a com um gesto dramático e voltou, sorridente.

– Estamos sozinhos – ele disse misteriosamente. – Podemos continuar.

A srta. Bulstrode olhou para Poirot, então para a porta e outra vez para ele. Suas sobrancelhas se ergueram. Muito devagar a srta. Bulstrode inclinou a cabeça. Então, retomando sua maneira direta, ela disse:

– Agora, Julia, conte-nos tudo.

Julia mergulhou na sua narrativa. A troca das raquetes de tênis, a mulher misteriosa. E, por fim, sua descoberta do que a raquete continha. A srta. Bulstrode voltou-se para Poirot. Ele assentiu com delicadeza.

– Mademoiselle Julia relatou tudo de maneira correta – disse ele. – Assumi a responsabilidade pelo que ela me trouxe. Está seguro num banco. Acredito, portanto, que a senhorita não precise antever outros acontecimentos de uma natureza desagradável por aqui.

– Compreendo – disse a srta. Bulstrode. – Sim, compreendo... – Ela calou-se por alguns momentos, então disse: – O senhor acha que é sensato que Julia permaneça na escola? Ou seria melhor para ela ficar com sua tia em Londres?

– Por favor – disse Julia –, deixe-me ficar aqui.

– Você está feliz aqui então?

---

* "Os ouvidos inimigos nos escutam." (N.T.)

– Eu adoro a escola – disse Julia. – E, além disso, estão acontecendo coisas tão emocionantes.

– Que *não* fazem parte do programa de Meadowbank – disse a srta. Bulstrode secamente.

– Acho que Julia não estará correndo mais perigo agora – disse Hercule Poirot. Ele olhou mais uma vez para a direção da porta.

– Acho que entendo – disse a srta. Bulstrode.

– Mas, por isso mesmo – disse Poirot –, deve haver discrição. Imagino que você entenda o que significa discrição – ele acrescentou olhando para Julia.

– Monsieur Poirot quer dizer – interferiu a srta. Bulstrode –, que gostaria que você mantivesse a boca fechada a respeito do que encontrou. Não contasse às outras garotas. Você consegue manter a boca fechada?

– Sim – disse Julia.

– É uma história muito boa para contar para suas amigas – disse Poirot. – Do que você encontrou numa raquete de tênis no meio da noite. Mas há razões importantes por que seria aconselhável que a história não fosse contada.

– Entendo – disse Julia.

– Posso confiar em você, Julia? – perguntou a srta. Bulstrode.

– A senhorita pode confiar em mim – disse Julia. – Juro por Deus.

A diretora da escola sorriu.

– Espero que sua mãe não leve muito tempo para estar em casa – disse ela.

– A mamãe? Espero que sim.

– Pelo que me disse o inspetor Kelsey – disse a srta. Bulstrode –, todo esforço está sendo feito para se entrar em contato com ela. Infelizmente – ela acrescentou –, ônibus na Anatólia estão sujeitos a atrasos inesperados e nem sempre são pontuais.

– Posso contar para a mamãe, não posso? – perguntou Julia.

– É claro. Bem, Julia, está tudo arranjado. Pode ir agora.

Julia os deixou, fechando a porta atrás de si. A srta. Bulstrode olhou Poirot com severidade.

– Acho que o entendi corretamente – disse ela. – Há pouco o senhor fez um grande alarde ao fechar a porta. Na verdade o senhor a deixou um pouco aberta de propósito.

Poirot assentiu com a cabeça.

– Para que pudessem ouvir o que dissemos?

– Sim... se houvesse alguém que quisesse ouvi-la. Foi uma precaução para segurança da menina. Deve circular a notícia de que aquilo que ela encontrou está em segurança num banco, e não com ela.

A srta. Bulstrode olhou para ele por um momento – então ela contraiu severamente os lábios.

– Isso tem de terminar – disse ela.

II

– O objetivo é – disse o chefe de polícia – que tentemos reunir nossas ideias e informações. Estamos contentes por tê-lo conosco, monsieur Poirot – ele acrescentou. – O inspetor Kelsey lembra-se bem do senhor.

– Foi há muitos anos – disse o inspetor Kelsey. – O inspetor-chefe do distrito estava encarregado do caso. Eu era um sargento novato, aprendendo minha função. O cavalheiro que chamamos, por conveniência, de Adam Goodman, não é seu conhecido, monsieur Poirot, mas creio que o senhor conhece seu... seu... hum, chefe. Unidade especial – ele acrescentou.

– Coronel Pikeaway? – disse Hercule Poirot, pensativo. – Ah, sim, faz algum tempo desde que o vi. Ele continua sonolento como sempre? – ele perguntou a Adam.

Adam riu.

– Vejo que o senhor o conhece bem. Nunca o vi completamente acordado. Quando o vir, saberei que, pela primeira vez, ele não está prestando atenção no que está acontecendo.

– Você tem razão, meu amigo. Bem observado.

– Agora – disse o chefe de polícia –, vamos aos negócios. Não imporei minha autoridade ou minhas opiniões. Estou aqui para ouvir o que os homens que estão realmente trabalhando no caso sabem e pensam. Há muitos fatores envolvidos neste caso, e uma coisa talvez eu tenha de mencionar em primeiro lugar. Digo isso devido a relatos que chegaram a mim vindos de... hum... escalões muito superiores. – Ele olhou para Poirot. – Digamos que – disse ele – uma garotinha, uma garota em idade escolar, tenha procurado o senhor com uma linda história sobre algo que ela encontrara no cabo oco de uma raquete de tênis. Muito emocionante para ela. Uma coleção, digamos assim, de pedras coloridas, de vidro, boas imitações, algo do gênero, ou mesmo pedras semipreciosas que muitas vezes parecem tão atraentes quanto as outras. De qualquer maneira, digamos que é algo que uma criança acharia emocionante encontrar. Ela poderia até ter noções exageradas de quanto valeriam. Isso é bastante possível, o senhor não acha? – Ele lançou um olhar intenso para Hercule Poirot.

– Me parece eminentemente possível – respondeu Hercule Poirot.

– Bom – disse o chefe de polícia. – Tendo em vista que a pessoa que trouxe estas... hum... pedras coloridas para o país o fez sem intenção e de maneira inocente, não queremos que surjam quaisquer suspeitas de contrabando ilícito. Há também a questão de nossa política externa – continuou. – A situação, como fui levado a entender, está um tanto... delicada no momento. Quando se trata de interesses em petróleo, depósitos minerais, todas estas coisas, temos de lidar com qualquer governo que esteja no poder. Não queremos que surja nenhuma questão desagradável. Não se consegue manter um assassinato longe da imprensa. Mas não há menção alguma sobre joias ligadas ao caso. E, ao menos por ora, não há necessidade de que haja.

– Concordo – disse Poirot. – Complicações internacionais sempre têm de ser levadas em consideração.

– Exatamente – disse o chefe de polícia. – Creio que estou certo em dizer que o falecido soberano de Ramat era considerado amigo deste país, e que os poderes constituídos gostariam que seu testamento em relação a qualquer propriedade dele que *pudesse* estar neste país fosse cumprido. Quais os valores totais, creio que ninguém sabe no momento. Se o novo governo de Ramat está reivindicando determinada propriedade que eles alegam pertencer-lhes, será muito melhor se não saibamos nada a respeito desta propriedade estar neste país. Uma simples recusa seria pouco diplomática.

– Simples recusas não devem ser dadas, em diplomacia – disse Hercule Poirot.

– Deve-se dizer que esta questão receberá a máxima atenção, mas que, no momento, nada de definitivo se sabe sobre qualquer pequena... poupança, digamos, que o falecido soberano de Ramat possa ter possuído. Ela pode estar ainda em Ramat, nas mãos de um amigo fiel do falecido príncipe Ali Yusuf, pode ter sido tirada do país por meia dúzia de pessoas diferentes, pode estar escondida em algum lugar na própria cidade de Ramat. – Ele meneou os ombros. – Simplesmente não se sabe.

O chefe de polícia suspirou.

– Obrigado – disse ele. – Exatamente isso que eu queria dizer. Ele seguiu em frente: – Monsieur Poirot, o senhor tem amigos em posições muito altas neste país. Eles confiam muito no senhor. Extraoficialmente, eles gostariam de deixar um determinado artigo sob seu cuidado, se o senhor não tiver nenhuma objeção.

– Não tenho objeção alguma – disse Poirot. – Vamos deixar assim. Nós temos questões mais sérias para considerar, não temos? – Ele olhou à sua volta. – Ou talvez os senhores não concordem comigo? Mas, afinal de contas, o que são três quartos de um milhão ou uma soma parecida em comparação com a vida humana?

– O senhor está certo, monsieur Poirot – disse o chefe de polícia.

– O senhor está sempre certo – disse o inspetor Kelsey. – O que procuramos é um assassino. Gostaríamos de ouvir sua opinião, monsieur Poirot – ele acrescentou –, porque trata-se, em grande parte, de uma questão de hipóteses e mais hipóteses, e as suas são tão boas quanto às dos outros e, às vezes, melhores. O caso todo é como um novelo emaranhado.

– Muito bem colocado – disse Poirot –, é preciso tomar este novelo emaranhado e puxar o fio da cor que queremos, a cor de um assassino. Não é isso?

– É isso mesmo.

– Então me conte, se não for tedioso demais para o senhor entregar-se à repetição, tudo o que se sabe até o momento.

Ele parou para ouvir.

Monsieur Poirot ouviu o inspetor Kelsey, e ouviu Adam Goodman. Ele ouviu a breve recapitulação do chefe de polícia. Então se recostou, fechou os olhos e lentamente anuiu com a cabeça.

– Dois assassinatos – disse ele – cometidos no mesmo lugar e aproximadamente nas mesmas condições. Um rapto. O rapto de uma garota que poderia ser a figura central da trama. Vamos apurar primeiro *por que* ela foi raptada.

– Eu posso lhe contar o que ela mesma disse – colocou Kelsey.

Pois ele contou e Poirot o ouviu.

– Não faz sentido – ele reclamou.

– Foi isso que eu achei no momento. Na realidade achei que ela estava simplesmente se fazendo de importante...

– Mas o fato permanece de que ela *foi* raptada. Por quê?

– Já houve um pedido de resgate – disse Kelsey, devagar –, mas... – ele parou.

– Mas você acha que era falso? Será que foi enviado meramente para apoiar a teoria do sequestro?

– Isso mesmo. Os encontros marcados não foram observados.

– Shaista, então, foi raptada por alguma outra razão. Qual razão?

– Para que pudessem lhe forçar a contar onde os... hum... objetos de valor estavam escondidos? – sugeriu Adam em dúvida.

Poirot balançou a cabeça.

– Ela não sabia onde eles estavam escondidos – ele salientou. – Isso, pelo menos, está claro. Não, tem de haver algo...

Sua voz foi baixando. Ele ficou em silêncio, franzindo o cenho, por alguns instantes. Então se levantou e perguntou:

– Os joelhos dela – disse Poirot. – Você observou os joelhos dela?

Adam o encarou, pasmo.

– Não – disse ele. – Por que eu deveria?

– Existem muitas razões para um homem observar os joelhos de uma garota – disse Poirot severamente. – Infelizmente, você não fez.

– Havia algo diferente nos joelhos dela? Uma cicatriz? Algo assim? Eu não saberia dizer. Todas elas usam meias a maior parte do tempo, e suas saias têm o corte abaixo do joelho.

– Na piscina, talvez? – sugeriu Poirot, esperançoso.

– Nunca a vi entrar nela – disse Adam. – Frio demais para ela, imagino. Ela estava acostumada a um clima quente. No que o senhor está pensando? Uma cicatriz? Algo assim?

– Não, não é nada disso. Ah bem, uma pena.

Ele se virou para o chefe de polícia.

– Com sua permissão, vou entrar em contato com meu velho amigo, o *préfet**, em Genebra. Acho que ele pode ser capaz de nos ajudar.

– A respeito de algo que aconteceu quando ela estava na escola?

– É possível, sim. O senhor permite? Ótimo. É apenas uma pequena ideia minha. – Ele fez uma pausa e seguiu adiante: – A propósito, não há nada nos jornais a respeito do sequestro?

– O emir Ibrahim insistiu muito para que nada saísse.

– Mas vi uma pequena nota numa coluna de fofocas. Sobre certa jovem dama estrangeira que havia abandonado a sua escola de maneira muito repentina. Um romance em flor sugeriu o colunista? Para ser cortado na raiz se possível!

– Foi o que pensei – disse Adam. – Parecia uma boa linha para se seguir.

– Admirável. Agora passamos de sequestro para algo mais sério. Assassinato. Dois assassinatos em Meadowbank.

* Prefeito. (N.T.)

Capítulo 19

A conferência continua

I

– Dois assassinatos em Meadowbank – repetiu Poirot, pensativo.

– Esses são os fatos – disse Kelsey. – Se o senhor tiver quaisquer ideias...

– Por que o pavilhão de esportes? – disse Poirot. – Foi esta a sua pergunta, não é? – ele disse para Adam. – Bem, agora temos a resposta. Porque no pavilhão de esportes havia uma raquete de tênis contendo uma fortuna em joias. Alguém sabia a respeito da raquete. Quem era? Poderia ser a própria srta. Springer. Ela tinha, de acordo com vocês todos, um comportamento bastante estranho em relação ao pavilhão de esportes. Não gostava que as pessoas fossem lá, isto é, pessoas não autorizadas. Ela parecia suspeitar de seus motivos. Assim ocorreu no caso de mademoiselle Blanche, em particular.

– Mademoiselle Blanche – disse Kelsey pensativo.

Hercule Poirot se dirigiu a Adam mais uma vez.

– Você mesmo considerou estranho o comportamento de mademoiselle Blanche esquisito em relação ao pavilhão de esportes, não é?

– Ela ofereceu explicações – disse Adam. – Explicações demais. Eu nunca teria questionado seu direito dela de estar ali se ela não tivesse se esforçado tanto para justificá-lo.

Poirot assentiu com a cabeça.

– Exatamente. Isso com certeza nos faz pensar. Mas tudo que *sabemos* é que a srta. Springer foi morta no pavilhão de esportes a uma da manhã quando ela não tinha nada para fazer ali.

Ele se voltou para Kelsey.

– Onde a srta. Springer trabalhava antes de vir a Meadowbank?

– Não sabemos – disse o inspetor. – Ela deixou seu último emprego em – ele mencionou uma escola famosa –, no verão passado. Por onde ela andou, desde então, não sabemos. – Ele acrescentou secamente. – Não houve oportunidade para perguntar-lhe a respeito, antes de sua morte. Ela não tinha parentes próximos e tampouco, pelo visto, quaisquer amigos íntimos.

– O senhor *acha* que ela esteve em Ramat? – disse Poirot de maneira pensativa.

– Creio que havia um grupo de professoras escolares por lá na época em que ocorreram os problemas – disse Adam.

– Vamos dizer, então, que ela estava lá, que de alguma maneira ficou sabendo da raquete de tênis. Vamos supor que, após esperar um curto espaço de tempo para se familiarizar com a rotina em Meadowbank, ela saiu uma noite e foi ao pavilhão de esportes. Ela se apossou da raquete e estava prestes a remover as joias do seu esconderijo quando – ele fez uma pausa –, quando *alguém* a interrompeu. Alguém que a estivera observando? Seguindo-a naquela noite? Quem quer que tenha sido tinha uma pistola, e atirou nela, mas não teve tempo para retirar as joias, ou levar a raquete consigo, porque outros ouviram o tiro e estavam se aproximando do pavilhão de esportes.

Ele parou.

– O senhor acha que foi isso que aconteceu? – perguntou o chefe de polícia.

– Não sei – disse Poirot. – É uma possibilidade. A outra é que a pessoa com a pistola estava lá primeiro e foi surpreendida pela srta. Springer. Alguém de quem a srta. Springer já suspeitava. Ela era, conforme vocês me contaram, este tipo de mulher. Uma farejadora de segredos.

– E a outra mulher? – perguntou Adam.

Poirot olhou para ele. Então, devagar, passou a observar os outros dois homens.

– Vocês não sabem – disse ele. – E eu não sei. Talvez tenha sido alguém de fora...

Seu tom de voz era quase como uma pergunta.

Kelsey balançou a cabeça.

– Acho que não. Nós passamos um pente fino na vizinhança. Especialmente, é claro, no caso de estranhos. Havia uma madame Kolinsky hospedada aqui por perto, conhecida de Adam. Mas não há como ela estar envolvida em qualquer um dos assassinatos.

– Então tudo se resume a Meadowbank. E existe apenas um método para se chegar à verdade: eliminação.

Kelsey suspirou.

– Sim – disse ele. – Isto é tudo. Para o primeiro assassinato, há um campo muito aberto. Quase qualquer um poderia ter matado a srta. Springer. As exceções são a srta. Johnson e a srta. Chadwick e uma menina que estava com dor de ouvido. Mas o segundo assassinato estreita bastante as coisas. A srta. Rich, a srta. Blake e a srta. Shapland estão descartadas. A srta. Rich estava hospedada no hotel Alton Grange, a trinta quilômetros daqui, a srta. Blake estava em Littleport on Sea, a srta. Shapland estava em Londres num clube noturno, o Nid Sauvage, com o sr. Dennis Rathbone.

– E pelo que entendi, a srta. Bulstrode estava fora da escola também, não é?

Adam abriu um largo sorriso. O inspetor e o chefe de polícia pareciam chocados.

– A srta. Bulstrode – disse o inspetor severamente – estava hospedada com a duquesa de Welsham.

– Isso elimina a srta. Bulstrode então – disse Poirot de maneira grave. – E nos deixa com... o quê?

– Dois membros da equipe doméstica que dormem na escola, a srta. Gibbons e uma garota chamada Doris Hogg. Não posso considerar nenhuma delas seriamente. Isso nos deixa a srta. Rowan e a mademoiselle Blanche.

– E as alunas, é claro.

Kelsey parecia surpreso.

– Com certeza o senhor não suspeita delas?

– Francamente, não. Mas é necessário ser rigoroso nessas questões.

Kelsey não se importava com rigor. Ele seguiu em frente.

– A srta. Rowan trabalha na escola há mais de um ano. Ela tem um bom histórico. Não sabemos de nada contra ela.

– Então chegamos à mademoiselle Blanche. Aqui termina a jornada.

Houve silêncio.

– Não há provas – disse Kelsey. – Suas credenciais parecem genuínas.

– Elas teriam de ser – disse Poirot.

– Ela bisbilhotava – disse Adam. – Mas bisbilhotar não é prova de assassinato.

– Espere um minuto – disse Kelsey –, havia algo a respeito de uma chave. Na nossa primeira entrevista com ela, vou conferi-la depois, há alguma coisa sobre a chave do pavilhão ter caído da porta e ela tê-la recolhido e esquecido de colocar de volta no lugar. Então ela deixou o local com a chave e Springer a repreendeu.

– Quem quisesse ir até lá à noite para procurar pela raquete deveria ter a chave para entrar – disse Poirot. – Para isso, seria necessário fazer uma cópia.

– Certamente – disse Adam –, nesse caso ela nunca teria mencionado o incidente da chave para o senhor.

– Talvez não – disse Kelsey. – Springer poderia ter comentado com alguém o incidente da chave. Se assim foi, ela poderia achar melhor mencioná-lo de maneira casual.

– É um ponto a ser lembrado – disse Poirot.

– Isso não nos leva muito longe.

Ele olhou com desalento para Poirot.

– Parece que há – disse Poirot – (isto é, se fui informado corretamente), uma possibilidade. A mãe de Julia Upjohn, pelo que entendi, reconheceu alguém aqui no primeiro dia do trimestre. Alguém que ela se surpreendeu em ver. A partir desse contexto, parece provável que se tratava de alguém ligado à espionagem internacional. Se a sra. Upjohn apontar mademoiselle como a pessoa que ela reconheceu, então creio que poderemos proceder com alguma segurança.

– Mas na prática é diferente – disse Kelsey. – Tentamos contatar a sra. Upjohn, mas tem sido uma grande dor de cabeça! Quando a garota disse um ônibus, achei que ela queria dizer uma excursão organizada de ônibus, com um cronograma e um grupo viajando junto. Mas não é nada disso. Parece que ela está simplesmente tomando ônibus locais para qualquer lugar que lhe agrade! Ela não está viajando através da agência Cook ou outra agência conhecida. Está completamente sozinha, perambulando por aí. O que fazer com uma mulher dessas? Ela pode estar em qualquer lugar. A Anatólia é bem extensa!

– Sim, isso dificulta as coisas – disse Poirot.

– E há tantas excursões de ônibus por aí – disse o inspetor, incomodado. – Tudo facilitado para você, onde parar e o que ver, e taxas que incluem tudo, de maneira que você sabe quanto está gastando.

– Mas é evidente que esse tipo de viagem não atrai a sra. Upjohn.

– E, neste ínterim, cá estamos – seguiu Kelsey. – Sem conseguir sair do lugar! Aquela francesa pode se mandar no momento que desejar. Não temos nada para segurá-la.

Poirot balançou a cabeça.

– Ela não fará isso.

– O senhor não pode ter certeza.

– Eu tenho certeza. Se você cometesse um assassinato, você não faria nada fora do comum que pudesse chamar atenção. Mademoiselle Blanche vai continuar aqui, sossegada, até o fim do trimestre.

– Espero que o senhor esteja certo.

– Tenho certeza de que estou. E lembre-se: a pessoa que a sra. Upjohn viu *não sabe que foi reconhecida*. A surpresa, quando ocorrer, será completa.

Kelsey suspirou.

– Se isso é tudo que temos para seguir em frente...

– Há outras coisas. Conversas, por exemplo.

– Conversas?

– Uma conversa é muito valiosa. Mais cedo ou mais tarde, quando se tem algo a esconder, começa-se a falar demais.

– E se entregar? – O chefe de polícia parecia cético.

– Não é tão simples assim. A pessoa mantém-se reservada quanto ao que está tentando esconder. Mas, com frequência, fala demais sobre outras coisas. E existem outros usos para a conversa. Há pessoas inocentes que sabem de coisas, mas não estão conscientes da importância do que elas sabem. E isso me lembra...

Ele se levantou.

– Peço licença. Preciso perguntar à srta. Bulstrode se alguém aqui sabe desenhar.

– Desenhar?

– Desenhar.

– Bem – disse Adam, quando Poirot deixou a sala. – Primeiro joelhos de garotas e agora desenhos! O que virá em seguida?

II

A srta. Bulstrode respondeu às perguntas de Poirot sem demonstrar qualquer surpresa.

– A srta. Laurie é nossa professora visitante de desenho – disse ela de maneira direta. – Mas ela não está aqui hoje. O que o senhor quer que ela desenhe? – ela acrescentou gentilmente como se estivesse falando com uma criança.

– Rostos – disse Poirot.

– A srta. Rich é boa em desenhar pessoas. Ela tem talento para retratos.

– É disso mesmo que preciso.

A srta. Bulstrode, ele notou com aprovação, não lhe fez perguntas quanto às suas razões. Ela simplesmente saiu da sala e voltou com a srta. Rich.

Após as apresentações, Poirot disse:

– Você sabe desenhar pessoas? Com rapidez? A lápis?

Eileen Rich assentiu com a cabeça.

– Eu sempre desenho. Por diversão.

– Ótimo. Por favor, então, desenhe para mim a falecida srta. Springer.

– Isso é difícil. Eu a conhecia havia tão pouco. Vou tentar. – Ela apertou os olhos, então começou a desenhar com rapidez.

– *Bien* – disse Poirot, tomando o desenho dela. – Agora, por favor, a srta. Bulstrode, a srta. Rowan, mademoiselle Blanche e, sim, o jardineiro Adam.

Eileen Rich olhou para ele, em dúvida, e então começou a trabalhar. Ele olhou para o resultado e assentiu com a cabeça de maneira apreciativa.

– A senhorita é boa, muito boa. Tão poucos traços, e, no entanto, a semelhança aí está. Agora vou pedir-lhe que faça algo mais difícil. Dê, por exemplo, à srta. Bulstrode um penteado diferente. Mude o formato de suas sobrancelhas.

Eileen olhou-o como se ele estivesse louco.

– Não – disse Poirot. – Não estou louco. Só estou fazendo um experimento. Por favor, faça como estou pedindo.

Instantes depois ela disse:

– Pronto.

– Excelente. Agora faça o mesmo para mademoiselle Blanche e a srta. Rowan.

Quando ela terminou, Poirot colocou lado a lado os três desenhos.

– Agora vou lhe mostrar algo – disse ele. – A srta. Bulstrode, apesar das mudanças que você fez, ainda é inequivocamente a srta. Bulstrode. Mas veja as outras duas. Como seus traços são negativos, e já que não têm a personalidade da srta. Bulstrode, elas parecem quase pessoas diferentes, não é?

– Entendo o que o senhor quer dizer – disse Eileen Rich.

Ela ficou olhando para Poirot, enquanto ele guardava com cuidado os desenhos.

– O que o senhor vai fazer com eles? – ela perguntou.

– Usá-los – disse Poirot.

Capítulo 20

Conversa

– Bem – não sei o que dizer – disse a sra. Sutcliffe. – Realmente não sei o que dizer...

Ela olhou com aversão explícita para Hercule Poirot.

– Henry, é claro – disse ela –, não está em casa.

O significado dessa declaração era ligeiramente obscuro, mas Hercule Poirot achou que sabia o que ela tinha em mente. Henry, ela sentia, seria capaz de lidar com este tipo de coisa. Henry tinha tantos negócios internacionais. Ele estava sempre voando para o Oriente Médio e para Gana e para a América do Sul e para Genebra, e mesmo, algumas vezes, mas não tantas, para Paris.

– Tudo isso – disse a sra. Sutcliffe – tem sido muito incômodo. Fiquei tão feliz em ter Jennifer de volta, em segurança. Embora eu deva dizer que – ela acrescentou com um traço de irritação –, Jennifer tem sido muito cansativa. Após ter feito um drama enorme sobre entrar em Meadowbank e dizer que não gostaria de lá, e que era uma escola esnobe e não o tipo que ela gostaria, *agora* ela passa o dia inteiro amuada porque eu a trouxe para casa. É realmente terrível.

– Trata-se inegavelmente de uma escola muito boa – disse Hercule Poirot. – Muitas pessoas dizem ser a melhor escola na Inglaterra.

– Eu diria que *era* – disse a sra. Sutcliffe.

– E vai voltar a ser – disse Hercule Poirot.

– Você acha? – A sra. Sutcliffe olhou para ele, em dúvida. Suas maneiras compreensivas começavam a penetrar as defesas dela. Não há nada que alivie mais o fardo da vida das mães do que deixar que desabafem sobre as dificuldades, recusas e frustrações que têm ao lidar com sua prole. A lealdade às vezes obriga à resignação silenciosa. Mas, a um estrangeiro como Hercule Poirot, a srta. Sutcliffe sentia que essa lealdade não era aplicável. Não era como falar com outra mãe.

– Meadowbank – disse Hercule Poirot – está apenas passando por uma fase desfavorável.

Foi a melhor coisa que conseguiu dizer no momento. Ele sentiu a sua inadequação, e a sra. Sutcliffe deitou as garras sobre ela imediatamente.

– Bem mais do que desfavorável! – disse ela. – Dois assassinatos! E uma garota raptada. Você não pode mandar a sua filha para uma escola onde as professoras são assassinadas a toda hora.

Parecia um ponto de vista altamente razoável.

– Se os assassinatos – disse Poirot – revelarem-se o trabalho de uma só pessoa e esta pessoa for presa, isto fará diferença, não fará?

– Bem – imagino que sim – disse a srta. Sutcliffe, em dúvida. – Quero dizer... o senhor quer dizer, entendo, como Jack o Estripador ou aquele outro homem... quem era ele? Algo a ver com Devonshire. Cream. Neil Cream. Que saíram matando um tipo desgraçado de mulher. Suponho que este assassino simplesmente saia por aí matando professoras! Se o senhor conseguir colocá-lo em segurança na prisão e enforcá-lo também, espero, porque só se pode cometer um assassinato para escapar da força, não é? Como um cão, que só pode morder uma vez... o que eu estava dizendo? Sim, se ele estiver preso em segurança, bem, então, suponho que *seria* diferente. É claro que não podem existir muitas pessoas assim, não é?

– Esperamos que não, com certeza – disse Hercule Poirot.

– Mas então há esse rapto também – salientou a sra. Sutcliffe. – Você não quer mandar sua filha para uma escola onde ela pode ser raptada, também, não lhe parece?

– Seguramente não, senhora. Vejo que a senhora compreende a situação toda com muita clareza. Está certa em tudo que disse.

A sra. Sutcliffe demonstrou ligeira satisfação. Ninguém lhe dizia nada assim ultimamente. Henry meramente dizia coisas como "De onde você tirou a ideia de mandá-la para a Meadowbank, em primeiro lugar?", e Jennifer estava amuada e se recusava a responder.

– Eu *pensei* sobre o caso – disse ela. – E bastante.

– Então eu não deveria deixar que o rapto a preocupasse, madame. *Entre nous*, se a senhora me permite falar em confiança, a respeito da princesa Shaista... não se trata exatamente de um rapto, suspeitamos de um romance...

– O senhor quer dizer que a garota travessa simplesmente fugiu para casar com alguém?

– De minha boca não sai nada – disse Hercule Poirot. – A senhora compreende que não é desejável que haja escândalo algum. Isso é em confiança *entre nous*. Sei que a senhora não dirá nada a ninguém.

– É claro que não – disse a sra. Sutcliffe de maneira virtuosa. Ela olhou para a carta do chefe de polícia que Poirot havia trazido. – Não entendo muito bem quem é o senhor, mon... sieur Poirot. O senhor é o que chamam nos livros... um detetive particular?

– Sou um consultor – respondeu Hercule Poirot com orgulho.

Este sabor de Harley Street encorajou bastante a sra. Sutcliffe.

– Sobre o que o senhor quer falar com Jennifer? – ela questionou.

– Apenas colher as impressões dela sobre as coisas – disse Poirot. – Ela é perspicaz, não?

– Temo que eu não diria isso – disse a srta. Sutcliffe. – Ela não é o que eu chamaria de uma garota observadora. Quero dizer, ela é sempre tão objetiva.

– É melhor do que inventar coisas que nunca aconteceram – disse Poirot.

– Jennifer nunca faria *este* tipo de coisa – disse a sra. Sutcliffe com convicção. Ela se levantou, foi até a janela e chamou: – Jennifer.

– Eu gostaria – disse ela para Poirot quando voltou mais uma vez – que o senhor tentasse convencer Jennifer de que o pai dela e eu só estamos querendo fazer o melhor que podemos por ela.

Jennifer entrou na sala com uma expressão de mau humor e olhou com suspeita profunda para Hercule Poirot.

– Como você vai? – disse Poirot. – Sou um amigo, de longa data, de Julia Upjohn. Ela veio a Londres para me encontrar.

– Julia foi a Londres? – perguntou Jennifer, ligeiramente surpresa. – Por quê?

– Para pedir meu conselho – disse Hercule Poirot.

Jennifer olhou para ele sem acreditar.

– Consegui ajudá-la – disse Poirot. – Ela está agora de volta a Meadowbank – ele acrescentou.

– Então sua tia Isabel não a *tirou* da escola – disse Jennifer, disparando um olhar irritado para sua mãe.

Poirot olhou para a sra. Sutcliffe, e, por alguma razão, talvez porque ela estivesse conferindo a roupa lavada quando Poirot chegou ou talvez por alguma compulsão inexplicada, ela se levantou e deixou a sala.

– É um pouco difícil – disse Jennifer – estar distante de tudo que está acontecendo por lá. Toda essa onda! Eu disse para mamãe que era bobagem. Afinal de contas, nenhuma das *alunas* foi morta.

– Você tem algum palpite sobre os assassinatos? – perguntou Poirot.

Jennifer balançou a cabeça.

– Alguém biruta? – ela sugeriu. Então acrescentou, pensativa. – Imagino que a srta. Bulstrode terá de contratar algumas professoras novas agora.

– Parece possível, sim – disse Poirot. Ele continuou: – Estou interessado, mademoiselle Jennifer, na mulher que veio e lhe ofereceu uma nova raquete em troca da velha. Você se lembra?

– Acho que me lembro – disse Jennifer. – Não descobri até hoje quem a mandou. Por certo, foi a tia Gina.

– Como essa mulher se parecia? – disse Poirot.

– A que trouxe a raquete? – Jennifer semicerrou os olhos como se estivesse pensando. – Bem, não sei. Ela usava um vestido um tanto exagerado e uma capa curta, acho. Azul, e um chapéu mole.

– Sim? – disse Poirot. – Eu me referia mais ao seu rosto do que a suas roupas.

– Usava bastante maquiagem – disse Jennifer vagamente. – Um pouco demais para o campo, quero dizer, e cabelo claro. Acho que ela era americana.

– Você já a havia visto antes?

– Oh, não – disse Jennifer. – Não acho que ela more naquela região. Ela disse que tinha vindo para um almoço ou coquetel, algo assim.

Poirot olhou para ela, pensativo. Estava interessado na completa aceitação de Jennifer de tudo que lhe fosse dito. Ele disse ternamente:

– Mas talvez ela não estivesse falando a verdade?

– Não, suponho que não – disse Jennifer.

– Você tem certeza que nunca a vira antes? Ela não poderia ser, por exemplo, uma das garotas, disfarçada? Ou uma das professoras?

– Disfarçada? – Jennifer parecia perplexa.

Poirot colocou diante dela um desenho que Eileen Rich havia feito para ele de mademoiselle Blanche.

– Olha – disse Jennifer –, não prestei muita atenção nela. Ela era americana e estranha, e então me falou da raquete...

Após isso, é claro, Jennifer não teve mais olhos para nada a não ser seu novo bem.

– Compreendo – disse Poirot. Ele seguiu em frente: – Você viu alguma vez em Meadowbank alguém que você vira lá em Ramat?

– Em Ramat? – pensou Jennifer. – Não... pelo menos, acho que não.

Poirot não deixou passar a ligeira expressão de dúvida.

– Mas você não tem *certeza*, mademoiselle.

– Bem – Jennifer coçou a testa com uma expressão preocupada –, quero dizer, você sempre vê pessoas que se parecem com outras. E não consegue se lembrar com quais, exatamente. Às vezes você vê pessoas que *conheceu*, mas não lembra quem são. E elas dizem para você: "Você não se lembra de mim", e isto é terrivelmente constrangedor porque você não lembra mesmo. Quero dizer, você lembra vagamente de seus rostos, mas não consegue lembrar-se de seus nomes ou onde você as viu.

– Isso é bem verdade – disse Poirot. – Sim, isso é bem verdade. Amiúde passamos por esta experiência – ele fez uma pausa por um momento, então seguiu em frente, encorajando-a com tato. – A princesa Shaista, por exemplo, você provavelmente *a* reconheceu quando a viu porque deve tê-la visto em Ramat.

– Ela estava em Ramat?

– É muito provável que sim – disse Poirot. – Afinal de contas ela faz parte da família real. Quem sabe você a viu lá?

– Acho que não – disse Jennifer franzindo o cenho. – De qualquer maneira, ela não andaria em Ramat com o rosto descoberto, andaria? Quero dizer, todas as mulheres usam véus e coisas assim. Apesar de os tirarem em Paris e no Cairo, acho. E em Londres, é claro – ela acrescentou.

– De qualquer maneira, você não sentiu ter visto alguém em Meadowbank que você já vira antes?

– Não, tenho certeza. É claro que a maioria das pessoas se parece, e você pode tê-las visto em qualquer lugar. Só quando alguém tem um rosto esquisito como a srta. Rich que você nota.

– Você acha que viu a srta. Rich em algum lugar antes?

– Na verdade acho que não. Deve ter sido alguém parecido com ela. Mas era uma pessoa muito mais gorda do que ela.

– Uma pessoa muito mais gorda – disse Poirot, pensativo.

– É difícil imaginar a srta. Rich gorda – disse Jennifer com uma risadinha. – Ela é tão espantosamente magra e elegante. E de qualquer maneira, a srta. Rich não poderia estar em Ramat naquela época porque ela esteve doente no trimestre passado.

– E as outras garotas? – disse Poirot. – Você já tinha visto alguma das garotas antes?

– Apenas as que eu já conhecia – disse Jennifer. – Eu conhecia uma ou duas delas. Afinal de contas, eu estava lá havia apenas três semanas e realmente não conheço metade das pessoas na escola nem mesmo de vista. Eu não reconheceria a maioria delas se as encontrasse amanhã.

– Você deveria observar mais as coisas – disse Poirot com severidade.

– Não se pode observar tudo – protestou Jennifer. E seguiu: – Se Meadowbank vai continuar funcionando eu gostaria de voltar. O senhor poderia me ajudar com a mamãe. Apesar de que, na verdade – ela acrescentou –, acho que papai é o obstáculo. É horrível aqui no campo. Não tenho *nenhuma* oportunidade para melhorar meu tênis.

– Asseguro-lhe que vou fazer o que puder – disse Poirot.

Capítulo 21

Juntando as pontas

I

– Eu gostaria de falar com você, Eileen – disse a srta. Bulstrode.

Eileen Rich seguiu a srta. Bulstrode até a sala desta. Meadowbank estava estranhamente silenciosa. Em torno de 25 alunas ainda estava ali. Alunas cujos pais haviam achado difícil ou indesejável levá-las para casa. A corrida causada pelo pânico havia, como desejara a srta. Bulstrode, sido contida por suas táticas. Havia um sentimento geral de que, até o próximo trimestre, tudo estaria esclarecido. Seria muito mais sensato da parte da srta. Bulstrode, eles achavam, fechar a escola.

Ninguém de sua equipe havia partido. A srta. Johnson afligia-se com tempo demais em suas mãos. Um dia no qual havia muito pouco a fazer não lhe era nem um pouco apropriado. A srta. Chadwick, parecendo velha e miserável, perambulava pela escola como numa espécie de coma de infelicidade. Pelo visto, ela fora atingida de maneira muito mais dura do que a srta. Bulstrode. A srta. Bulstrode, na verdade, conseguira sem dificuldade permanecer completamente íntegra, imperturbável, e sem nenhum sinal de tensão ou colapso.

As duas professoras mais jovens não eram avessas ao lazer. Banhavam-se na piscina, escreviam longas cartas para amigos e familiares e encomendavam folhetos das agências de viagem para estudar e comparar. Ann Shapland tinha bastante tempo livre e não parecia ressentir-se com o fato. Ela passava grande parte desse tempo no jardim e devotava-se à jardinagem com uma eficiência bastante inesperada. O fato de ela preferir ser instruída no trabalho por Adam, em vez de pelo velho Briggs, talvez não fosse um fenômeno anormal.

– Sim, srta. Bulstrode? – disse Eileen Rich.

– Estou querendo falar com você há algum tempo – disse a srta. Bulstrode. – Se esta escola pode continuar ou não, eu não sei. O que as pessoas vão pensar é sempre relativamente incalculável porque todas pensam diferente. Mas, no final das contas, quem estiver mais convicto vai terminar convertendo todo o resto. Então, ou Meadowbank está acabada ou...

– Não – disse Eileen Rich, a interrompendo –, não está acabada. – Ela quase bateu o pé no chão, e seu cabelo logo começou a cair sobre o rosto. – A senhora não pode deixá-la terminar – disse ela. – Seria um pecado... um crime.

– Você fala com muita convicção – disse a srta. Bulstrode.

– Eu sinto muita convicção. Existem tantas coisas que realmente não valem nem um pouco a pena, mas com Meadowbank é o contrário. Ela parecia valer a pena para mim assim que cheguei aqui.

– Você é uma lutadora – disse a srta. Bulstrode. – Eu gosto de lutadoras, e asseguro-lhe de que não pretendo me entregar docilmente. De certa maneira, vou gostar da luta. Você sabe, quando tudo é fácil demais e as coisas andam bem demais você fica... me escapa a palavra exata... complacente? Entediada? Um tipo de híbrido dos dois. Mas não estou entediada agora e não sou complacente, e vou lutar com cada grama de força que tiver, e também com cada centavo que tiver. Mas o que quero dizer-lhe é isso: se Meadowbank continuar, você entraria como sócia?

– Eu? – Eileen Rich a encarou. – Eu?

– Sim, querida – disse a srta. Bulstrode. – Você.

– Eu não poderia – disse Eileen Rich. – Não sei o suficiente. Sou jovem demais. Ora, não tenho a experiência ou o conhecimento que a senhora quer.

– Deixe que eu mesma decida o que quero – disse a srta. Bulstrode. – Veja bem, esta não é, no momento atual, uma boa oferta. Você provavelmente estaria melhor se fosse para outro lugar. Mas quero contar-lhe isto, e você tem de acreditar em mim. Eu já decidira, antes da morte lamentável da srta. Vansittart, que você era a pessoa que eu queria para levar esta escola adiante.

– É verdade? – Eileen Rich a encarou. – Mas eu achei, e todos achamos, que a srta. Vansittart...

– Não houve um acordo feito com a srta. Vansittart – disse a srta. Bulstrode.

– Confesso que a tinha em mente. Tive-a durante os últimos dois anos. Mas algo sempre me impediu de dizer qualquer coisa definitiva sobre o assunto. Eu diria que todos presumiram que ela seria minha sucessora. Ela mesma deve ter acreditado nisto. Eu mesma acreditei, até muito tempo. Então decidi que não era ela quem eu queria.

– Mas ela é tão adequada em todos os aspectos – disse Eileen Rich. – Ela teria continuado tudo exatamente como a senhorita, com exatamente as suas ideias.

– Sim – disse a srta. Bulstrode –, e aí estaria o erro. Você não pode se prender ao passado. Certo grau de tradição é bom, mas nunca demais. Uma escola é para as crianças de *hoje*. Não é para as crianças de cinquenta anos atrás ou mesmo trinta anos atrás. Existem algumas escolas em que a tradição é mais importante do que tudo, mas Meadowbank não é uma delas. Não é uma escola com uma longa tradição que a preceda. É a criação, se me permite dizê-lo, de uma única mulher. Eu. Tentei determinadas ideias e as levei adiante da melhor maneira possível, apesar de ocasionalmente ter sido obrigada a modificá-las quando elas não haviam produzido os resultados que eu esperara.

"Nunca foi uma escola convencional, porém nunca se orgulhou de ser uma escola anticonvencional. É uma escola que tenta tirar o melhor de dois mundos: o passado e o futuro, mas a ênfase é sobre o presente. É assim que a escola seguirá em frente, como ela deve seguir em frente. Administrada por alguém com ideias, ideias do presente. Mantendo o que é sábio do passado, ansiando pelo futuro. Você tem quase a idade que eu tinha quando comecei esta escola, mas você tem o que eu não mais posso ter. Você vai encontrar escrito na Bíblia. *Seus velhos homens sonham sonhos e seus jovens têm visões.* Não precisamos de sonhos aqui, precisamos de visão. Acredito que você tenha visão e, por isso, decidi que a pessoa certa é você e não Eleanor Vansittart."

– Teria sido maravilhoso – disse Eileen Rich. – Maravilhoso. O que eu mais gostaria de ter feito.

A srta. Bulstrode ficou ligeiramente surpresa com o tempo verbal, mas não demonstrou. Em vez disso, ela concordou de pronto.

– Sim – disse ela –, teria sido maravilhoso. Mas não é maravilhoso agora? Bem, acho que entendo você.

– Não, não quis dizer isso – disse Eileen Rich. – De forma alguma. Eu... eu não posso realmente entrar em detalhes, mas se a senhorita tivesse... se a senhorita tivesse me perguntado, falado comigo desta forma há uma semana ou duas, eu teria dito na hora que não poderia, que seria impossível. A única razão pela qual pode ser... pela qual pode ser possível agora é, bem, porque se trata de lutar... de encarar as coisas. Posso... posso pensar a respeito, srta. Bulstrode? Não sei o que dizer agora.

– É claro – disse a srta. Bulstrode. Ela ainda estava surpresa. Nunca se podia estar certa, pensou ela, a respeito de ninguém.

II

– Lá vai a Rich com seu cabelo se soltando de novo – disse Ann Shapland, enquanto se erguia de um canteiro. – Se ela não consegue controlá-lo, não sei por que não o corta. Ela tem uma cabeça bem formada e ficaria melhor.

– Diga isso a ela – disse Adam.

– Não somos tão próximas – disse Ann Shapland. Ela continuou: – Você acha que esta escola vai sobreviver?

– Esta é uma questão muito duvidosa – disse Adam –, e quem sou eu para julgar?

– Você pode julgar tão bem quanto qualquer um – disse Ann Shapland. – Talvez sobreviva. A velha Buls, como as garotas a chamam, tem coragem para tanto. E um efeito hipnotizador sobre os pais, para começar. Quanto tempo se passou desde o início do trimestre... apenas um mês? Parece um ano. Ficarei contente quando chegar ao fim.

– A senhorita voltará para cá se a escola continuar?

– Não – disse Ann enfaticamente –, não mesmo. Estou farta de escolas pelo resto de minha vida. De qualquer maneira, não fui feita para ficar confinada com um bando de mulheres. E, francamente, não gosto de assassinatos. É o tipo de coisa divertida de se ler nos jornais, ou antes de dormir lendo um bom livro. Mas a coisa real não é tão boa. Acho – acrescentou Ann, pensativa – que, quando sair aqui no fim do trimestre, vou me casar com Dennis e criar raízes em algum lugar.

– Dennis? – disse Adam. – Este é o sujeito que a senhorita mencionou, não é? Até onde me lembro, seu trabalho o levou para a Birmânia, Malásia, Singapura, Japão e lugares assim. Não seria exatamente criar raízes, não é, casar-se com ele?

Ann riu de repente.

– Não, suponho que não. Não no sentido físico, geográfico.

– Acho que a senhorita pode encontrar um marido melhor que Dennis – disse Adam.

– Você está me fazendo uma proposta? – disse Ann.

– Certamente não – respondeu Adam. – A senhorita é uma jovem ambiciosa e não casaria com um humilde jardineiro trabalhador.

– Estive pensando em casar-me com alguém do departamento de investigação criminal – disse Ann.

– Não faço parte deste departamento – disse Adam.

– Não, é claro que não – disse Ann. – Vamos manter as aparências. Você não é do departamento de investigação criminal. Shaista não foi raptada, e tudo neste jardim é adorável. Na verdade é – ela acrescentou, olhando à sua volta. – Mesmo assim – disse ela após alguns instantes –, não compreendo como Shaista foi aparecer em Genebra ou qualquer que seja a história. Como ela chegou lá? Vocês devem ser muito negligentes para deixá-la ser tirada do país.

– De minha boca não sai nada – disse Adam.

– Acho que vocês não sabem nada sobre o caso – disse Ann.

– Tenho de admitir – disse Adam – que devemos agradecer a monsieur Hercule Poirot por sua ideia brilhante.

– Quem, aquele homenzinho engraçado que trouxe Julia de volta e foi encontrar-se com a srta. Bulstrode?

– Sim. Ele se diz – disse Adam – um detetive consultor.

– Acho que ele está bem ultrapassado – disse Ann.

– Não entendo o que ele pretende – disse Adam. – Ele chegou a visitar minha mãe... ou um amigo dele o fez.

– Sua mãe? – perguntou Ann. – Por quê?

– Não faço ideia. Ele parece ter uma espécie de interesse mórbido por mães. Ele foi ver a mãe de Jennifer também.

– Ele foi ver a mãe da srta. Rich e de Chaddy?

– Pelo que sei a srta. Rich não tem mãe – disse Adam. – Caso contrário, sem dúvida, ele teria ido vê-la.

– A srta. Chadwick tem uma mãe em Cheltenham, ela me disse – disse Ann –, mas ela tem uns oitenta anos, acho. Pobre srta. Chadwick, ela mesma parece ter oitenta. Ela está vindo falar conosco.

Adam ergueu os olhos na direção da professora.

– Sim – disse ele –, ela envelheceu muito na última semana.

– Porque ela ama de verdade a escola – disse Ann. – É toda sua vida. Ela não suporta vê-la desintegrando-se.

A srta. Chadwick realmente parecia dez anos mais velha do que no primeiro dia de aulas do trimestre. Seus passos haviam perdido sua vigorosa eficiência. Ela não mais saltitava pela escola, feliz e radiante. Ela aproximava-se deles agora, arrastando um pouco os pés.

– A srta. Bulstrode gostaria de vê-lo, por favor – disse ela para Adam. – Ela tem algumas instruções sobre o jardim.

– Vou ter de me limpar um pouco primeiro – disse Adam. Ele largou suas ferramentas e seguiu na direção da estufa.

Ann e a srta. Chadwick caminharam juntas na direção da escola.

– Parece silencioso, não parece – disse Ann, olhando à sua volta. – Como a plateia vazia de um teatro – ela acrescentou, pensativa –, com as pessoas espaçadas pela bilheteria com o maior tato possível para fazê-las parecer uma plateia de verdade.

– É terrível – disse a srta. Chadwick –, terrível! Terrível pensar que Meadowbank chegou a *este* ponto. Não consigo me acostumar com isto. Não consigo dormir à noite. Tudo em ruínas. Todos os anos de trabalho, construindo algo realmente bom.

– Ela pode voltar a ser o que era antes – disse Ann de maneira encorajadora. – Você sabe que as pessoas têm memória muito curta.

– Não tão curta que esqueçam isso – disse a srta. Chadwick, sombria.

Ann não respondeu. Em seu coração ela concordava com a srta. Chadwick.

III

Mademoiselle Blanche saiu da sala onde ela estivera ensinando literatura francesa.

Ela olhou para seu relógio. Sim, haveria tempo mais do que suficiente para o que ela queria fazer. Com tão poucas alunas havia sempre tempo sobrando ultimamente.

Ela foi até seu quarto e colocou seu chapéu. Ela não era do tipo que saía sem chapéu. Mademoiselle Blanche estudou sua aparência no espelho com satisfação. Não era uma personalidade a ser notada! Bem, poderia haver vantagens nisso! Ela sorriu para si mesma. Fora fácil para ela usar as referências de sua irmã. Mesmo a foto do passaporte passara despercebida. Teria sido uma tremenda lástima desperdiçar essas excelentes credenciais quando Angèle havia morrido. Angèle gostava mesmo de dar aulas. Para mademoiselle Blanche, elas eram uma chatice insuportável. Mas o pagamento era excelente. Muito acima do que ela seria capaz de ganhar. E, além disso, era inacreditável como tudo havia corrido bem. O futuro seria muito diferente. Oh sim, muito diferente. A desleixada mademoiselle Blanche seria transformada. Ela viu tudo isso em sua mente. A Riviera. Ela vestida com elegância, maquiada de acordo. Tudo que você precisava no mundo era dinheiro. Sim, as coisas seriam muito agradáveis. Valera a pena ter vindo para esta detestável escola inglesa.

Ela pegou sua bolsa e saiu do quarto e seguiu pelo corredor. Seus olhos voltaram-se para a mulher ajoelhada que se ocupava por ali. Uma nova diarista. Uma espiã da polícia, é claro. Como eram simplórios em pensar que ninguém iria notar!

Com um sorriso desdenhoso nos lábios, ela saiu do prédio e seguiu pelo acesso até o portão da frente. A parada de ônibus ficava quase em frente à escola, no outro lado da estrada. Ela ficou por ali, esperando. O ônibus chegaria a qualquer momento.

Havia muito poucas pessoas nesta estrada tranquila do interior. Um carro, com um homem inclinado sobre uma capota aberta. Uma bicicleta encostada contra uma cerca. Um homem também esperando pelo ônibus.

Um ou outro dos três, sem dúvida, a seguiria. Seria feito habilmente, não de maneira óbvia. Ela estava bastante ciente do fato, e isto não a preocupava. Sua "sombra" era bem-vinda para ver aonde ela ia e o que fazia.

O ônibus chegou. Ela entrou. Quinze minutos depois, ela desceu na praça principal da cidade. Mademoiselle Blanche não se deu ao trabalho de olhar para trás e atravessou a rua, até onde a vitrine de uma grande loja de departamentos exibia novos modelos de vestidos. Material de segunda, para gostos provincianos, ela pensou, contraindo os lábios. Mas ela ficou parada olhando para eles como se estivesse muito atraída.

Em seguida ela entrou, fez uma ou duas compras banais, então subiu até o primeiro andar e entrou no toalete feminino. Havia uma mesinha, algumas espreguiçadeiras e uma cabine telefônica ali. Mademoiselle Blanche entrou na cabine, colocou as moedas necessárias e discou o número que queria, esperando ouvir se a voz certa a atenderia.

Ela assentiu em aprovação, apertou o botão A e falou.

– Aqui é da Maison Blanche. Você está me entendendo, a Maison *Blanche*? Tenho de falar a respeito de uma conta em aberto. Você tem até amanhã à noite. Amanhã à noite, para depositar a soma que direi na conta da Maison Blanche, na agência da rua Ledbury do Credit Nationale, em Londres.

Ela especificou a soma.

– Se esse dinheiro não for depositado, serei obrigada a relatar para as autoridades legais o que testemunhei na noite do dia doze. Refiro-me, preste atenção, à srta. Springer. Você tem pouco mais de 24 horas.

Ela desligou e saiu para o toalete. Uma mulher acabara de entrar. Mais uma cliente da loja talvez, ou talvez não. Mesmo que não fosse, era tarde demais para algo ser ouvido.

Mademoiselle Blanche arrumou-se no banheiro adjacente, então voltou para a loja e experimentou duas blusas, mas não as comprou; ela saiu para a rua novamente, sorrindo para si mesma. Passou os olhos por uma livraria e então pegou o ônibus de volta para Meadowbank.

Ela ainda sorria para si mesma quando chegou ao acesso da escola. Ela tinha arranjado as coisas muito bem. A soma que havia exigido não havia sido grande demais – possível de se conseguir a curto prazo. E lhe serviria, por ora. Porque, é claro, no futuro, seriam feitas mais exigências...

Sim, que bela fonte de renda seria. Ela não tinha remorso algum. Mademoiselle Blanche não considerava de forma alguma seu dever relatar à polícia o que sabia e havia visto. Aquela Springer havia sido uma mulher detestável, rude, *mal élevée.** Metendo-se onde não era chamada. Bem, ele teve o que merecia.

Mademoiselle Blanche ficou por um tempo junto à piscina. Ela observou Eileen Rich saltando na água. Então Ann Shapland também subiu na plataforma e saltou – muito bem, diga-se. Havia risos e gritinhos das garotas.

Um sino tocou, e mademoiselle Blanche foi para sua classe de iniciantes. Elas estavam desatentas e cansativas, mas ela mal reparou. Sua carreira de professora logo estaria terminada para sempre.

---

* Mal-educada. (N.T.)

Ela subiu até o quarto para se arrumar para a janta. Vagamente, sem perceber de fato, ela notou que havia jogado seu casaco sobre uma cadeira no canto em vez de pendurá-lo como sempre fazia.

Ela inclinou-se para frente, estudando seu rosto no espelho. Aplicou pó de arroz, batom...

O movimento foi tão rápido que a pegou completamente de surpresa. Sem um ruído! Profissional. O casaco sobre a cadeira pareceu levantar-se sozinho, cair no chão, e, num instante, por trás de mademoiselle Blanche, uma mão com um saco de areia ergueu-se e, enquanto ela movia os lábios para gritar, caiu-lhe, surdamente, sobre a nuca.

Capítulo 22

Incidente na Anatólia

A sra. Upjohn estava sentada à beira da estrada, de onde se via uma ravina profunda. Conversava, parte em francês e parte através de gestos, com uma mulher turca grande e robusta que estava lhe contando com os maiores detalhes possíveis, diante destas dificuldades de comunicação, tudo sobre seu último aborto. Ela tivera nove filhos, explicou. Oito garotos e cinco abortos. Ela parecia tão satisfeita com os abortos quanto com os nascimentos.

– E você? – ela cutucou a sra. Upjohn amigavelmente nas costelas. – *Combien? Garçons? Filles? Combien?** – Ela ergueu as mãos, pronta para contar nos dedos.

– *Une fille* – respondeu a sra. Upjohn.

– *Et garçons?*

Vendo que estava prestes a perder a estima da mulher turca, a sra. Upjohn, num acesso de nacionalismo, terminou mentindo sobre si mesma. Mostrou os cinco dedos da sua mão direita.

– *Cinq* – disse ela.

– *Cinq garçons? Très bien!***

A turca assentiu com aprovação e respeito. Ela acrescentou que era uma pena que sua prima, que falava francês fluentemente, não estivesse ali para que pudessem se entender muito melhor. Ela então retomou a história do seu último aborto.

---

* "Quantos? Meninos? Meninas? Quantos?" (N.T.)

** "Cinco meninos? Muito bem!" (N.T.)

Os outros passageiros estavam espalhados ali por perto, comendo um e outro bocado de comida que traziam em cestas. O ônibus, desgastado pelo uso, estava estacionado contra uma rocha que se inclinava sobre a estrada, e o motorista e outro homem estavam ocupados dentro da capota do motor. A sra. Upjohn havia perdido completamente a noção exata do tempo. Enchentes haviam bloqueado duas estradas, desvios foram necessários, e, em certa ocasião, eles ficaram presos por sete horas até que o nível do rio que atravessavam baixasse. Ancara situava-se num futuro provável, e isto era tudo que ela sabia. Ela ouvia a conversa ansiosa e incoerente da sua amiga, tentando adivinhar quando assentir com admiração e quando balançar a cabeça de maneira compreensiva.

Uma voz interrompeu seus pensamentos, uma voz absolutamente incongruente com o ambiente que agora a cercava.

– Sra. Upjohn, suponho – disse a voz.

A sra. Upjohn olhou na direção dela. Um carro havia parado a uma pequena distância. Com certeza, o homem à sua frente havia descido dele. Seu rosto era indubitavelmente britânico, assim como sua voz. Vestia um impecável terno de flanela cinza.

– Meu Deus – disse a sra. Upjohn. – Dr. Livingstone?

– Deve parecer isso – disse o estranho de maneira amigável. – Meu nome é Atkinson. Sou do consulado de Ancara. Estamos tentando entrar em contato com a senhora há dois ou três dias, mas as estradas foram bloqueadas.

– Vocês queriam entrar em contato comigo? Por quê? – De repente a sra. Upjohn levantou-se. Todos os traços da alegre viajante haviam desaparecido. Ela era toda mãe, cada centímetro de si. – Julia? – perguntou ela bruscamente. – Algo aconteceu com Julia?

– Não, não – o sr. Atkinson tranquilizou-a. – Julia está ótima. Não é nada disso. Houve um pequeno problema em Meadowbank, e queremos levar a senhora para casa o quanto antes. Vou levá-la de carro até Ancara, e a senhora pode embarcar num avião em uma hora.

A sra. Upjohn abriu a boca e então a fechou de novo. Em seguida ela endireitou-se e disse:

– O senhor terá de pegar minha mala em cima do ônibus. É a escura. – Ela se voltou, apertou a mão da sua companheira turca e disse: – Desculpe, tenho de ir para casa agora – acenou para o resto dos passageiros com a maior simpatia, despediu-se em voz alta, com uma saudação em turco que fazia parte do pouco que sabia da língua e preparou-se para seguir o sr. Atkinson imediatamente, sem fazer mais perguntas. Ocorreu a ele, como havia ocorrido a muitas outras pessoas, que a sra. Upjohn era uma mulher muito cordial.

Capítulo 23

Cartas na mesa

I

Em uma das menores salas de aula, a srta. Bulstrode olhava para as pessoas reunidas. Sua equipe inteira estava ali: srta. Chadwick, srta. Johnson, srta. Rich e as duas professoras mais novas. Ann Shapland estava sentada com seu bloco de notas e um lápis caso a srta. Bulstrode quisesse que anotasse algo. Ao lado da srta. Bulstrode estava o inspetor Kelsey e, atrás dele, Hercule Poirot. Adam Goodman estava posicionado em seu próprio território neutro, entre a equipe da escola e o que ele chamava de corpo executivo. A srta. Bulstrode se pôs de pé e falou na sua voz experiente e decidida.

– Creio ser do direito de todos – disse ela –, como membros da minha equipe e interessados no destino da escola, saber exatamente até que ponto esta investigação progrediu. Fui informada pelo inspetor Kelsey de vários fatos. Monsieur Hercule Poirot, que tem ligações internacionais, obteve um auxílio valioso da Suíça e vai contar ele mesmo a respeito desta questão em particular. Não chegamos ainda ao fim da investigação, lamento dizê-lo, mas determinadas questões menores foram esclarecidas e achei que seria um alívio para todos saber como estão as coisas no momento presente.

A srta. Bulstrode olhou para o inspetor Kelsey e ele ficou de pé.

– Oficialmente – disse ele – não estou em posição de revelar tudo que sei. Só posso tranquilizá-los dizendo que estamos progredindo e começando a ter uma boa ideia de quem é o responsável pelos três crimes que foram cometidos nesta escola. Mais do que isso, não posso falar. Meu amigo, monsieur Hercule Poirot, que não está preso ao sigilo oficial e tem liberdade total de expor suas próprias ideias, vai revelar-lhes determinadas informações, em cuja obtenção ele mesmo colaborou.

"Tenho certeza de que todos vocês são leais a Meadowbank e à srta. Bulstrode e vão manter para si várias questões sobre as quais monsieur Poirot vai tocar e que não são de qualquer interesse público. Quanto menos fofoca e especulação a respeito delas, melhor, de maneira que vou pedir para vocês manterem para si os fatos que irão tomar conhecimento hoje. Fui claro?"

– É claro – disse a srta. Chadwick, falando primeiro e com ênfase. – É claro que somos todos leais a Meadowbank. Pelo menos assim espero.

– Naturalmente – disse a srta. Johnson.

– Sim – disseram as duas professoras mais novas.

– Concordo – disse Eileen Rich.

– Então talvez, monsieur Poirot?

Hercule Poirot pôs-se de pé, sorriu para sua plateia e torceu cuidadosamente as pontas do seu bigode. As duas professoras mais novas tiveram uma vontade repentina de rir e desviaram o olhar uma da outra contraindo os lábios.

– Tem sido um período difícil e angustiante para todos vocês – disse ele. – Antes de tudo, quero que saibam que levo isso em consideração. Naturalmente, tem sido pior para a srta. Bulstrode, mas todos vocês sofreram. Vocês sofreram primeiro a perda de três das suas colegas, uma das quais esteve aqui por um período considerável de tempo. Refiro-me à srta. Vansittart. A srta. Springer e mademoiselle Blanche eram, é claro, novatas, mas não tenho dúvidas de que suas mortes foram um grande choque para vocês e um acontecimento penoso.

"Vocês também devem ter sofrido grande apreensão, pois deve ter parecido haver uma espécie de vendeta contra as professoras de Meadowbank. Isso, posso assegurar-lhes, assim como pode o inspetor Kelsey, não é verdade. Meadowbank, por uma série de eventos fortuitos, tornou-se o centro das atenções de vários interesses indesejáveis. Existe, se me permitem dizer, um gato entre os pombos. Ocorreram três assassinatos aqui, além de um rapto. Vou abordar primeiro o rapto, pois, durante todo este episódio, tem sido difícil tirar do caminho questões externas, as quais, apesar de criminosas, obscurecem a linha de investigação mais importante: a linha de investigação sobre um assassino cruel e determinado em nosso meio."

Ele tirou do seu bolso uma fotografia.

Kelsey a pegou e a passou para a srta. Bulstrode, que por sua vez a passou para sua equipe. Ela foi devolvida para Poirot. Ele olhou para seus rostos, que pareciam bastante inexpressivos.

– Pergunto a vocês todos: reconhecem a garota na fotografia?

Um a um todos balançaram as cabeças.

– Vocês deveriam reconhecê-la – disse Poirot. – Já que esta é uma foto obtida por mim em Genebra da princesa Shaista.

– Mas não pode ser a Shaista – exclamou a srta. Chadwick.

– Exatamente – disse Poirot. – O encadeamento dos fatos de todo este caso começa em Ramat onde, como vocês sabem, um *coup d'état** revolucionário ocorreu há três meses. O soberano, príncipe Ali Yusuf, conseguiu fugir, levado de avião por seu piloto particular. Seu avião, entretanto, bateu nas montanhas ao norte de Ramat e só foi descoberto mais tarde neste ano. Um determinado artigo de grande valor, que Ali Yusuf sempre trazia com

* Golpe de estado. (N.E.)

ele, estava faltando. Não foi encontrado nos destroços, e havia rumores de que havia sido trazido para este país. Vários grupos estavam ansiosos para pôr as mãos neste artigo muito valioso. Uma das pistas de seu paradeiro era a única familiar viva do príncipe Ali Yusuf, sua prima irmã, uma garota que estava, então, numa escola na Suíça.

"Parecia provável que, se o precioso artigo fora tirado em segurança de Ramat, ele seria entregue à princesa Shaista ou aos seus parentes e guardiões. Determinados agentes foram destacados para vigiar o tio dela, o emir Ibrahim, e outros, para vigiar a própria princesa. Portanto, teria sido simplesmente lógico que alguém fosse designado para obter emprego aqui e vigiar de perto qualquer um que abordasse a princesa, suas cartas, e quaisquer recados telefônicos.

"Mas uma ideia ainda mais simples e eficiente foi desenvolvida, a de raptar Shaista e mandar uma de suas agentes para a escola em lugar dela. Isso poderia ser feito com sucesso já que o emir Ibrahim estava no Egito e não pretendia visitar a Inglaterra até o fim do verão. A própria srta. Bulstrode não tinha visto a garota, e todos os preparativos para receber a princesa foram feitos através da embaixada em Londres.

"O plano era simples ao extremo. A verdadeira Shaista deixou a Suíça acompanhada por um representante da embaixada em Londres. Ou assim se supôs. Na verdade, a embaixada em Londres foi informada de que uma representante da escola Suíça acompanharia a garota até Londres. A verdadeira Shaista foi então levada para um chalé muito aprazível na Suíça, onde ela está desde então, e uma garota inteiramente diferente chegou a Londres, onde foi recebida lá por um representante da embaixada, e, em seguida, trazida para esta escola. Esta substituta, é claro, era necessariamente muito mais velha do que Shaista. Mas isso tinha pouca possibilidade de chamar atenção já que garotas orientais sempre parecem muito maduras para sua idade. Uma jovem atriz francesa especialista em interpretar garotas escolares foi a agente escolhida.

"Eu perguntei – disse Hercule Poirot, com voz pensativa –, se alguém tinha notado os joelhos de Shaista. Os joelhos indicam muito bem a idade. Os joelhos de uma mulher de 23 ou 24 jamais podem ser confundidos realmente com os joelhos de uma garota de quatorze ou quinze. Ninguém, que lástima!, havia notado os joelhos dela.

"O plano não teve o sucesso que se esperava. Ninguém tentou entrar em contato com Shaista, nenhuma carta ou telefonema de importância foram endereçados a ela, e, na medida em que o tempo passava, a ansiedade aumentava. O emir Ibrahim poderia chegar à Inglaterra antes do previsto. Ele não era um homem que anunciava seus planos antecipadamente. Ele tinha o hábito, até onde sei, de dizer, à noite: 'Amanhã, vou a Londres' e ir na manhã seguinte.

"A falsa Shaista sabia então que, a qualquer momento, a verdadeira Shaista poderia chegar. Isto se tornou especialmente evidente após o assassinato e, portanto, ela começou a preparar o caminho para um sequestro, falando a respeito dele com o inspetor Kelsey. É claro, o sequestro de fato não guardava semelhança alguma com o que estava por vir. Tão logo ela ficou sabendo que seu tio vinha buscá-la na manhã seguinte, mandou uma breve mensagem por telefone, e, meia hora mais cedo que o carro genuíno, um carro ostentoso com placas falsas do corpo diplomático chegou, Shaista foi oficialmente 'raptada'. Na verdade, é claro, ela foi deixada na primeira cidade grande, onde retomou de imediato sua própria identidade. Um bilhete de resgate amadorístico foi enviado, apenas para corroborar a ficção."

Hercule Poirot fez uma pausa, então disse:

– Isto foi, como podem ver, um mero truque de mágica, no qual se chama a atenção para o lugar errado. Você mantém o olhar no sequestro *aqui*, e não ocorre a ninguém que o sequestro *de fato* aconteceu três semanas antes na Suíça.

O que Poirot realmente queria dizer, mas foi educado em não fazê-lo, era que não havia ocorrido a ninguém a não ser a ele!

– Nós passamos agora – disse ele –, para algo muito mais sério do que um sequestro: assassinato.

"A falsa Shaista poderia, é claro, ter matado a srta. Springer, mas não poderia ter matado a srta. Vansittart ou mademoiselle Blanche, e não teria motivo algum para matar qualquer pessoa, tampouco isso era exigido dela. Seu papel era simplesmente receber um pacote valioso se, como parecia provável, ele fosse trazido a ela: ou de outro modo, receber notícias dele.

"Voltemos agora para Ramat, onde tudo isso começou. O rumor em Ramat era que o príncipe Ali Yusuf havia dado este pacote valioso a Bob Rawlinson, seu piloto particular, e que Bob Rawlinson havia arranjado seu envio para a Inglaterra. No dia em questão, Rawlinson foi ao principal hotel de Ramat onde sua irmã, sra. Sutcliffe, e sua filha, Jennifer, estavam hospedadas. A sra. Sutcliffe e Jennifer não estavam, mas Bob Rawlinson subiu até o quarto delas, onde permaneceu por pelo menos vinte minutos. Isso é um tempo bastante longo, sob as circunstâncias. Ele poderia, por certo, estar escrevendo uma longa carta para sua irmã. Mas não foi o caso. Ele meramente deixou um bilhete curto, que poderia ter rabiscado em dois minutos.

"Foi uma dedução muito justa então, obtida por várias pessoas diferentes, que, durante este tempo no quarto dela, ele havia colocado este objeto em meio aos bens da sua irmã e que ela os havia trazido de volta para a Inglaterra. Agora, nós chegamos ao que eu chamaria de divisão de dois encadeamentos separados. Um conjunto de interesses (ou, possivelmente, mais de um conjunto) presumiu que a srta. Sutcliffe havia trazido este artigo de volta para a Inglaterra, e, em consequência disso, sua casa de campo foi revirada e uma busca meticulosa foi feita.

Isso mostrou que quem estava procurando *não sabia exatamente onde o artigo estava escondido.* Apenas que estava provavelmente com a sra. Sutcliffe, em *algum lugar.*

"Mas alguém mais sabia com a mais absoluta precisão onde o artigo estava, e creio que, a essa altura, não há problema em contar-lhes onde, de fato, Bob Rawlinson o escondeu. Ele o escondeu no cabo de uma raquete de tênis, escavando este cabo até torná-lo oco e depois o remendando de maneira tão habilidosa que ficou difícil notar o que havia sido feito.

"A raquete de tênis pertencia não à sua irmã, mas à filha dela, Jennifer. Alguém, que sabia com precisão onde o esconderijo estava, foi até o pavilhão de esportes uma noite, tendo previamente tirado um molde da chave e feito uma cópia dela. Àquela hora da noite todos deveriam estar na cama e dormindo. Mas não foi assim que aconteceu. A srta. Springer viu a luz da lanterna no pavilhão de esportes do seu quarto e foi até lá investigar.

"Ela era uma jovem forte e corajosa e não tinha dúvidas quanto à sua capacidade de lidar com qualquer coisa que viesse a encontrar. A pessoa em questão estava provavelmente procurando a raquete certa, entre as outras. Descoberta e reconhecida pela srta. Springer, não houve hesitação... Esta pessoa era uma assassina e matou a srta. Springer com um tiro. Depois disso, entretanto, ela tinha de agir rápido. O tiro havia sido ouvido, pessoas se aproximavam. Ela tinha de sair do pavilhão de esportes a todo custo sem ser vista. A raquete tinha de ser deixada onde estava por ora...

"Em poucos dias outro método foi tentado. Uma mulher estranha com um falso sotaque americano abordou Jennifer Sutcliffe, enquanto ela voltava das quadras de tênis, e contou-lhe uma história plausível a respeito de sua tia ter-lhe enviado uma raquete nova. Jennifer, sem suspeitar de nada, aceitou esta história e alegremente trocou a raquete que tinha consigo pela raquete nova e cara que a estranha havia trazido. Mas um fato novo havia surgido, a respeito do qual a mulher com sotaque americano nada sabia. Esse fato era que, alguns dias antes, Jennifer Sutcliffe e Julia Upjohn haviam trocado raquetes de maneira que a raquete que a estranha levara era, na realidade, a velha raquete de Julia Upjohn, apesar de a fita de identificação nela trazer o nome de Jennifer.

"Chegamos agora à segunda tragédia. A srta. Vansittart por alguma razão desconhecida, mas possivelmente ligada ao sequestro de Shaista que havia ocorrido naquela tarde, pegou uma lanterna e foi até o pavilhão de esportes após todos terem ido para a cama. Alguém que a havia seguido até lá a derrubou com um porrete ou um saco de areia enquanto ela se abaixava para examinar o armário de Shaista. Mais uma vez o crime foi descoberto quase imediatamente. A srta. Chadwick viu uma luz no pavilhão de esportes e correu para lá.

"A polícia mais uma vez ocupou o pavilhão de esportes, e mais uma vez o assassino foi impedido de procurar e examinar as raquetes. Mas a essa altura, Julia Upjohn, uma menina inteligente, havia refletido e chegara à conclusão lógica de que a raquete que ela possuía e que havia originariamente pertencido a Jennifer, era de algum modo importante. Ela fez sua própria investigação, descobriu que estava correta na sua suposição e trouxe-me o conteúdo da raquete.

"Este está seguro sob a custódia de um banco no momento e não nos diz mais respeito – disse Hercule Poirot. Ele fez uma pausa e então prosseguiu: – Resta considerarmos a terceira tragédia.

"O que mademoiselle Blanche sabia ou suspeitava, nunca saberemos. Ela pode ter visto alguém deixando o prédio da escola na noite do assassinato da srta. Springer. Não importa mais o que soube ou suspeitou, o fato é que ela sabia a identidade do assassino. E ela manteve este conhecimento para si mesma. Planejava obter dinheiro em troca de seu silêncio.

“Não há nada – disse Hercule Poirot, com sentimento – mais perigoso do que chantagear uma pessoa que talvez já tenha matado duas vezes. Mademoiselle Blanche pode ter tomado suas próprias precauções, mas quaisquer que tenham sido, foram inadequadas. Ela marcou um encontro com o assassino e foi morta.”

Ele fez mais uma pausa.

– Aí está – disse ele, olhando em seu entorno para as pessoas na sala –, vocês têm o relato do caso inteiro.

Todos o encaravam. Seus rostos, que antes haviam refletido interesse, surpresa e animação, pareciam agora congelados numa calma uniforme. Era como se estivessem aterrorizados demais para demonstrar qualquer emoção. Hercule Poirot assentiu com a cabeça na direção deles.

– Sim – disse ele –, sei como vocês se sentem. Tudo se passou muito perto de casa, não é mesmo? Entendam que é por esta razão que eu, o inspetor Kelsey e o sr. Adam Goodman estivemos fazendo as investigações. Nós temos de saber, vejam bem, se ainda há um gato entre os pombos! Vocês compreendem o que quero dizer? Será que há alguém se fazendo passar por outra pessoa?

Houve um ligeiro murmúrio que ressoou entre as pessoas que o ouviam e um breve, quase furtivo, olhar para os lados, como se quisessem olhar umas para as outras, mas não tivessem coragem de fazê-lo.

– Fico contente em assegurar-lhes – disse Poirot –, que todos vocês aqui *são exatamente quem dizem ser*. A srta. Chadwick, por exemplo, é a srta. Chadwick, quanto a isto não há a menor dúvida, já que ela está aqui há tanto tempo quanto a própria Meadowbank! A srta. Johnson também é, sem dúvida, a srta. Johnson. A srta. Rich é a srta. Rich. A srta. Shapland é a srta. Shapland. As srtas. Rowan e Blake são as srtas. Rowan e Blake. Seguindo adiante – disse Poirot voltando sua cabeça –, Adam Goodman, que trabalha aqui no jardim talvez não seja exatamente Adam Goodman, mas, de qualquer maneira, é a pessoa cujo nome está nas credenciais. Então, onde estamos? Não devemos procurar por alguém que se esteja fazendo passar por outra pessoa, mas por alguém que é, em sua própria identidade, um assassino.

Nada se mexia na sala. Havia perigo no ar.

Poirot prosseguiu.

– Procuramos, sobretudo, por *alguém que esteve em Ramat três meses atrás*. O conhecimento de que o prêmio estava escondido na raquete só poderia ser conseguido de uma forma. Alguém deve tê-lo visto ser colocado ali por Bob Rawlinson. É simples assim. Quem então, de todos vocês presentes aqui, estava em Ramat três meses atrás? A srta. Chadwick estava aqui, a srta. Johnson estava aqui. – Seus olhos se dirigiram para as duas professoras mais novas. – A srta. Rowan e a srta. Blake estavam aqui.

Seu dedo seguiu apontando.

– Mas a srta. Rich... a srta. Rich não estava aqui trimestre passado, estava?

– Eu... não. Eu estava doente. – Ela falava apressadamente. – Estive fora por um trimestre.

– É o que não sabíamos – disse Hercule Poirot – até alguns dias atrás alguém tê-lo mencionado de maneira casual. Quando a polícia a questionou pela primeira vez, você meramente disse que trabalhava em Meadowbank há um ano e meio. Isto em si é verdade. Mas você esteve ausente no trimestre passado. Você poderia ter estado em Ramat, acho que você esteve em Ramat. Tenha cuidado. Você sabe que seu passaporte pode confirmá-lo.

Houve um momento de silêncio, então Eileen Rich ergueu a cabeça.

– Sim – disse ela num tom baixo. – Eu estava em Ramat. Por que não?

– Por que a senhorita foi a Ramat?

– O senhor já sabe. Eu estava doente. Fui aconselhada a descansar... viajar para o exterior. Escrevi para a srta. Bulstrode e expliquei que tinha de me ausentar por um trimestre. Ela foi muito compreensiva.

– É verdade – disse a srta. Bulstrode. – Um atestado médico veio junto com a carta e dizia que seria uma imprudência a srta. Rich retomar suas atividades até o trimestre seguinte.

– Então... a senhorita foi a Ramat? – disse Hercule Poirot.

– Por que eu não poderia ir a Ramat? – disse Eileen Rich, com um ligeiro tremor na voz. – Há passagens promocionais para professoras. Eu queria descansar. Queria tomar sol. Fui para Ramat e passei dois meses lá. *Por que não? Pergunto, por que não?*

– A senhorita nunca mencionou que esteve em Ramat na época da revolução.

– Por que eu deveria? Isto interessa a alguém aqui? Juro que não matei ninguém. Não matei ninguém.

– Pois a senhorita foi reconhecida – disse Hercule Poirot. – Não de maneira definitiva, mas imprecisa. A menina Jennifer foi muito vaga. Ela disse que achou tê-la visto em Ramat, mas concluiu que não podia ser a senhorita porque, disse ela, a pessoa que ela tinha visto era *gorda*, não magra. – Ele inclinou-se para frente, seus olhos cravados no rosto de Eileen Rich. – O que a senhorita tem a dizer?

Ela virou-se repentinamente.

– Eu sei onde o senhor está querendo chegar! – ela exclamou. – O senhor está querendo insinuar que não foi um agente secreto ou alguém assim quem cometeu estes assassinatos. Que foi alguém que estava lá *por acaso*, alguém que viu *por acaso* este tesouro ser escondido na raquete. Alguém que se deu conta de que a garota estava vindo para Meadowbank e teria oportunidade de tomar para si esse artigo escondido. Mas juro para o senhor que isso não é *verdade*!

– Acho que foi isto que aconteceu. Sim – disse Poirot. – Alguém viu as joias sendo escondidas e esqueceu todos os outros deveres ou interesses na determinação de possuí-las!

– Não é verdade, garanto-lhe. Não vi nada...

– Inspetor Kelsey. – Poirot virou a cabeça.

Inspetor Kelsey assentiu – foi até a porta, abriu-a, e a sra. Upjohn entrou na sala.

II

– Como vai, srta. Bulstrode – disse a sra. Upjohn, parecendo um pouco constrangida. – Desculpem meu desalinho, mas eu estava perto de Ancara ontem e cheguei de avião há pouco. Estou uma sujeira só e não tive realmente tempo de tomar banho, ou fazer *qualquer coisa*, na verdade.

– Não tem importância – disse Hercule Poirot. – Queremos lhe perguntar uma coisa.

– Sra. Upjohn – disse Kelsey –, quando a senhora veio até aqui trazer a sua filha e estava na sala da srta. Bulstrode, a senhora olhou pela janela, a janela que dá para o acesso da frente, e proferiu uma exclamação como se tivesse reconhecido uma pessoa que viu ali. Foi assim que aconteceu, não foi?

A sra. Upjohn encarou-o.

– Quando eu estava na sala da srta. Bulstrode? Eu olhei... oh, sim, é *claro*! Sim, vi uma pessoa.

– Alguém que a senhora ficou surpresa em ver?

– Bem, eu fiquei... Veja bem, isso faz tantos anos.

– A senhora se refere à época em que trabalhava na agência de inteligência perto do fim da guerra?

– Sim. Isso foi há uns quinze anos. É claro, ela parecia bem mais velha, mas logo a reconheci. E me perguntei que diabos ela poderia estar fazendo *aqui*.

– Pois então, a senhora poderia olhar em torno desta sala e nos dizer se vê aquela pessoa aqui agora?

– Sim, é claro – disse a sra. Upjohn. – Eu a vi tão logo entrei. É ela.

A sra. Upjohn apontou um dedo. O inspetor Kelsey foi rápido e Adam também, mas não o suficiente. Ann Shapland pôs-se de pé num salto. Em sua mão havia uma pequena pistola automática de aparência maligna, apontada diretamente para a sra. Upjohn. A srta. Bulstrode, mais rápida que os dois homens, moveu-se agilmente para frente, mas mais ágil ainda foi a srta. Chadwick. Não era a sra. Upjohn que ela estava tentando proteger, era a mulher que estava posicionada entre Ann Shapland e a sra. Upjohn.

– Não, você não vai fazer isto – gritou Chaddy, e jogou-se sobre a srta. Bulstrode assim que a pequena automática disparou.

A srta. Chadwick cambaleou, então lentamente se encolheu até o chão. A srta. Johnson correu até ela. Adam e Kelsey haviam dominado Ann a esta altura. Ela lutava como uma gata selvagem, mas eles arrancaram sua pequena automática.

A srta. Upjohn disse esbaforida:

– Eles diziam na época que ela era uma assassina, apesar de ser tão jovem. Uma das agentes mais perigosas que tinham. Angelica era seu nome de código.

– Sua cadela mentirosa! – Ann Shapland praticamente cuspiu as palavras.

Hercule Poirot disse:

– Ela não está mentindo. Você é perigosa. Sempre levou uma vida perigosa. Até agora, nunca suspeitaram de sua identidade. Todos os empregos em que você ingressou usando seu próprio nome foram empregos perfeitamente genuínos, desempenhados de maneira eficiente, mas eles todos foram empregos com um propósito, e este propósito era obter informações. Você trabalhou para uma companhia de petróleo, com um arqueólogo cujo trabalho a levou a certas partes do globo, com uma atriz cujo protetor era um político eminente.

"Desde seus dezessete anos você trabalha como agente – embora para muitos patrões diferentes. Seus serviços estavam disponíveis para quem os quisesse contratar e foram muito bem pagos. Você atuou como agente dupla. A maioria de suas missões foi efetuada com seu próprio nome, mas havia determinados empregos para os quais você assumia identidades diferentes. Estas foram as vezes em que você supostamente teve de ir para casa e cuidar de sua mãe.

"Mas tenho a profunda suspeita, srta. Shapland, de que a idosa que visitei e que vive num pequeno vilarejo com uma enfermeira para cuidar dela, uma idosa que é genuinamente doente mental e confusa, não é sua mãe de forma alguma. Ela tem sido sua desculpa para se afastar de empregos e de amigos. Os três meses deste inverno que você passou com sua 'mãe' devido a uma de suas 'crises' cobre o período em que você esteve em Ramat. Não como Ann Shapland, mas como Angelica de Toredo, uma dançarina de cabaré espanhola, ou quase espanhola. Você ocupou o quarto no hotel ao lado daquele da sra. Sutcliffe e de alguma forma conseguiu ver Bob Rawlinson esconder as joias na raquete. Você não teve oportunidade de roubar a raquete então, pois houve a evacuação repentina dos cidadãos ingleses, mas leu as etiquetas da bagagem e foi fácil descobrir algo a respeito delas.

"Conseguir um posto de secretária aqui não foi difícil. Fiz algumas investigações. Você pagou uma soma substancial para que a ex-secretária da srta. Bulstrode abandonasse seu cargo alegando 'estafa'. E você tinha uma história bastante plausível sobre uma série de artigos que lhe haviam encomendado para escrever sobre uma famosa escola de garotas 'vista por dentro'.

"Tudo parecia bastante fácil, não? Se a raquete de uma garota estivesse faltando, qual a importância? Mais simples ainda, você podia ir à noite até o pavilhão de esportes e surrupiar as joias. Mas você não contava com a srta. Springer. Talvez ela já a tivesse visto examinando as raquetes. Talvez ela estivesse acordada por acaso naquela noite, seguiu você até lá, e você atirou nela. Mais tarde, mademoiselle Blanche tentou chantageá-la, e você a matou. Isso é natural para você, matar, não é?"

Ele parou. Com a voz formal e monótona, o inspetor Kelsey advertiu sua prisioneira.

Ela não lhe deu ouvidos. Virando-se na direção de Hercule Poirot, irrompeu numa torrente de impropérios que sobressaltou a todos na sala.

– Uau! – disse Adam, quando Kelsey a levou embora. – E eu achava que ela era uma garota educada!

A srta. Johnson estava ajoelhada ao lado da srta. Chadwick.

– Temo que ela esteja muito ferida – disse ela. – É melhor deixá-la onde está até o médico chegar.

Capítulo 24

Poirot explica

I

A sra. Upjohn, percorrendo os corredores da escola Meadowbank, esqueceu a cena impactante que presenciara pouco tempo atrás. Ela era agora apenas uma mãe procurando sua filha. Ela a encontrou numa sala de aula deserta. Julia estava inclinada sobre uma escrivaninha, sua língua projetando-se ligeiramente para fora, absorta nas agonias de uma redação.

Ela ergueu a cabeça e olhou, espantada, para logo em seguida atravessar a sala num pulo e abraçar sua mãe.

– Mamãe!

Então, com a inibição da sua idade, envergonhada da sua emoção incontida, ela separou-se da mãe e falou num tom cuidadosamente casual – quase acusador.

– Você não está de volta cedo *demais*, mamãe?

– Voltei de avião – disse a sra. Upjohn, quase a desculpar-se – de Ancara.

– Oh – disse Julia. – Bem, estou contente que você está de volta.

– Sim – disse a sra. Upjohn –, estou contente também.

Elas olharam uma para outra, sem jeito.

– O que você está fazendo? – perguntou a sra. Upjohn, aproximando-se um pouco.

– Estou escrevendo uma redação para a srta. Rich – disse Julia. – Ela realmente propõe os assuntos mais interessantes.

– E qual é este? – perguntou a srta. Upjohn. Ela inclinou-se sobre a mesa.

O tema estava escrito no topo da página. Abaixo dele havia nove ou dez linhas da caligrafia irregular e esparramada de Julia. "Compare as Atitudes de Macbeth e Lady Macbeth em Relação ao Assassinato" leu a sra. Upjohn.

– Bem – disse ela indecisa –, não se pode dizer que o assunto não seja atual!

Ela leu o começo da redação de sua filha. "Macbeth", escrevera Julia, "gostava da ideia de assassinato e vinha pensando muito a este respeito, mas precisava de um empurrão para começar. Assim que ele começou, gostou de assassinar pessoas e não teve mais escrúpulos ou temores. Lady Macbeth era apenas gananciosa e ambiciosa. Ela achava que não se importava com o que fazia para conseguir o que queria. Mas, após ter cometido um assassinato, ela percebeu que, afinal, não gostava daquilo."

– Sua linguagem não é muito elegante – disse a sra. Upjohn. – Acho que você vai ter de refiná-la um pouco, mas seu argumento é sólido.

II

O inspetor Kelsey estava falando num tom ligeiramente lamurioso.

– O senhor não enfrenta nossos problemas, monsieur Poirot – disse ele.

– O senhor pode dizer e fazer muitas coisas que não podemos: e vou admitir que todo o desenlace foi bem armado. A fez baixar a guarda, pensar que estávamos atrás da Rich, e, então, a aparição repentina da sra. Upjohn a fez perder a cabeça. Graças a Deus que ela manteve aquela automática após atirar em Springer. Se a bala corresponder...

– Ela vai, *mon ami*, ela vai – disse Poirot.

– Então sem dúvida a pegamos pelo assassinato da Springer. E acredito que a situação da srta. Chadwick é crítica. Mas olhe aqui, Poirot, ainda não consigo ver como ela pode ter matado a srta. Vansittart. É fisicamente impossível. Ela tem um álibi impecável... a não ser que o jovem Rathbone e todos os funcionários do Nid Sauvage estejam colaborando com ela.

Poirot balançou a cabeça.

– Não – disse ele. – Seu álibi é perfeitamente bom. Ela matou a srta. Springer e mademoiselle Blanche. Mas a srta. Vansittart – ele hesitou por um momento, seus olhos voltando-se para onde a srta. Bulstrode estava sentada ouvindo. – A srta. Vansittart foi morta pela srta. Chadwick.

– Srta. Chadwick? – exclamaram a srta. Bulstrode e Kelsey juntos.

Poirot assentiu com a cabeça.

– Tenho certeza disso.

– Mas... por quê?

– Acho – disse Poirot – que a srta. Chadwick amava Meadowbank demais... Seus olhos atravessaram a sala até a srta. Bulstrode.

– Compreendo... – disse a srta. Bulstrode. – Sim, sim, compreendo... Eu deveria ter percebido. – Ela fez uma pausa. – O senhor quer dizer que ela...

– Quero dizer – disse Poirot – que ela começou com você aqui, que durante esse tempo todo ela considerou Meadowbank como um empreendimento conjunto entre vocês duas.

– O que, de certa maneira, é verdade – disse a srta. Bulstrode.

– Sim, realmente – disse Poirot. – Mas isso ocorria meramente no aspecto financeiro da questão. Quando a senhora começou a falar em aposentar-se, a srta. Chadwick achava que assumiria seu lugar.

– Mas ela é velha demais – objetou a srta. Bulstrode.

– Sim – disse Poirot –, ela é velha demais e não é a pessoa certa para dirigir uma escola. Mas ela mesma não pensava assim. Ela achava que, quando a senhorita partisse, ela seria a escolha natural para ser a diretora de Meadowbank. E então ela descobriu que não seria assim. Que a senhorita estava considerando outra pessoa, que a senhorita havia se decidido por Eleanor Vansittart. E ela amava Meadowbank. Ela amava a escola e não gostava de Eleanor Vansittart. Acho que no fim ela a odiava.

– Talvez seja verdade – disse a srta. Bulstrode. – Sim, Eleanor Vansittart era... como eu diria? Era sempre muito cheia de si, muito superior a respeito de tudo. Isso devia ser difícil de suportar se você fosse invejosa. É isso que o senhor quer dizer, não é? Chaddy tinha inveja.

– Sim – disse Poirot. – Ela tinha ciúme de Meadowbank e inveja de Eleanor Vansittart. Ela não suportava a ideia da escola e da srta. Vansittart juntas. Talvez algo em seu modo de agir a fizesse pensar que a senhorita estava fraquejando?

– Sim, fraquejei – disse a srta. Bulstrode. – Mas não da maneira que talvez Chaddy tenha achado. Na realidade, pensei em alguém mais novo ainda do que a srta. Vansittart... refleti bastante e então disse "Não, ela é jovem demais"... Lembro-me de que Chaddy estava comigo então.

– E ela acreditou – disse Poirot – que você estivesse se referindo à srta. Vansittart. Que você estava dizendo que a srta. Vansittart era jovem demais. Ela concordou sem reservas. Ela considerava que a experiência e a sabedoria dela eram fatores muito mais importantes. Mas então, no fim das contas, a senhorita retornou à sua decisão original. A senhorita escolheu Eleanor Vansittart como a pessoa certa e deixou-a responsável pela escola aquele fim de semana. Creio que é isso que aconteceu. Naquela noite de domingo, a srta. Chadwick estava insone, saiu da cama e viu uma luz na quadra de tênis. Ela foi até lá exatamente como disse ter ido. Apenas uma coisa diferente de seu relato. Não foi um taco de golfe que ela levou consigo. Ela escolheu um dos sacos de areia da pilha no hall. Ela foi até lá pronta para lidar com um arrombador, com alguém que pela segunda vez havia arrombado o pavilhão de esportes. Ela tinha o saco de areia pronto em sua mão para defender-se caso fosse atacada.

"E o que ela encontrou? Ela encontrou Eleanor Vansittart ajoelhada examinando um armário e pensou (pois sou bom – disse Hercule Poirot num parêntese –, em colocar-me dentro da mente de outras pessoas), ela pensou *se* eu fosse um saqueador, um ladrão, eu viria por trás dela e a atingiria com um golpe. E quando lhe ocorreu este pensamento, apenas meio consciente do que estava fazendo, a srta. Chadwick ergueu o saco de areia e atacou. E lá estava Eleanor Vansittart morta, fora do seu caminho. Ela ficou horrorizada então, imagino, com o que havia feito. A lembrança a tem afligido desde então, pois ela não é uma assassina por natureza, a srta. Chadwick. Ela foi compelida, como alguns o são, por inveja e obsessão. A obsessão do amor por Meadowbank.

"Agora que Eleanor Vansittart estava morta ela estava bastante certa de que sucederia a senhorita em Meadowbank. Então ela não confessou. Ela contou sua história à polícia exatamente como havia ocorrido a não ser por um fato vital, que havia sido *ela* quem dera o golpe. Mas quando perguntada a respeito do taco de golfe que presumivelmente a srta. Vansittart havia trazido consigo por estar nervosa depois de tudo o que havia acontecido, a srta. Chadwick disse logo que havia sido ela quem levara o taco para lá. Ela não queria que a senhora pensasse nem por um instante que fora ela quem usara o saco de areia."

– Por que Ann Shapland também escolheu um saco de areia para matar mademoiselle Blanche? – perguntou a srta. Bulstrode.

– Por um lado, ela não poderia arriscar um tiro de pistola num prédio da escola, e, por outro, ela é uma mulher muito inteligente. Ela queria vincular este terceiro assassinato com o segundo, para o qual ela tinha um álibi.

– Realmente não entendo o que Eleanor Vansittart estava fazendo no pavilhão de esportes – disse a srta. Bulstrode.

– Acho que se pode supor. É provável que a srta. Vansittart estivesse muito mais preocupada com o desaparecimento de Shaista do que ela deixava transparecer. Ela estava tão aborrecida com o fato quanto a srta. Chadwick. De certa maneira era pior para ela, porque ela estava responsável pela escola, e o sequestro havia acontecido sob sua guarda. Além disso, ela havia negado o fato até onde fora possível devido à sua relutância em encarar questões desagradáveis.

– Então havia fraqueza por trás da fachada – refletiu a srta. Bulstrode. – Eu suspeitei disso algumas vezes.

– Ela também, eu creio, não conseguia dormir. E acredito que ela tenha ido furtivamente até o pavilhão de esportes para examinar o armário de Shaista à procura de alguma pista do desaparecimento da garota.

– O senhor parece ter explicações para tudo, monsieur Poirot.

– Essa é a especialidade dele – disse o inspetor Kelsey com alguma malícia.

– E para que pedir para Eileen Rich que retratasse vários membros da minha equipe?

– Eu queria testar a capacidade da menina Jennifer de reconhecer um rosto. Logo me satisfiz ao ver que Jennifer estava inteiramente preocupada com suas próprias questões, que ela olhava pessoas estranhas da maneira muito superficial, guardando apenas os detalhes externos da aparência delas. Ela não reconheceu um desenho da mademoiselle Blanche com um penteado diferente. Ela teria reconhecido menos ainda, então, Ann Shapland que, como sua secretária, ela raramente via de perto.

– O senhor acha que a mulher com a raquete era Ann Shapland em pessoa?

– Sim. Este caso foi trabalho de uma mulher só, desde o início. A senhorita lembra daquele dia em que tocou a campainha para ela levar um recado à Julia, mas no fim das contas, quando a campainha não foi respondida, mandou uma garota encontrar Julia. Ann estava acostumada a disfarçar-se rapidamente. Uma peruca loira, sobrancelhas diferentes, desenhadas a lápis, um vestido e chapéu "elaborados". Ela precisava estar ausente da sua máquina de escrever por uns vinte minutos. Entendi a partir dos retratos da srta. Rich como é fácil para uma mulher alterar sua aparência simplesmente através de aspectos externos.

– A srta. Rich... será que... – a srta. Bulstrode parecia pensativa.

Poirot lançou um olhar para o inspetor Kelsey, e o inspetor disse que precisava ir embora.

– Srta. Rich? – disse a srta. Bulstrode.

– Mande alguém trazê-la – disse Poirot. – É melhor assim.

Eileen Rich apareceu. Estava lívida e com uma expressão ligeiramente desafiadora.

– A senhorita quer saber – disse ela para a srta. Bulstrode –, o que eu estava fazendo em Ramat?

– Acho que faço uma ideia – disse a srta. Bulstrode.

– É exatamente como você diz – disse Poirot. – As crianças hoje em dia sabem todos os fatos da vida, mas seus olhos muitas vezes retém a inocência.

Ele acrescentou que ele também tinha de ir embora e deixou a sala em seguida.

– Foi isso, não foi? – disse a srta. Bulstrode. Sua voz era enérgica e direta. – Jennifer meramente a descreveu como gorda. Ela não se deu conta de que fora uma grávida que ela vira.

– Sim – disse Eileen Rich. – Foi isto. Eu ia ter um filho e não queria abrir mão do meu trabalho aqui. Tudo esteve bem até o outono, mas, depois, a gravidez começou a aparecer. Consegui um atestado médico de que eu não estava apta a trabalhar e aleguei estar doente. Fui para o exterior, para um lugar remoto onde achei que não era provável encontrar alguém que me conhecesse. Voltei para esse país, e o bebê nasceu... morto. Retomei as aulas neste trimestre e esperei que ninguém ficasse sabendo de nada... Mas a senhorita entende agora, não é, por que eu disse que teria de recusar sua oferta de uma sociedade? Apenas agora, com a escola nesta situação desastrosa, achei que, afinal de contas, eu poderia aceitar.

Ela fez uma pausa e disse numa voz objetiva:

– A senhorita gostaria que eu deixasse a escola agora? Ou esperasse até o fim do trimestre?

– Você vai esperar até o fim do trimestre – disse a srta. Bulstrode –, e se houver um novo trimestre aqui, o que espero que haja, você vai voltar.

– Voltar? – disse Eileen Rich. – A senhorita quer dizer que ainda me quer?

– É claro que sim – disse a srta. Bulstrode. – Você não matou ninguém, matou? Não enlouqueceu por causa de joias e planejou matar para consegui-las, não foi? Vou lhe dizer o que você fez. Você provavelmente negou seus instintos por tempo demais. Havia um homem, você se apaixonou por ele, você teve um filho. Suponho que você não pôde casar-se com ele.

– O casamento nunca foi uma possibilidade – disse Eileen Rich. – Eu sabia disso. Não é culpa dele.

– Muito bem, então – disse a srta. Bulstrode. – Você teve um caso amoroso e um filho. Você queria ter este filho?

– Sim – disse Eileen Rich. – Sim, eu queria tê-lo.

– Bem, assim foi – disse a srta. Bulstrode. – Deixe-me dizer-lhe uma coisa. Acredito que, apesar deste caso amoroso, a sua verdadeira vocação é ensinar. Acho que sua profissão significa mais para você do que qualquer vida normal de mulher com marido e filhos significaria.

– Sim – disse Eileen Rich. – Tenho certeza que sim. Eu sempre soube disso. É isso que eu quero fazer realmente, esta é a verdadeira paixão da minha vida.

– Então não seja tola – disse a srta. Bulstrode. – Vou lhe fazer uma oferta muito boa. Isto é, se tudo correr bem. Passaremos dois ou três anos juntas trabalhando para colocar Meadowbank de volta no mapa. Você terá ideias diferentes sobre como isso deve ser feito a partir das minhas ideias. Vou ouvi-las. Talvez até aceite algumas delas. Suponho que você queira que as coisas sejam diferentes em Meadowbank, não é?

– Sim, algumas coisas – disse Eileen Rich. – Não vou fingir. Quero maior ênfase em conseguir as garotas que realmente importem.

– Ah – disse a srta. Bulstrode –, compreendo. É a parcela esnobe que você não gosta, não é?

– Sim – disse Eileen –, ela parece estragar as coisas.

– O que você não entende – disse a srta. Bulstrode – é que, para conseguir o tipo de garota que você quer, você *precisa* ter a parcela esnobe. Veja bem, é uma parcela pouco significativa. Algumas princesas estrangeiras, alguns sobrenomes conhecidos e todo mundo, todos os pais no país inteiro e em outros países querem que suas filhas estudem em Meadowbank. Viram-se pelo avesso para conseguir que suas filhas sejam admitidas em Meadowbank. Qual o resultado? Uma enorme fila de espera, e eu vejo as garotas, as avalio e faço a escolha! Veja bem, você seleciona! Eu escolho minhas garotas. Escolho-as com muito cuidado, algumas por caráter, algumas por inteligência, algumas por puro intelecto acadêmico. Algumas porque acho que não tiveram chances, mas podem ser transformadas em alguém que faça diferença.

"Você é jovem, Eileen. Cheia de ideais: é o ensino que importa para você e o lado ético dele. Sua visão é bastante correta. São as garotas que importam, mas se você quiser ter sucesso, terá de ser uma boa negociante também. Ideias são como qualquer outra coisa. Precisam ser vendidas. Teremos de fazer um trabalho muito inteligente no futuro para colocar Meadowbank nos trilhos de novo. Terei de usar minhas ligações, ex-alunas, pressioná-las, pedir que nos ajudem, fazer com que mandem suas filhas para cá. E, então, outras virão. Deixe que eu faça meus truques, e então você terá sua chance. Meadowbank seguirá em frente e será uma ótima escola."

– Será a melhor escola na Inglaterra – disse Eileen Rich, entusiasmada.

– Bom – disse a srta. Bulstrode –... e Eileen, providenciarei para que você corte e penteie este cabelo direito. Pelo visto você não consegue manter este coque. E agora – disse ela, sua voz mudando –, preciso ver Chaddy.

Ela entrou no prédio e foi até a cama da srta. Chadwick. Ela estava bastante imóvel e pálida. O sangue havia sumido de seu rosto, e ela parecia sem vitalidade. Um policial com um bloco de notas estava sentado próximo, e a srta. Johnson estava sentada do outro lado da cama. Ela olhou para a srta. Bulstrode e balançou a cabeça ternamente.

– Olá, Chaddy – disse a srta. Bulstrode. Ela tomou a mão flácida entre as suas. Os olhos da srta. Chadwick abriram-se.

– Eu gostaria de lhe contar – disse ela –, Eleanor... fui... fui eu.

– Sim, querida, eu sei – disse a srta. Bulstrode.

– Inveja – disse Chaddy. – Eu queria...

– Eu sei – disse a srta. Bulstrode.

Lágrimas correram lentamente pelo rosto da srta. Chadwick.

– É tão terrível... Eu não queria... não sei como fui fazer isso!

– Não pense mais sobre o assunto – disse a srta. Bulstrode.

– Mas não posso... você nunca... nunca vou me perdoar...

– Ouça, querida – disse ela. – Você salvou minha vida, saiba disso. Minha vida e a vida daquela boa mulher, sra. Upjohn. Isso conta para alguma coisa, não conta?

– Eu só gostaria – disse a srta. Chadwick – de poder ter dado *minha* vida por vocês duas. Isso acertaria as coisas...

A srta. Bulstrode a olhou com grande pena. A srta. Chadwick respirou fundo, sorriu, então, movendo sua cabeça ligeiramente para um lado, morreu...

– Você deu a sua vida, querida – disse a srta. Bulstrode com carinho. – Espero que perceba isso... agora.

Capítulo 25

Legado

I

– Um sr. Robinson quer vê-lo, senhor.

– Ah! – disse Hercule Poirot. Ele estendeu a mão e pegou uma carta da escrivaninha à sua frente. Ele olhou para ela, pensativo, então disse:

– Diga a ele para entrar, Georges.

A carta continha apenas algumas linhas:

Caro Poirot,
um sr. Robinson talvez procure o senhor daqui a alguns dias. O senhor talvez já saiba alguma coisa sobre ele. Uma figura bastante proeminente em determinados círculos. Há uma demanda para este tipo de homem em nosso mundo moderno... Creio, se é que posso colocar a questão desta forma, que ele está, neste caso em particular, do lado do bem. Esta é apenas uma recomendação, caso o senhor esteja em dúvida. É claro, e sublinho isto, não *fazemos nenhuma ideia do assunto sobre o qual ele deseja consultá-lo...*
Ha ha! e da mesma maneira ho ho!
Um abraço,
Ephraim Pikeaway

Poirot largou a carta e levantou-se quando o sr. Robinson entrou na sala. Ele inclinou a cabeça cumprimentando-o, apertou sua mão e indicou uma cadeira.

O sr. Robinson sentou-se, puxou um lenço e secou seu rosto largo e amarelado. Ele observou que o dia estava quente.

– Espero que o senhor não tenha caminhado até aqui com este calor.

Poirot parecia horrorizado com a ideia. Por uma associação natural de ideias, seus dedos foram até o bigode. As pontas não estavam caídas.

O sr. Robinson parecia igualmente horrorizado.

– Não, não mesmo. Vim no meu Rolls. Mas estes engarrafamentos... Às vezes, se fica parado durante meia hora.

Poirot assentiu, compreensivo.

Houve uma pausa – a pausa que decorre da parte um de uma conversa antes de entrar na parte dois.

– Interessei-me ao ouvir, é claro, ouvem-se tantas coisas, a maioria delas bastante mentirosas, que o senhor esteve envolvido com os problemas de uma escola para garotas.

– Ah – disse Poirot. – Isso!

Ele recostou-se na sua cadeira.

– Meadowbank – disse o sr. Robinson, pensativo. – Realmente uma das principais escolas da Inglaterra.

– É uma ótima escola.

– É? Ou foi?

– Espero que a primeira opção.

– Assim espero, também – disse o sr. Robinson. – Temo que seja algo incerto. Ah bem, você faz o possível. Um pequeno apoio financeiro para superar certo período de depressão. Algumas alunas cuidadosamente escolhidas. Tenho alguma influência nos círculos europeus.

– Eu também apliquei alguma persuasão em determinados setores. Se, como o senhor diz, pudermos superar um período ruim. Felizmente, as memórias são curtas.

– É isso que espero. Mas é preciso admitir que os eventos ocorridos lá possam abalar de verdade os nervos de mamães amorosas... e papais também. A professora de educação física, a professora de francês, e ainda outra professora... todas assassinadas.

– Assim é.

– Ouvi dizer – disse o sr. Robinson – (a gente ouve tantas coisas) que a lamentável moça responsável pelos assassinatos sofria de fobia em relação a professoras desde sua juventude. Uma infância infeliz na escola. Um prato cheio para os psiquiatras. Eles vão tentar pelo menos um veredicto de imputabilidade atenuada, como dizem hoje em dia.

– Esta linha seria a melhor escolha – disse Poirot. – O senhor vai me perdoar por dizer que espero que ela não dê certo.

– Concordo inteiramente com o senhor. Uma assassina de sangue muito frio. Mas a defesa vai tirar proveito do seu excelente caráter, seu trabalho como secretária de várias pessoas conhecidas, seu histórico de guerra muito distinto, acredito, contraespionagem...

Ele pronunciou as últimas palavras com certa ênfase – e com um indício de pergunta em sua voz.

– Creio que ela era muito competente – ele disse, animado. – Tão jovem, mas bastante brilhante, de grande utilidade, para ambos os lados. Este era seu ofício; ela deveria ter ficado nele. Mas compreendo a tentação: jogar uma mão sozinha, e ganhar o grande prêmio. – Ele acrescentou baixo: – Um prêmio muito grande.

Poirot assentiu.

O sr. Robinson inclinou-se para frente.

– Onde elas estão, sr. Poirot?

– Acho que o senhor sabe onde elas estão.

– Bem, francamente, sim. Bancos são instituições tão úteis, não são?

Poirot sorriu.

– Não precisamos ficar com rodeios, não é, meu caro? O que o senhor pretende fazer com elas?

– Pois estive esperando.

– Esperando pelo quê?

– Digamos que... por sugestões?

– Sim, entendo.

– O senhor compreende que elas não pertencem a mim. Eu gostaria de devolvê-las a quem pertencem. Mas, se avalio a situação corretamente, isso não é tão simples.

– Os governos estão numa situação tão difícil – disse o sr. Robinson. – Vulneráveis, digamos assim. Quando se lida com petróleo, aço, urânio, cobalto e todo o resto, as relações entre países são muitíssimo delicadas. A grande vantagem é que se pode dizer que o governo de Sua Majestade etc., etc., não tem absolutamente *nenhuma* informação sobre o assunto.

– Mas não posso manter este importante depósito em meu banco por tempo indefinido.

– Exatamente. É por isto que vim propor que o senhor as passe para mim.

– Ah – exclamou Poirot. – Por quê?

– Posso dar-lhe excelentes razões. Essas joias... felizmente, não estamos falando de maneira oficial e podemos chamá-las pelos seus nomes certos, eram, sem dúvida alguma, propriedades pessoais do falecido príncipe Ali Yusuf.

– É a informação que tenho.

– Sua Alteza as passou para o líder de esquadrão Robert Rawlinson com determinadas instruções. Elas deveriam ser tiradas de Ramat e entregues a *mim*.

– O senhor tem provas disto?

– Certamente.

O sr. Robinson puxou de seu bolso um longo envelope. De dentro dele, tirou diversos papéis e colocou-os diante de Poirot sobre a mesa.

Poirot inclinou-se sobre eles e estudou-os cuidadosamente.

– Parece que é como o senhor está dizendo.

– Bem, então?

– O senhor se importa se eu fizer uma pergunta?

– De forma alguma.

– O que o senhor, pessoalmente, ganha com isso?

O sr. Robinson pareceu surpreso.

– Meu caro. Dinheiro, é claro. Bastante dinheiro.

Poirot olhou para ele, pensativo.

– Trata-se de uma ocupação muito antiga – disse o sr. Robinson. – E lucrativa. Não somos poucos, mas uma rede por todo o mundo. Pode-se dizer que somos os Arranjadores nos bastidores. Para reis, presidentes, políticos e para todos aqueles que, na realidade, estão sob a luz da ribalta, como diz o poeta. Colaboramos uns com os outros e lembre-se disso: mantemos nossa palavra. Nossos lucros são grandes, mas somos honestos. Nossos serviços são caros, mas prestamos serviço.

– Compreendo – disse Poirot. – *Eh bien!* Concordo com o que o senhor me pede.

– Posso assegurar-lhe que sua decisão vai agradar a todos. – Os olhos do sr. Robinson pousaram por um momento sobre a carta do coronel Pikeaway na mão direita de Poirot.

– Mas apenas um detalhe. Sou humano e tenho curiosidade. O que o senhor vai fazer com essas joias?

O sr. Robinson olhou para ele. Então seu rosto largo e amarelado vincou-se num sorriso. Ele inclinou-se para frente.

– Vou contar-lhe.

E contou.

II

Crianças brincavam pela rua, seus gritos estridentes enchiam o ar. O sr. Robinson, descendo gravemente do seu Rolls, foi danificado por uma delas.

O sr. Robinson tirou a criança do seu caminho com uma mão carinhosa e espiou o número da casa.

Número quinze. Era este. Ele abriu o portão e subiu os três degraus até a porta da frente. Cortinas brancas arrumadas nas janelas, ele observou, e uma aldrava de bronze bem polida. Uma casinha insignificante numa ruazinha insignificante numa parte insignificante de Londres, mas era bem-cuidada. Tinha respeito próprio.

A porta abriu-se. Uma jovem aparentando 25 anos, simpática, com uma beleza clara, bem-arrumada, deu-lhe as boas-vindas com um sorriso.

– Sr. Robinson? Entre.

Ela levou-o para a pequena sala de estar. Uma televisão, cretones com estampas do século XVII e um piano de armário contra a parede. Ela vestia uma saia escura e um blusão cinza.

– O senhor gostaria de um chá?

– Obrigado, mas não. Nunca tomo chá. E só vou poder ficar um pouco. Vim apenas para trazer-lhe o que escrevi a respeito.

– De Ali?

– Sim.

– Não há... não poderia haver alguma esperança? Quero dizer, é realmente verdade que ele foi morto? Não pode ter havido um erro?

– Temo que isto não tenha ocorrido – disse o sr. Robinson ternamente.

– Não, não, suponho que não. De qualquer maneira, nunca esperei... quando ele voltou para lá não pensei que o veria de novo. Não quero dizer que achava que ele seria morto ou que haveria uma revolução. Só quero dizer, bem, o senhor sabe, ele teria de seguir em frente, fazer suas coisas... o que era esperado dele. Casar com uma mulher de seu próprio povo e tudo mais.

O sr. Robinson pegou um pacote e colocou-o sobre a mesa.

– Abra-o, por favor.

Os dedos dela atrapalharam-se um pouco enquanto ela rasgava o papel de embrulho e então revelava a cobertura final...

Ela respirou ofegante.

Vermelho, azul, verde, branco, tudo cintilando com fogo, com vida, transformando a saleta sombria numa caverna de Aladim...

O sr. Robinson a observou. Ele já vira tantas mulheres olharem para joias...

Ela disse por fim numa voz sem fôlego:

– Elas são... elas não podem ser... *de verdade*?

– Elas são de verdade.

– Mas elas devem valer, elas devem valer...

Sua imaginação não a ajudou.

O sr. Robinson assentiu.

– Se a senhora vendê-las, poderá conseguir pelo menos meio milhão de libras por elas.

– Não. Não, isso não é possível.

Subitamente ela recolheu as joias e colocou-as de volta no pacote com dedos trêmulos.

– Estou assustada – disse ela. – Elas me assustam. O que vou fazer com elas?

A porta abriu-se repentinamente. Um garotinho entrou correndo.

– Mamãe, ganhei um tanque de guerra incrível do Billy. Ele...

Ele parou, encarando o sr. Robinson.

Um garoto de tez morena.

Sua mãe disse:

– Vá para a cozinha, Allen, seu chá está pronto. Leite e biscoitos e tem um pouco de pão de mel.

– Que bom – e partiu ruidosamente.

– A senhora o chama de Allen? – perguntou o sr. Robinson.

Ela corou.

– Era o nome mais próximo de Ali. Não podia chamá-lo de Ali. Criaria dificuldades para ele e com os vizinhos, e tudo mais.

Ela prosseguiu, seu rosto afligindo-se novamente.

– O que eu devo fazer?

– Primeiro, a senhora tem sua certidão de casamento?

Tenho de ter certeza de que a senhora é a pessoa que a senhora diz ser.

Ela pensou por um momento, então foi até uma pequena escrivaninha. De uma das gavetas ela tirou um envelope, extraiu dele um papel e o trouxe para o sr. Robinson.

– Hum... sim... Registro de Edmonstow... Ali Yusuf, estudante... Alice Calder, solteira... Sim, tudo em ordem.

– Ele é legal, sim... dentro de alguns limites. E ninguém desconfiou de quem ele era. Veja bem, há tantos desses estudantes estrangeiros muçulmanos por aí. Nós sabíamos que isso não significava nada. Ele era muçulmano e podia ter mais de uma esposa, e sabia que teria de voltar e fazer exatamente isso. Nós conversamos a respeito. Mas Allen estava a caminho, sabe, e Ali disse que isso seria melhor para ele: estávamos casados legalmente neste país, e Allen seria um filho legítimo. Era o melhor que ele podia fazer por mim. Ele realmente me amava. De verdade.

– Sim – disse o sr. Robinson. – Tenho certeza de que ela a amava.

Ele prosseguiu animadamente.

– Agora, supondo que a senhora me deixe cuidar desta questão. Primeiro arranjarei a venda destas pedras. E depois vou dar-lhe o endereço de um advogado, um procurador realmente competente e confiável. Ele vai aconselhá-la, espero, a colocar a maior parte do dinheiro num fundo de fideicomisso. E haverá outras coisas, a educação do seu filho, e um novo modo de vida para a senhora. A senhora vai querer uma educação social e orientação, pois será uma mulher muito rica, e todos os tubarões, vigaristas e assemelhados estarão atrás da senhora. Sua vida não será fácil, exceto no sentido puramente material. Pessoas ricas não têm vidas fáceis, posso lhe garantir isto, já conheci muitas delas, portanto não tenho esta ilusão. Mas a senhora tem caráter. Acho que vai conseguir. E aquele seu garoto será um homem mais feliz do que o pai dele foi um dia.

Ele fez uma pausa.

– A senhora concorda?

– Sim. Leve-as. – Ela empurrou as joias na direção dele, então disse subitamente:

– Aquela estudante, a que descobriu as joias, eu gostaria que ela ficasse com uma delas... Qual... que cor o senhor acha que ela gostaria?

O sr. Robinson refletiu.

– Uma esmeralda, acho, verde para o mistério. Boa ideia que a senhora teve. Ela vai achar isso emocionante.

Ele pôs-se de pé.

– A senhora sabe que vou cobrar pelos meus serviços – disse o sr. Robinson. – E meus honorários são bem altos. Mas não vou enganá-la.

Ela encarou-o de frente.

– Não, não creio que o senhor me enganará. E preciso de alguém que entenda de negócios, porque eu não entendo.

– A senhora parece ser uma mulher muito razoável, se me permite dizer. Agora, devo levá-las? A senhora não quer ficar com, digamos, uma?

Ele a observou com curiosidade, a chama repentina da excitação, os olhos ávidos e gananciosos... e então a chama morreu.

– Não – disse Alice. – Não vou ficar. Com nenhuma. – Ela corou. – Eu diria que isso deve parecer uma tolice para o senhor, não ficar nem com um grande rubi ou uma esmeralda, apenas como recordação. Mas veja bem, ele e eu... ele era muçulmano, mas me deixava ler um pouco da Bíblia. E lemos aquela parte sobre uma mulher cujo valor estava acima dos rubis. E assim... não vou ficar com nenhuma joia. Melhor não...

– Uma mulher realmente notável – disse o sr. Robinson para si mesmo enquanto caminhava até a calçada e entrava no Rolls que o esperava.

Ele repetiu para si mesmo:

– Uma mulher realmente notável...

29,90

lepmeditores

www.lpm.com.br

o site que conta tudo

IMPRESSÃO:

PALLOTTI
GRÁFICA

Santa Maria - RS | Fone: (55) 3220.4500
www.graficapallotti.com.br